U0120280

城外

Outside
the
City

东西

Dong Xi

著

湖南文艺出版社
HUNAN LITERATURE AND ART PUBLISHING HOUSE

图书在版编目（CIP）数据

城外 / 东西著. --长沙:湖南文艺出版社,
2024.3
ISBN 978-7-5726-1566-5

Ⅰ.①城… Ⅱ.①东… Ⅲ.①中篇小说-小说集-中
国-当代 Ⅳ.①I247.5

中国国家版本馆CIP数据核字(2023)第240195号

城外
CHENGWAI

东西 著

出 版 人：陈新文
出版统筹：谭菁菁
责任编辑：陈小真
责任校对：胡伟英
装帧设计：弘毅麦田
湖南文艺出版社出版、发行
（湖南省长沙市东二环一段508号 邮编：410014）
网址：www.hnwy.net
湖南省新华书店经销
长沙超峰印刷有限公司印刷

版次：2024年3月第1版
印次：2024年3月第1次印刷
开本：970 mm×670 mm 1/32
印张：10.25
字数：200千字
书号：ISBN 978-7-5726-1566-5
定价：58.00元

本社邮购电话：0731-85983015
若有质量问题，请直接与本社出版科联系调换

目 录

城外

秋雨坐在峨城戏班的木楼上，遥想乡村生活的情形，正如我坐在1939年的此刻遥想秋雨的过去。那时的秋雨来路不明，因此屡屡遭到别人的怀疑、盯梢、追赶，作为故事的见证，偶尔我会想起秋雨。

秋雨是被一群手执火把和棍棒的村人赶进峨城的。那时城市的街灯一盏一盏地熄灭了，城外是灰蒙蒙的广阔的农村，在城市的边缘，一群以垃圾为生的人正蠢蠢欲动。我听到追杀声从城外传来，晃动的火把照亮了田间的小路，细小的火星坠落在田埂上，蛙声在喊声和奔跑声里突然停息。秋雨以飞一样的速度跑过来，混迹于捡垃圾的人群。火把靠近城市的边缘，秋雨和那些衣不蔽体的人群像被拍打的苍蝇，朝城市的巷道奔跑。追赶秋雨的人面对陌生的城楼和纵横交错的巷道，无可奈何地摇摇头，举着火把朝他们的来路走去。

秋雨很快甩掉那些捡垃圾的，独自来到一座木楼前。木楼静静地立在黑夜里，二楼木制的栏杆伸出来，在黑夜中依稀可见。秋雨走近木楼轻轻地推门，门已经闩死了。秋雨绕到楼后，看见一堆黑黢黢的干草，便一头埋进草堆。草堆里散发出一股淡淡的尿臊味。第二天早晨，星星点点的水珠溅落到秋雨的脸上。秋雨睁开眼，天空已经发白，一根细黄的水柱从楼上的板缝间流下来，板缝的上面蹲着一个姑娘，白生生的屁股像一轮放大的月亮。她的尿落在草堆上，有零碎的水点飞来飞去。秋雨从草堆里跳起来。走廊上的姑娘尖叫一声，忙从膝盖处拉起裤子。一道白光闪过走廊，进入房间。秋雨抬起手抹了抹脸，心口猛烈地跳动了几下。

因为天还未大亮，木楼除了那声尖叫之外，依然一派平静。秋雨走到木楼前，看见一块木牌，上面写着"峨城剧团"四个粗黑的大字，他的脚步再也迈不动了。那四个字让他想起一群舞动的男女和刚才那声尖叫，想起许许多多男人爱想的内容。秋雨伸手摸了摸木牌，忽然把手收回来，骂自己没出息，然后迈开大步朝街巷走去。秋雨刚走几步，便听到楼上传来一阵磨石头的声音。回过头，他看见一个细瘦的中年男人站在走廊上对着自己微笑。中年人的鼻梁上架着一副小巧的眼镜，左手掌里正磨动着两颗石球，石球的囔囔声越来越急，越来越响亮。中年人说，那位青年，你来戏班干什么？想不想进步？秋雨想说不干什么，但嘴里却吐出四个有气无力的字：我想演戏。

秋雨走进戏班班主余艺的房门。那一天早上，他们谈了很久。余艺不停地夸奖秋雨，说他长得帅气，是个机灵鬼，还有文化，将来必有大出息大富贵。夏日的阳光在他们的交谈声中洒落到走廊上，屋外鸟声婉转，楼下弦声不绝。余艺问秋雨从何处来。秋雨对自己的来处讳莫如深。余艺很失望，说你不告诉我你的来处，那你就只能做戏班的挑夫，我不会把戏交给我不知道底细的人来演。秋雨说只要你肯收留我，我愿意做你的挑夫。秋雨说着屁股离开了板凳，准备给余艺磕头。余艺伸手抓住秋雨的头发，把秋雨的头慢慢地拉起来，说我们的戏班不兴磕头，要磕头你到别处磕去。说完，余艺狠狠一甩手，秋雨的头像是他手上捽出来的一只陶罐，僵硬在半空中。我同样不知道秋雨的来处，但这不妨碍他最终成为峨城戏班的一名骨干。秋雨在戏班供职的一年多里，除了挑担、写剧本、演戏之外，还学习写小说。他常常坐在戏班的木楼上，记录他的城外生活。在我看着他一笔一画地写完他的小说《逃亡》之后，才得以知道他的全部秘密。

B
《逃亡》之一

　　我被一种奇怪的声音惊醒。我睁开眼看见天已大亮，柔软的阳光从窗格子的空隙打到我的床上。那种奇怪的声音依然在我耳畔响着，它来自隔壁母亲的房间。我拍了拍板壁，那边的声音不但没有停，反而更加强烈。我翻身下床，来到母亲的房门前，轻轻一推门，门吱吱吱地敞开了。早晨的阳光射进门框，我的头在阳光的逼照下一阵眩晕。我看见李程像褪毛的猪，露着两瓣白亮的屁股从我母亲的身上爬起来。我哇哇地干呕两声，说我杀了你们。我返身出门找刀，看见十岁的妹妹从藤椅里跌出来，爬到我的脚前，死死地箍着我的双脚，不让我动弹。李程提着裤子，从我眼前蹿过去，飞出我家大门。我对着李程喊：狗！母亲在屋里平静地说，不要大惊小怪，整个嫖村都这样，嫖村就靠这门生意发财。母亲的话像一股臭气，污染了妹妹清亮的眼睛。妹妹的眼睛慢慢地变浑变浊，然后滚出了两串泪珠。我对着屋子喊：你这个婊子，干这种事怎么不闩门？我听到屋里响起了抽搭声，母亲说我不做婊子，怎么养得活你们，怎么能供你读完初中。抽搭声渐渐拔高，我把妹妹扶到藤椅里，为她抹干了眼泪。我决计要离开我的家庭和肮脏的村庄，进屋挽了一个包袱，走出家门。母亲没有阻拦，妹妹再次从藤椅里跌出来，拐着她因小儿麻痹症致残的双腿为我送行。我看见妹妹双手扶在门框上，一对干净的眼睛目送我。我一边走一边掉头看妹妹，我听到妹妹说，哥，带我一起走吧。我的双腿突地发软，瘫坐在嫖村的青石板路上。太阳升起了几竹竿高，嫖村的人大多还沉睡在梦里。李程的女儿李媛媛从前面的楼房里跑出来，挡在我面前。李媛媛趿着一双木板拖鞋，衣服上的扣子还没扣好。她头发蓬松，睡眼蒙眬，两个奶子像泄气的球挂在花衣上，细汗从她的额头冒出来。我说好狗不挡道。李媛媛说谁是狗了？我是你老婆，七岁那年我们就定亲了，我是你家的人，我不许你走你就不能走。这时我看见李媛媛家的楼上伸出一张陌生的男人面孔，那张陌生的面孔在楼上叫媛媛，快点回来待候我，老子还没睡够，你就跑了。

李媛媛回过头，说你就不能等一会吗。我说你去待候嫖客吧，我不讨一个烂锅头做老婆。你才十六岁就接客了，你爹真会赚钱。李媛媛说这有什么，嫖村的女人哪个不是这样，你妈也是这个样子。我抡起右掌朝李媛媛横扫过去，听到李媛媛的脸上一声脆响，接着便是哭喊声和拖鞋敲击石板的踢踏声。我喃喃自语：我打的是我的老婆，我有资格打自己的老婆，谁也别多管闲事。李媛媛哭着走进她家的楼房，哭声被楼房掩盖，村庄平静了许多。

李媛媛的胡闹更增加了我走出村庄的决心，我在青石板上站了片刻，便朝村头快步走去。由于走得慌张，我没有注意蹲在路边的莫太婆。当我看见她老树蔸似的脸皮裂开笑意的时候，吓了一大跳。莫太婆说，秋雨，不要那么任性，把你的手伸给我看看。我说你要看什么，莫太婆说看你的命数。我把手伸到莫太婆的眼前。莫太婆指着我左手上的一条纹路说，秋雨你走不得，这是一条凶纹，你长在哪里就要死在哪里，就像山中的大树，一挪动就死路一条。命就写在手上，你何必要抗命呢？你在嫖村或许是一株大树，但你走出嫖村就是臭狗屎一堆。我说我不相信你的鬼话。莫太婆说我也拦不住你，你懂文化，但文化也会害人。你如果真要走，今天日子不好，改天再走吧。莫太婆说完，拄着拐杖朝村庄走去，身子一点一点地变小。

B

《逃亡》之二

我怀疑莫太婆对我的阻拦是李程的主意。莫太婆像一个幽灵，径直飘向我家。妹妹还站在门框里看我。莫太婆放手在我妹妹的头发上摸了一把，进入我家大门。莫太婆走进家门的身影，让我想起许多熟悉的往事。尽管我不相信这个日子会给我带来晦气，但我却无限留恋我家的瓦屋，留恋我熟悉的村庄以及那些鸟巢。太阳在稚童读书声的伴奏下，一节一节地拔高。几只大鸟在林间翻飞不止。坐落在凹槽里的村舍，现在依然藏污纳垢，嫖客和妇人迟迟不醒。嫖村是两省交界的村庄，往来的商客常选择此处停泊。站在交界点上的我似乎已变成了一块左右为难的界碑。

人们都说，二十年前李程是牵着一匹雪白的公马走进嫖村的。那时的嫖村还没有完全娼妓化，只有部分家庭为商客提供食宿，偶尔也提供女人，但还有相当一部分姑娘守身如玉，等待时机寻找好的男人，舒卉就是其中之一。

李程的一肚子坏主意完全是因为舒卉引发的。李程进入嫖村的那晚住进了舒家，在与舒老爹共进晚餐的过程中，李程始终在咒骂城市。李程说他本想投宿峨城，但当他敲开城里亲戚家的屋门后，大失所望。亲戚对他摇了摇头，说我不认识你。李程说你不就是钉马掌的李三吗？我们一起长大的，你怎么不认识了？你的屁股上有一颗黑痣，那时我们一起……还未等李程说完，门就嘭的一声关严了。李程说城里人心黑，他不就是个钉马掌的吗，有什么了不起。

李程说到兴头上，突然眼睛发亮，他看见从闺房里走出一位白净的小姐，于是大声地喊了起来，东家，我把白马送给你骑，你把你的女儿送给我骑。舒老爹说那你要问舒卉，看她答不答应。李程说白马我已经骑过了，但这么白的女人我还没骑过。李程看见那位小姐愤愤地走入闺房，门帘被她的手狠狠地掀起来又摔下去。

李程把白马送给舒老爹之后，便滋生了长住嫖村的念头。人们看见舒老爹像捡到了宝贝一样，乐哈哈地骑着白马在峨城与嫖村之间往来。这段日子里，李程开始实施他宏伟计划的第一步，就是要把舒卉追到手。

舒卉常常把家中的一只小母狗抱在怀里亲热。李程看见舒卉把小狗抱进了闺房，便紧跟进去。舒卉说我宁愿嫁给狗也不嫁给你。李程说我就是狗。舒卉从桌子上拿起一个糍粑，说你是狗，你能跟狗同吃一个糍粑吗？李程说能。舒卉把糍粑喂进狗嘴里，因狗嘴太小，还有一半糍粑吊在狗嘴的外面。李程张开嘴巴，飞快地咬掉了另一半糍粑。小狗哼哼地叫了几声。舒卉的脸色开始变得严肃，说如果你舔一下狗的嘴巴，我就嫁给你。舒卉的话音未落，李程的舌头已落到了狗嘴上。舒卉扬起手，说不算不算，如果你能舔狗的屁股，我就嫁给你。李程的嘴巴慢慢靠近小狗的屁股，神情凝重，像是完成一项神圣的使命。眼看嘴巴就要凑到狗屁股上了，他突然停住，目光盯住舒卉。舒卉以为他不敢了，得意地笑起来。没想到，李程的嘴巴往前一凑，在狗屁股上碰出一阵啧啧声。舒卉赶紧把小狗抛到地上。小狗跑步出了闺房，舒卉也想跟着跑出去。李程堵在舒卉的面前，说我不但能舔狗的屁股，也能舔你的屁股。李程顺势把舒卉扳倒在床上。舒卉终于被李程的舌头融化。

从结婚的第二天开始，舒卉便被李程当作招牌摆在家门口。过往商客冲着舒卉的那张白脸，纷纷投宿舒家。李程从卖老婆起家，二十年间成为拥地百亩、金银万两的嫖村首户。舒卉接客时，始终不让男人亲她的嘴，她认为男人的嘴什么都敢碰，是天底下最脏的东西。

A

秋雨进入戏班的日子，戏班正在排练一出古装戏。秋雨被班主兼导演的余艺安排在戏的外面，专门为上场和下场的演员准备道具和服装。坐在戏外的秋雨，被戏里的知县迷住了。那个知县清正廉明，许多坏人在他的喝令下被斩首，因为有了他人间显得公平。渐渐地秋雨又觉得华丽的喊冤声更具魅力。华丽扑倒在知县的脚前，凄然地叫冤枉啊冤枉……她那凄然的声音像绳索缠绕在秋雨的心头，秋雨感到快要透不过气来了。华丽的身后站着一个五花大绑的男人，他是华丽的奸夫。华丽一边磕头一边向知县哭诉，说跟那男人睡觉并不是偷奸，我爱他，我要跟他堂堂正正地过日子，这和偷鸡摸狗不一样。

导演余艺说这个情节主要表现中国古代妇女对爱情的自觉意识。秋雨忽然心窍大开，觉得戏真是个好东西，想杀人就杀人，想睡觉就睡觉，想爱谁就爱谁。秋雨对余艺说，班主，我想演戏。余艺说你能演什么角色？秋雨说演好人我不像，你让我演那个奸夫吧。余艺说我早就看出你心术不正，像你这样迟早得出事。

在排戏的日子里，秋雨常常期盼华丽换装的时刻。戏的前部华丽着装漂亮，干净利索，目光往来于丈夫和情夫之间。但戏的下半部，华丽和情夫被丈夫抓获，吃了皮鞭，关进了牢狱，所以必须遍体鳞伤衣不蔽体。戏到中场，几声锣鼓响，华丽快速跑到秋雨的身边，脱下新衣，换上早已准备好的破衣烂衫。戏班设备简陋，没有专门的更衣室，戏里戏外的人这时都走出故事情节，把目光聚到华丽身上。演员更换的衣装都由秋雨事先准备好，秋雨于是能近距离地观察华丽。几天排练下来，秋雨不仅闻到了华丽身上的汗香，也看清了华丽腋下的毛孔和胸口的两颗黑痣。为了演戏，华丽不设防，一举手一投足常常让秋雨看到了一些不该看的地方。有时华丽已经上场全身心投入戏里，秋雨还搂抱着华丽换下的衣装痴坐到排练结束。秋雨已经学会了思考，他知道演员的所作所为全是导演和剧作者的主意，要混就混个导演或者剧作者，说不定某一天我也能写出个本子来，就写女主角被人强暴，脱得一丝不挂。如果是那样，华丽会不会演女主角呢？

　　经过观察，秋雨终于证实华丽就是那天早晨在楼上屙尿的姑娘。每早天刚蒙蒙亮，华丽总是按时出现在木楼的走廊上。早晨的空气夹杂薄雾，远天一片迷蒙。这样的时候秋雨心情很好，他想排练时的华丽是属于众人的，但早上这一时刻却属于我一个人。秋雨的这种好心情持续了一段时间，便被人彻底粉碎了。

　　一天早晨，秋雨又站在木楼的拐角处，看见华丽已蹲到走廊上。秋雨没有听到期待的尿声，却听到了身后传来嚯嚯的声响。秋雨回过头，看见余艺一脸怪笑，站在不远处，左手里的两颗石球愈转愈快，嚯嚯声像天上的响雷。秋雨无话可说，一副束手待擒的模样。相持片刻，秋雨说班主，饶我一回吧。余艺说我早就看出你是一个不求上进的青年。你滚吧！秋雨两腿一软，跪到走廊上。余艺转身欲走，秋雨的头在木板上磕出声声脆响。余艺说你再不滚我就叫人啦。秋雨从木板上跳起来，说我还要回来的，我要把我不敢做的事都要在戏里做一回。秋雨的声音很细弱，余艺没有听见，这为秋雨再次进入戏班埋下了伏笔。

秋雨茫然地走在峨城的大街上，想自己真没出息，当初是因为看不惯嫖村的狗男狗女才出走的，到了峨城才知道原来自己和他们一样下贱。

B
《逃亡》之三

在莫太婆的阻拦下，当天我没有走出村庄。母亲始终黑着脸，对我的来去不置可否。母亲默默地做了晚饭，我们各自蹲在黑夜里，谁也不去点灯，谁也不到桌边吃饭。

第二天天刚麻亮，我再次走出家门。大门早早地被母亲打开，我看见门框之外的天空，灰蒙蒙的，像要下雨，屋檐上一群麻雀叽叽喳喳闹个不停。微风裹着夏天特有的生草味，在村庄的上空飘来荡去。我刚摇出屋檐，一泡稀软的雀屎落在我的脚面，我感到全身冰凉。按村里的说法，这是个不好的兆头。我想这泡雀屎或许是老天给我的一个警告，老天知道我的前途渺茫，于是善意地委婉地阻拦我，但我宁愿相信这是一种偶然的巧合。我对着从头顶翩然而过的麻雀吐出一串恶毒的咒骂。

走了几步，我看见母亲跪在路的中央，她的面前摆着香炉，香炉上插着三支香，香烟缭绕而上，盘结在母亲的头顶。母亲像是为我祝福，又像是拦住我的去路。母亲说秋雨，为了你的亲事，我们已经给了李媛媛家不少彩礼，如果你一走，李家是决不会退彩礼的。今后我再也没有能力为你置办彩礼了，你空着两手去哪里娶老婆？

我已经没有力气回答母亲的诘问，绕过香炉、母亲朝前走。母亲对着我的背影说，要走，就把你妹妹一起带走。我养大你容易吗？还指望你能给我养老呢。你这么轻轻松松地走了，我和你妹妹怎么办？你要我不跟人家睡觉，那你就得养活你妹妹。我这一辈子没有过一天好日子，活得累……

母亲的话像一支利箭扎在我的心头。我听到母亲呜呜的哭声穿过夏日的天空，朝我的脚跟追来。我说等我到外面混出个人样了，再来接你们。我一边说着话一边朝村外狂奔。村庄里的狗这时全都狂吠起来，认真一听，狗的叫声都变了调，好像是在嘲笑我。

我奔到村头，再次被人拦住。拦我的两个人是李程豢养的打手。李程家的打手平时专门对付那些赖账的嫖客，现在李程用他们来对付我。我被两个打手押送到了李家。进了门槛，我看见李家的堂屋摆了一桌酒席，李程高坐在上方，舒卉坐在八仙桌的右侧。李程微眯双眼，说秋雨，你来了，坐。李程说话时，眼睛一直眯着，不知道他打的什么主意。我没有落座，又听到李程说，这是你的家，怎么不坐？不用怕，我这是为女婿饯行。嫖村这么多人我都不巴结，我只巴结你，将来你混出个人样了，我们李家还得仰仗你呢。我回头看了看打手，心想这饭是不得不吃了。

我根本没有心思吃饭，大部分精力都用在观察李程和舒卉上面。舒卉按捺不住寂寞最先发话，说我们媛媛哪一点配不上你？是我们家穷呢还是媛媛长得丑？我不得不承认舒卉依然风姿绰约，连说话的声音也好听，当年李程没有白舔她。但在我的心目中，她一直是一个出色的妓女，而不可能成为受人尊敬的岳母。我没有正面回答舒卉，轻轻地说了个"脏"字。舒卉面色一沉，说嫖村谁人不脏，连你妈都是脏的。我把筷条拍在桌上，准备起身离去，但两个打手按住我。李程欠了欠身子，说你别不识抬举，在嫖村谁最有钱？是李程！李程的女儿是轻易可以甩掉的吗？我把媛媛许给你，她就是你家的人。你这么一走，媛媛怎么有脸见人？你如果不娶媛媛，就是不给我李程面子，我们李家不能背一个被人抛弃的名声。我看中你什么？是看中你妈吗？不是，是看中你家的财产吗？更不是。当初你爹活着的时候，我看中的是他肚里的几个字。现在我看中你，也是看中你肚子里有墨水。你看看……李程抬手朝他家的神龛指了指。我看见神龛的两侧吊着褪色的红纸，红纸的下半截已经被风吹破，发黄的纸上依稀残留着"香火不断、祖宗赐福"几个字，那是我爹的手迹。李程接着说，你爹死了几年，我家就有几年没写对联了。嫖村现在已没有一人能写对联了，你为什么要走？我说我现在就给你写副对联，但你必须放我走。李程说写对联可以，但不能让你走。

有人很快取来了纸笔，我走到书桌边愤然地写了两行字，上联是：看今日李氏肉里有肉；下联是：想明天舒门人中出人。李程看了对联，微微一笑，说好，肉里有肉就是有吃不完的肉，人中出人是指人才辈出，好呀。在李程的笑声中，我看见舒卉朝我走来，小嘴张开，一泡美丽小巧的痰落到我的脸上，就像早上出门时落到我脚背的那泡雀屎。舒卉说畜生，你怎敢侮辱我们李家。肉里有肉是指男女干那种事情，人中出人是指女人生小孩，你怎么还叫好？舒卉指着李程的鼻尖。李程的脸一点一点地黑下来，他把手里的酒杯捏碎，杯里的酒在他的手掌流淌，滴到地面。李程说把这个畜生关起来，看我怎么收拾他。

我被打手反剪了双臂。他们推我走向一间黑洞洞的小屋，然后在小屋的门上挂了锁。

B

《逃亡》之四

李程想来想去最终未对我下毒手，他的目的并不是要毒打我，而是要我心甘情愿地做他的女婿。我被软禁的日子，也是舒卉最忙碌的日子，她在我家进进出出，与母亲共商我和李媛媛成亲的大计。

舒卉问我母亲能拿出多少银两来置办彩礼和酒席。母亲说家里没有银两了，过去积攒了一点，但全部供秋雨读书了，家中只有一个十岁的瘫女，没有商客嫖宿，我们孤儿寡母的实在没有办法，如果他爹还活着或许会好些。母亲话未说完眼圈先红起来，舒卉白净的脸上也趁机挂出几滴泪。舒卉说要说嫁妆，多少我们李家都办得起，但是李程他不同意办，他说秋雨太狂妄自大了，如果不割几刀你们的肉，你们就不知道媳妇来之不易，将来就不会好好地待我家的媛媛。母亲说男婚女嫁是件大事，再穷也得想办法。

李程的情绪似乎有所好转，一天中午他亲自到关我的小屋把我放出来。在关闭我的前十天里，不论我出来吃饭或者解手都有打手跟着，他一直回避我。这天他亲自为我放行，我感到奇怪。

李程把我领到他家的西厢房，阳光无遮无拦，放肆地洒落在房间里。李程指着床上那些被阳光照得花花绿绿的棉被、布料说，嫁妆都准备好了，你还不同意？站了好久，我才适应明亮的光线，看见崭新的嫁妆堆得很高，妹妹多次想穿又舍不得穿的一件花衣服也堆在其中，母亲常年戴在手上的一对玉镯冷冰冰地摆在毡子上。我突然感到头晕目眩，好像不适应眼前的这些物件，肚内一阵翻江倒海，嘴里喷出李家施舍给我的米饭、白菜茎和豆芽。我喷出的脏物溅落到嫁妆上，眼睛忽地发黑，像一截朽木被一种力量推倒。

李家的打手把我抬回家。我知道我病了。在我卧床不起的日子里，母亲一边抹泪一边照料我。这时我才知道母亲为置办彩礼，已经卖掉了我家的两头牛。那是我们家仅有的两头牛，一母一子。母牛是卖给一个远处的牛贩子，牛崽是卖给邻村的一个瓦匠。牵牛的那天，两头牛把牛蹄钉在地上，死活不肯出圈。母亲看见牛的眼睛里滚出了浑浊的眼泪，哭着冲进牛圈，扬起木棒对着牛的屁股一阵狠打。母牛忍住痛不叫唤也不走动，最后干脆躺倒在牛圈里。母亲的泪一片一片地落下，把牛背都打湿了。母亲说牛啊，你不走我就讨不到媳妇，你走吧。母牛于是慢悠悠地站起来，出了圈门。母牛一步三回头，直到走出村庄仍然高声地叫唤。母亲为了我和李媛媛成亲，活活地拆散了母牛和牛崽。母牛凄然的叫声，至今萦绕在我的耳畔。

在李程的势力范围内，我连生病的自由都没有。李程的打手每天都来观察我的病情，打手一进屋便拳打脚踢，我家的鼎锅、水桶、缸子都是他们攻击的目标。打手说李老爷吩咐,叫你快点好,过几天就是成亲的吉日。你有这么好的福分还装病,我们没有病却没有这样的福分。我说你告诉李程,我要死了,我的病不会好了。我突然滋生一个念头:杀死李程。我不知道为什么对李程产生了刻骨的仇恨,这注定我未来的一生都为仇恨而活着。

A

我看见秋雨再次走到余艺的面前。已经是秋天了,戏班木楼的四周铺满枯枝败叶,没有人收拾这些秋天脱落的羽毛。从远处看过去,木楼像是被尘世冷落在某处的古刹。一股遥远而熟悉的气味窜进秋雨的鼻孔,他记起这是他出生的季节,可惜不是雨天,否则他会感到更加温暖。

秋雨看见余艺的房间里坐着一个肥胖的女人,女人的肥胖粗糙和余艺的精瘦儒雅形成强烈的对比。秋雨进门时,女人正在为余艺补裤子,一块发黄的布片很显眼地贴在余艺裤子的屁股部位,女人在布片的周围一针一线地缝着。后来,秋雨才知道女人是余艺乡下的老婆。秋雨把写好的一个剧本放到余艺的书桌上,说班主,你看了这个剧本,就知道我来自哪里,这里头写的都是我所看到的事实,你看能不能演?余艺扶了扶眼镜,说你也懂得卖关子了,这就叫作悬念,你知道我对你从何处来的兴趣比对你剧本的兴趣要大，所以利用我的兴趣引诱我读你的剧本。余艺说着，从桌上拿起本子开始浏览起来。

秋雨惶惶不安地坐在一旁，看着那个女人补裤子，针上的线愈来愈短，那个补巴已缝了一半，她从裤子上咬断线，秋雨看见她咬线的牙齿很白。这时，秋雨不敢正视余艺脸上的表情，于是把目光都集中在女人的脸上、手上。女人的手抖了一下，针落到地板上，室内光线有些暗，女人怎么也找不到那枚针。秋雨看见那枚针亮闪闪地躺在女人的脚边，便伸手去捡。秋雨刚把针拿到手里，突然听到余艺拍案而起，说了一声好，吓得秋雨手里的针又掉了下去。

余艺终于从本子上抬起头来，说当初我就是看出你聪慧，才收留你。但是，我赶走你也是对的，如果不让你受点苦，你不会写出这个剧本来。秋雨说这个剧本可以排练吗？余艺说可以，但必须修改一些地方。你把嫖村写得太坏了，特别那个黎成，有那么坏吗？秋雨说我写的都是真的。余艺说还有那个叫仇宇的青年不能死在嫖村，他必须冲出这万恶的村庄，寻找光明。秋雨说去哪里寻找光明呢。余艺皱了皱眉头，没有作声，似乎也在为仇宇寻找出路。秋雨突然激动地说延安可不可以？我把仇宇的死改为投奔延安。余艺眉头一展，随即露出惊恐的神色，说那是要挨杀头的。

傍晚，秋雨一半的心思在跟余艺喝酒，另一半心思却在听走廊上女演员们的打闹。秋雨知道晚饭后的时光，演员们喜欢伏在栏杆上，一边说笑一边看夜色降临。屋外的夜色深了，许多细小的虫子在灯影里飞动。壶子里的酒已经一滴不剩，余艺喝得满脸通红，挥舞着手说，你把结尾改、改成仇宇组织一群青年砸了黎成家，然后逃出村庄，至于他逃到哪里，不用写得那么清楚，反正戏到这里就、就结束了……秋雨说砸黎成家时要一刀一刀地割黎成，直到把他割死。余艺说好，好。秋雨说你让我演仇宇。余艺说好，好。

秋雨在余艺的叫好声中摇出门来，走廊上已经没有人了，他感到头重脚轻，双脚仿佛踏在棉絮上。眼看就要软倒了，秋雨赶紧扶着栏杆，即使扶住了栏杆，他也撑不住，似乎马上就要倒下。忽然，有一双手稳住了他。秋雨嗅到了一股熟悉的气息。华丽，秋雨叫了一声，我对不起你……华丽说别这样说，你是因为我才被赶跑的，我也对不起你。你真笨，为了偷看那么一下，怎么连自己的前途都不要了。秋雨说别提了，我把欠你的还给你吧。我偷看过你屙尿，现在你也看我屙一次尿。秋雨说着把手伸进裤裆，掏出一线响亮的尿来。华丽转身跑开。秋雨听到华丽骂了一声流氓。

B

《逃亡》之五

我和李媛媛的婚期一天一天地近了，但我仍然卧床不起。我恨自己在这节骨眼上生病，恨自己的双脚不听指使。我连走路都不能，还能做什么惊天动地的大事？

为了打探我的病情，舒卉曾领着莫太婆来到我的床边。莫太婆切过脉，看过我的舌头和眼皮之后，开了一服草药。莫太婆说过几天他就好了。舒卉对我说，你一定是做了什么缺德事，否则怎么好好地就病了。我说你家做了那么多缺德事，为什么没有人病死？舒卉怔了怔，用愤怒的目光剜我，像看一个仇人，而不像是看她未来的女婿。

旧历六月十九日的早晨，嫖村的鞭炮炸响了，浓烈的火药味四处扩散，烟尘从李程家的屋顶腾空而起，像是房屋着火后滚起的浓烟。尖厉的鞭炮声就像宣布我的死期，我试着爬下床，但没有成功，跌到了床下。母亲拿着一套新衣服进屋来，叫我换上。我死活也不肯，说要成亲就这样成亲好了，穿再好的衣服也是给别人看的，反正我自己又看不见。母亲说你不穿，这不是要我的命吗，好歹也办成了一桩婚事，我总算对得起你爹了。母亲一说到难处，我的身子立即僵硬麻木，就像一个小孩任凭她摆布。

李程突发善心大宴宾客，不收任何礼金。嫖村的男女老少和过往的商人，都应邀入席。我母亲被安排在灶间和下人一道用餐，李程根本不把我母亲放在眼里。母亲没有咽下一口饭，便跑回家来烧香点烛，为迎接新娘做准备。

李程家摆了五十桌宴席，热闹从早晨一直延续到中午。酒足饭饱的人们都站在李家的瓦檐下，等待最后一个节目出场。人们看见李媛媛在舒卉的哭声中走上轿子，一会儿轿子便上了青石板路，参差不齐的孩童像一团苍蝇追赶牛屎般追赶花轿，他们围着轿子欢呼雀跃，嘴里齐声喊着童谣，童谣一遍遍响起，最终被唢呐声淹没。大一点的孩童一边跑着一边伸手进轿去捏李媛媛的双脚，李媛媛不时地伸出头来，与他们打闹。在李媛媛看来，结婚仿佛是一场游戏，和不结婚时没有两样。

轿子快进入我家时，有人高叫一声：早生贵子。母亲说还是早生贵女吧，在嫖村女人比男人值钱。我被两个打手扶着来到堂屋，和李媛媛并排站在神龛前向祖宗鞠躬。我的头被人按下去又拉起来，恍惚中，看见神龛上香烟缭绕烛光生辉。一阵风刮过，烛光摇曳，左边的那支蜡烛熄灭了。没有人注意这个细微的情节，但我却有了一种不祥的预感，男左女右，熄灭的那支蜡烛是代表我的。

当夜李媛媛与我同床，我没有碰她一个指头。李媛媛兴致很高，说将来我接客的收入就是你家的了。我感到一阵恶心，觉得嫁过来的不是人而是一头牲畜，决计要逃离村庄。

B

《逃亡》之六

　　李程把李媛媛送进我家之后，暂时不管我的死活。李媛媛没有嫁过来之前，我一直处在惊恐之中。现在她嫁过来了，我的心反而定了，病情日见好转。李媛媛从生下来至今，都没有干过粗活，终日陪坐在我床前，挑逗我干夫妻之间的事。我说你过去总是这样挑逗嫖客吗？李媛媛没有回答，但看得出她的脸上洋溢着甜蜜的回想。我感到恶心，觉得李媛媛实在丑陋，鼻梁像平展的乡间大路，眼睛像一潭死水，她空长了粗手大脚，却不能从事乡间农事，不以卖身为耻，反以卖身为荣。我心里的恨意越来越浓，怎么也想不通舞文弄墨的父亲会给我订这么一门亲事。父亲一定是被李程灌醉了酒，才订下婚事的。

　　我不理会李媛媛的挑逗，于是她便摔枕头、砸镜子，说你不是男人，你的那个怎么那么没本事，我嫁给你倒大霉了。我说你痒了你可以回你们家去抱别的男人。李媛媛说你实在不行了，我也只好那样。李媛媛说话像唱戏，声震瓦屋，一点也不顾忌我家里还有母亲和妹妹。几日吵闹之后，母亲也有些不耐烦了。母亲想不到娶进家门的不是媳妇，而是小祖宗。每天，总是母亲叫吃饭了，李媛媛才从床上爬起来。一天中午，李媛媛说妈，秋雨他不像个男人，我也不能闲着没事干，你让我接客吧。我端起菜汤，朝李媛媛的身子泼过去，说你就不能说点别的，你真是三句不离本行。李媛媛大声嘶喊，从桌边直起身，被汤水浇过的衣服紧紧贴到她的肉上，颈脖处红了一大片。李媛媛说烫死我了，说完便捂住脸呜呜地哭，头也不回地迈出大门，朝她家走去。母亲说你闯祸了。我说我早就想闯祸了。这个闯祸的中午，我逃出了村庄，朝峨城的方向走了一会儿，觉得峨城虚无缥缈可望而不可即。犹豫之中，我拐进了去汪村的道路。我家的那头牛崽就卖给了汪村的冯瓦匠，冯瓦匠还没有彻底付清我家的牛钱。母亲常说冯瓦匠是个好人，他侍候那头牛像侍候他的儿子。

A

戏班开始排练秋雨的剧本。我看见秋雨高兴地走进了汇美照相馆，窄小的照相馆里充斥着霉烂的气息。秋雨在这窄而霉的相馆开心地笑了一下，算是为剧本的初步成功留个纪念。秋雨出了照相馆，再往橱窗里望那些放大的美人，他看见华丽被钉在橱窗里，正迎着秋天的阳光微笑。秋雨说陈老板，请你把那张照片取下来。陈老板鼓凸双眼，像一只青蛙惊讶地盯着秋雨，说为什么？她是你什么人？秋雨朝玻璃板拍了几下，说你取不取？不取我砸烂你的玻璃。告诉你，今后再不准挂她的照片，她是我老婆。陈老板拉开玻璃，伸手去取照片，说她不是戏班的演员吗，怎么是你老婆？秋雨说我们刚结婚，哪天还要来你的照相馆照结婚照。陈老板把照片递给秋雨，说欢迎你来，欢迎你们来。

晚上，华丽下楼想到厨房里找点吃的解馋，路过秋雨的窗口，听到秋雨在叫她的名字。华丽找了个漏光的门缝，往秋雨的房里看，她看见秋雨对着那张照片一遍又一遍地说：我请求你原谅，华丽，那晚上我喝醉了酒，说了脏话，你能原谅我吗？华丽觉得秋雨像是在背台词，神色紧张动作生硬。忽然，秋雨把照片轻轻地贴到脸上。华丽的胸口像有什么东西在跑，她摸了一会儿胸口，慢慢地举起手，拍响了秋雨的房门。

华丽走进去，那张照片已经不见了。华丽说请你把照片还给我。秋雨说照片？什么照片？我没有你的照片呀。华丽说你别装了，快把照片拿出来。秋雨说留给我做个纪念吧。华丽说不行。秋雨一把抱住华丽，说我想死你了。华丽扬起手，扇了秋雨一个耳光，说我告诉余班主去。秋雨从板缝里拉出一把明亮的剃头刀，架在脖子上，说你要是不跟我好，我就死给你看。华丽说别演戏了，这吓不倒我，不信你真敢割一刀。秋雨的手一挥，脖子一片鲜血，倒在地上。一切都像是演戏，华丽大声地喊起来，把戏班的人全都喊醒了。

这个事件促成了秋雨和华丽的爱情。深秋的某个中午，华丽背着双手走进秋雨的房间，一直走到秋雨的面前才亮出手里的礼物，那是一条灰色的围巾和一块怀表。华丽把围巾围到秋雨的脖子上，说这样就看不见你脖子上的疤痕了。秋雨很感动，也很激动，把华丽摔倒在床上。华丽朝门外指了指，秋雨看见余艺走过，还故意咳嗽了几声。秋雨说峨城真是小，连我们作乐的地方都没有，到处都是眼睛。华丽从床上站起来，把怀表放进秋雨的口袋，说现在这块怀表贴在你的心窝上，你记住那嘀嗒的声音就是我的心跳。

秋雨紧紧攥住华丽的手，建议到照相馆去照一张合影。华丽说也不能太招人的眼光了，你先走我后到。到了照相馆，陈老板还记住秋雨，说这回你们真的结婚了？秋雨和华丽都会意地笑了一下。照完相，秋雨按捺不住自己的激动，说无论如何，今晚得找个地方。华丽说让余艺知道了，我们都被开除。秋雨说他不会知道，我们出城去，城外那么宽的田坝那么多的禾草，谁也看不见我们。

秋雨站在城门下等华丽。秋风已经凉了，城外荒草萋萋，许多虫子仍然顽强地高喊着。华丽迟迟不来，秋雨整整站了两个小时，夜露打湿他的脚背，城市的嘈杂退远，晚桂花的暗香飘过来。秋雨想自己真是不幸运，许多事情总是在节骨眼上出了差错。

回到戏班，秋雨才知道余艺已经控制了华丽的行动。余艺房间的灯亮堂堂的，华丽坐在他的面前，聆听他的教诲。余艺说为了你们两人的前途，希望你隔秋雨远一点。我这人并不呆板，平时你们一道排戏打打闹闹，作为青年人这很正常，我也是那么打闹过来的。但你们决不能走火入魔，自己毁了自己的前程。你是我的台柱子，你要自重。

后来，华丽对秋雨说余艺那夜抽了差不多一盒劣质香烟，我实在受不了那股香烟味，想跑开又不敢。

B
《逃亡》之七

我逃出村庄暂时寄居江村冯瓦匠家。李媛媛到她父亲面前告状，说我虐待她鄙视她回避她抛弃她。李程听后又咔咔地捏碎了一个茶杯，说他竟敢用汤烫你？他竟敢丢下你跑了？我李程想要的东西从来没有要不到的。

李程坐一乘体面的轿子进入峨城，寻找我的下落。为了打听消息，李程掏钱在春江楼置办三桌酒席，打算宴请峨城的三教九流。傍晚，李程面带喜色，早早地到酒楼恭候，但是他邀请的三桌客人最后只稀稀拉拉来了七个，那些三教九流根本不给李程面子。李程心里很失落，闷头喝酒。渐渐地酒上了脸，李程开始大声说话，他说到处都在说我有梅毒，避我就像避瘟疫，但你们七位怎么敢来？你们不怕梅毒吗？客人们目瞪口呆，不敢说话。李程接着说，今夜，我要你们几个作证，看我到底有没有梅毒？李程说着从裤裆里掏出那个家伙，然后走到旁边空着的酒桌，对着满桌的酒菜撒尿。店老板冲过来，说李老板，何必呢？这太不雅观。李程说不关你的事，这三桌酒席是我订的，我有的是钱，我作践得起，你少管闲事。李程的尿很有力度地落在盘碟上，一盘肥大的扣肉被尿水冲得七零八落。李程回头对着那些尴尬的客人说，怎么样，我李程没有病吧？客人们都站起来，准备下席。李程说你们都别走，我还有话说。客人们只好又坐了下来。

李程走到另一桌酒席边，说这一桌也是我李程订的，既然没有人吃，我也不能浪费。李程微微弯下腰，对着每一盘菜都吐了一泡口水，最后口水吐干了，他便朝菜盘里擤鼻涕。忙完之后，李程回到原来的位置，说各位，请你们来有两件事拜托，一是我女婿秋雨跑了，如果有他的消息，请各位通报一声；二是望几位转告一下其余我请到而没有赴宴的小人，说我李程没有梅毒，叫他们不要狗眼看人低。我李程虽然不住在城里，但我有的是银两，花得起，也作践得起。各位慢饮，失陪了。李程说完精神抖擞地离了酒桌。客人骚动一会儿，重新摆开架势喝酒，有人说别跟一个乡巴佬斗气，不吃白不吃。

李程坐轿连夜赶回嫖村，二十几个火把照亮了轿前轿后的乡间大道，轿子仿佛是浮游于火苗之上的宫殿。李程的轿子没有停到他家的门口，而是径直飘向我家。母亲在嘈杂声中赶出大门，站在火把照耀的光明里，双腿不争气地抖动。李程把在城市里憋着的气，泼洒到母亲的头上，说既然你那个癫子不喜欢媛媛，我就把媛媛接回去。为了这桩婚事，我操碎了心，不仅破费，还受城里人的气。他不想跟我们李家做亲戚，那他就得出血。你叫他十天之内准备三头牛、五头猪赔我五十桌酒席，要不然你这幢茅房就得起火。

母亲双膝落地，仰天呼号。李程带着满意的神色上了轿。

轿子跟着火把离去。

B
《逃亡》之八

夏天已经很像夏天了。李程突发奇想，要在嫖村附近找一块墓地。李程无病无灾，许多人都不知道他寻找墓地的真正目的，而我则把李程的行动看成是一场阴谋。

李程像一只狗跟随地理先生在田坝和坡地走来走去，走累了就趴在田边喝水。三天之后，地理先生指着我家的一块水田说，嫖村最好的墓地就在这里，得打一个井，架罗盘定方位。

我家水田确实是一块好地，差不多人高的稻禾齐刷刷地长起来，禾梢都咧开笑口吐出串串稻穗，再过二三十天，母亲就可以收割粮食。但李程不管这些，他像对待茅草一样对待我家的禾苗。四个用人在他指使下放干了田水，举起刮子和锄头挖井。禾苗在他们的脚下倒伏，稀泥被他们刮起来。母亲闻讯后跑到田边，禾苗已被糟蹋得像一团鸡窝。母亲跳进稀泥里，去抢一个用人的锄头，用人顺势一推，母亲整个陷在泥汤中。母亲说禾苗你们糟蹋了，我们吃什么？你们糟蹋粮食，要挨天打雷劈。站在田边袖手旁观的李程说，我要你这块水田，那五十桌酒席不要你赔了。母亲说酒席是你自己办的，怎么要我赔？你还没有死，忙着找墓地干什么？你怕没地方埋你吗？李程说：人说死就死，很难说的，你看哪朝皇帝不是在自己最鼎盛的时候，就修好了坟墓。

母亲抱着稻禾滚到用人们的锄头下。用人们无法下锄，都拿眼光看李程。李程说把她抬出来。四个用人攥紧母亲的手脚，像抬一个死人把母亲抬到田边。母亲像一捆柴直挺挺地躺在地面，已经没有爬起来的力气。

母亲被打、水田被强占的消息传到汪村，我操起冯瓦匠的斧头，准备奔回村庄报仇。冯瓦匠用铁钳似的手卡住我，说你去找一个人，他或许能扫平李家，为你报仇。

A

初冬的气息最先是落在城外的那些草木上，城外到处树黄草枯。我看见一匹黄色快马从远处朝我飞奔而来，黄马由小变大，近了我才看清马上坐着李程。离那一次进城已一年有余，城市几乎把李程忘记了，但他作践酒席的举动，仍留在我的记忆里。

李程这次单骑入城，是因为他有了秋雨的确切消息。

我常常看见秋雨在与华丽谈情说爱之余躲进小楼，写一部叫作《逃亡》的小说。秋雨慢慢地适应了戏班和城市的生活，热心排戏和演出，对自己的处境开始有了一点小得意。但秋雨不知道，李程正向他靠近。

李程骑马路经一个钉马掌的铺子，看见李三站在门口招手。李三的身上穿得十分单薄，冷风似乎随时都可以把他刮倒。李程勒马停在李三的面前。李三没有抬头，目光盯在马蹄上，说老板，钉马掌吗？李程说你抬头看看我是谁？李三抬起头，像面对炽热的阳光微眯双眼，然后摇了摇头。李程说你真不认识？李三还是摇头。李程说李三呀李三，你怎么那么健忘，我已经不是二十年前敲你门的李程了，我现在很有钱，你说认识我不吃亏。李三说我真的不认识你呀。李程说可我认识你。你屁股上有颗痣，敢进屋脱裤子给我看看吗？我倒真要看看你是不是李三。李三说我头发都花白了，怎么会让你看屁股。李程说难道连小时候我们一起放牛你都忘记了？李三的眼皮微微动了动，说你钉不钉马掌？不钉你就走开。李程想这人真是没有药救了，于是打马离开铺子。离开时，李程把手伸进口袋，捏住几个钱，想丢给李三，但看见李三一副麻木的神态，便松开了手。

李程托人把余艺请进春江楼。这次李程只请峨城中学的潘校长陪饮，在两个书生面前，李程也装得有几分儒雅。李程说我是个粗人，只有钱没有学问，请两位来是想叫你们指点指点，像我这样的人怎样才能留个好名声？余艺和潘校长只顾碰杯饮酒，一时拿不出好主意。李程说建一所小学行不行？就叫李程小学。潘校长目光明亮了一下，随即黯淡，说拿嫖村的钱来办学校……恐怕不合适吧，别人会怎么议论？余艺说你拿钱建小学，还不如拿钱来养我的戏班。李程说那我可养不起，给你班主几个钱倒是有的。养戏班能身后留名吗？

桌上的菜凉了，李程叫厨子撤下去热热，酒一杯比一杯碰得响，三人的脸都像贴了红纸。余艺说身后留名，那是虚的。你如果真要办事顺手，玩峨城一个乾坤颠倒，就开一家妓院。当官的和当兵的，文雅的和粗俗的都喜欢这个，你只要侍候好那些大人物，他们都听你的。潘校长突然来了兴致，说干这个你比较适合，地盘由我来落实，如果真的办成了，你得关照我和余班主。余艺说我是常客，到时你千万别不耐烦。李程说怎么会呢，但你得帮我一个忙，开除秋雨。余艺说他很有前途。李程说这我不管。余艺说你让我考虑考虑。

B

《逃亡》之九

冯瓦匠对我说后山有一伙人马，领头的叫王大脚，他们像一阵风常常席卷那些富豪之家，也许他们能为你报仇。我说我去碰碰运气。

按照冯瓦匠的指点，我进入汪村后山的丛林。出发时，天正下着蒙蒙小雨，细雨淋湿我的头发。从一听到王大脚这个绰号开始，我就喜欢上了他，就把他想象成古代劫富济贫的好汉，预感李程的末日就要到了。

在到达王大脚栖息的古庙之前，我反复把李程砍了几次，李程的脑袋在我的斧头下开成无数细小的花瓣，花瓣在我和王大脚的吆喝声中飘落。李程的头像一支蘸满红墨水的秃笔，在我眼前舞来舞去，我快意地看着，叫王大脚的手下点燃了李程家的木楼。李程血肉模糊的脑袋飞入火海。我在假想中忘记了路途的艰难，克服了那些路途的藤蔓，终于我看见了那座古庙。

古庙的上空一片晴朗，这时我才注意到雨已经停了。几株浓密的大树罩着古庙的四角，瓦檐上长满暗绿的青苔。我听到女人的尖叫声顶破灰暗的瓦片，跳出屋梁，声音愈喊愈凄厉，最后变成绝望的呜咽。

我被人领进古庙拜见王大脚。王大脚双手插进松弛的腰带，从一间小房走出来，像是刚吃足了一顿酒饭，脸上铺满知足的神色。王大脚说你要我帮你洗劫李程家？我说是的，李程家金银万两，妓女成群，如果动他一家伙，你的手下可以解馋。王大脚把他的两只大脚架到桌面轻轻抖动，我看见他的脚像两片宽大的笋壳，脚板底结了一层厚实的老茧。人们都传说这双脚无论春夏秋冬都不用穿鞋子，这双脚可以踩刺踏刀，可以在荆棘密布的山路来回飞奔。小房里突然又响起女人的哭声。王大脚用脚敲了敲桌面，说你找错人了，我刚刚操的那个姑娘就是李程派人送来的，还是个黄花闺女，你想不想见见？我说那我告辞了。王大脚说不光这个姑娘，连舒卉我也操过，我对李程下不了手。我说土匪，你是个十足的土匪，我找错人了。王大脚把脚伸到我的嘴边，在我的嘴巴上夹了一把。我闻到一股腐肉的味道。王大脚说你说什么？你再说一遍。我说土匪。王大脚说小心我踩扁你。王大脚招招手，几个喽啰把我高举起来，狠狠地砸在地上，疼痛传遍我的全身。王大脚走到我身边，抬起右脚对准我的阴部，大概是想一脚踩断我的香火。我说饶了我吧祖宗，我是李程的女婿秋雨。王大脚的脚僵在半空，然后轻轻地落在我的鸟仔上刨了刨，说看在我操过李媛媛的分上，饶你一次，滚吧。

我连滚带爬逃出古庙。回村的路上，我不停地吐着口水，但是我的口水吐干了，仍然吐不去那双大脚留在嘴边的臭味。

B

《逃亡》之十

我独上后山拜见王大脚的消息，很快传到了李程的耳朵。李程想不到还有人敢在背后算计他。

母亲听到一阵脚步声自天而降，停在我家大门口，知道是李程来了。母亲拉开后门，往后山逃去。李程听到后门响了一声，便跨过我家那些他烂熟于心的门槛，追了出去，顺势在门角捡起一根细长的竹条。母亲在小路上转过来转过去，李程像个猎人紧追不舍。李程对准我母亲瘦弱的脊背刷了一鞭。母亲迅速瘫软在小路上。母亲说你要杀人吗？李程说我要操你。母亲说你是畜生，人怎么能和畜生睡觉？母亲挣扎着站起来，继续往前跑。李程手持竹鞭，像一位家长不紧不慢地跟踪，竹条不时落在母亲的肩上、腰上和屁股上。李程走一步刷一鞭，就像打拍子。母亲在蛛网般的小路上穿梭，不敢回家。李程说以前你都给我操过，现在为什么突然怕羞了？

母亲说以前我们是亲家，现在我们是仇人。李程说仇人怎么了？仇人就不能操吗？只要你挺得住痛，你就不让我操。竹条击打母亲的噗噗声愈来愈响亮，李程和母亲的对话穿插在竹鞭声里。嫖村的大人和小孩被这种声音吸引，站在高处耐心地看着。慢慢地，母亲全身打摆子似的颤抖起来，嘴唇开始发白。母亲说你为什么要这样？李程说因为你养了个逆子，他还想算计我。母亲在李程竹鞭的催促下，走回我家的后门，人们看见李程把那条竹鞭插在我家的门框上。

李程把我母亲推到妹妹坐着的藤椅前，说脱，把衣服全都脱了。嫖村人都靠这种事情吃饭，今天我要好好教一教你女儿。你那个逆子因为当初我没有教好，所以现在他看不起嫖村了。他看不起嫖村就是看不起你们母女。

母亲的目光沉重地落到妹妹的脸上，说萍，你走开，妈没办法。妹妹在藤椅里挣扎了好久才站起来，准备离去，被李程一把推回到藤椅里。李程说你给我好好地坐着，好好地看一看，我这是给你上课。母亲被李程扳倒在妹妹脚前，像猪狗一样干那种事情。妹妹紧闭双眼，哭了起来，她的哭声和母亲的哭声响成一片。

妹妹再次从藤椅里站起来，爬过面前的肉体和哭声。李程说你去告诉秋雨，说我操你妈了。你去呀，一个跛子，你能走到哪里去。

妹妹和她的拐杖斜着出了大门。妹妹在村头叫了一副滑竿。妹妹坐上滑竿时，听到母亲的绝望声穿越村庄，向她扑来。

A

我看见我的上空飘下了轻薄的雪花。天冷得像刀子剃着人的骨头。秋雨和戏班的演员们已经排练好秋雨写的那出戏，准备在春节前后热热闹闹地演十几场。

秋雨最先走进木楼前的雪地，看见那些枯枝败叶都被晶莹的雪包裹着，脚踏上去脆生生地响。秋雨想整个峨城现在都很干净，只可惜没有鸟声，那些早上的鸣唱好像被雪冻结了。

余艺双手整理脖子上灰色的围巾，从木楼走下来。秋雨说这么早，班主往哪里去？余艺双脚在雪地上，来回地跺，说秋雨，你被开除了。秋雨的嘴张成一个休止符，好久了嘴里才吐出声音。秋雨说我得罪你了吗？余艺说没有。秋雨说我不称职吗？余艺说没有。秋雨说那为什么？余艺说不为什么。余艺弯腰从地上捧起一团雪，在手掌里搓，雪从他的指缝里筛落到地上。秋雨发觉余艺手里没有拿他的两颗石球。余艺没有正视秋雨，低头看着手里的雪，从秋雨的身边绕过去。

秋雨的泪水不争气地滚了出来。秋雨想我还没有混出头，还没有报仇，就被开除了，看来我不是李程的对手。这时，秋雨听到了猛烈的鞭炮声，李程的禾卉楼开业了。禾卉楼，禾卉楼，秋雨反复地念着，禾是程字的部首，卉是舒卉的卉，他们真是天生一对了。秋雨双手捧起雪扑到脸上，泪水和雪水交融在一起。

第二天排练，秋雨站在剧场门口，看另外一个演员顶替他演仇宇。华丽拒绝换装上场，和秋雨一起站在门口。余艺说你不演剧中的圆圆我可以再找人演，但你不演戏你到哪里吃饭哪里睡觉哪里领钱？你自己选择吧。

为了生计，华丽再次进入角色。戏班断了秋雨的伙食，秋雨靠华丽施舍过日子。秋雨明显地瘦削了，慢慢地神情也变得恍惚。

那年冬天，我看见秋雨在街巷里闲荡，常常驻足汇美照相馆的橱窗前，长久地观看那些人头像，有时秋雨突然解下围巾，擦拭橱窗的玻璃。陈老板总在秋雨拭擦玻璃的时候，朝秋雨竖起一根肥壮的拇指。

夜晚到来，秋雨变得异常敏感清醒，他和华丽设计了几种逃跑的方案，最后皆因这样那样的原因又推翻了。秋雨说其实复杂的事情也很简单，我们就手挽手走出峨城，根本不会有人阻挡我们。华丽说出城了又往哪里走？秋雨说延安，现在许多艺人都往那里去了，将来我们再杀回来。华丽说延安很远吧？秋雨说再远的路我不怕，就怕在这里受罪。秋雨未免太天真了。我看见他和华丽来到城市的出口。黑暗中闪出两个人把华丽拦住。秋雨认出拦住华丽的那两个人正是在嫖村阻拦过他的打手。秋雨说你们怎么管闲事管到城市里来了？其中一个打手说你可以走，但她不能走，现在余班主正在禾卉楼等她。华丽被带走了。秋雨在城门口游荡一圈，又折回城市，身体有一种轻飘飘的感觉。

秋雨在自我诘问和等待时机中进一步消瘦，开始吞吐大量的劣质香烟。秋雨写的那出《春江水》在他逐步加剧的咳嗽声中成熟，开始在峨城公演，街头巷尾贴满了演出广告。《春江水》给峨城的岁末增添了些许兴奋。

《春江水》演出时，秋雨喜欢坐在剧场的最后排，看剧中的仇宇如何一把火烧了黎成苦心经营的充满罪恶的木楼。秋雨觉得火烧黎成最能解心头之恨，每当幕后响起哗哗剥剥的大火声，秋雨便露出会心的微笑。秋雨离不开这出戏了，凡是演出《春江水》他每场必到。秋雨甚至忘记回家过年。这样平静地过了十多天日子，直到李程在嫖村过完正月十五之后进城，秋雨又才面临困难。

B
《逃亡》之十一

我看见一副滑竿停在冯瓦匠的草棚外面。我带着满身瓦泥走出草棚，看见妹妹的脸瞬间变形挤出一串哭声。我叫力夫把妹妹扶进草棚，问她家里出了什么事，妹妹伤心地讲了起来……

我说妹，如果我死了，你和妈能活下去吗？妹妹说你要干什么？我说今夜我就回嫖村，把李程劈了。妹妹说不行，你不能去冒这个险，你要活着侍候妈。我是个废人，用我的命去换李程的命值得。我说你有什么主意？妹妹沉默不语。我说你的腿不方便，你怎么对付得了李程。妹妹说给我一包毒药，如果运气好不被发现，我还能活着。

冯瓦匠煮了一锅稀饭招待妹妹和两个抬滑竿的力夫。我手里攥着毒药，但不忍心把它交给妹妹。妹妹不吃不喝可怜地望着我，眼睛布满血丝。妹妹那双清纯的眼睛不见了。

冯瓦匠的意思是先让妹妹带走那包毒药，见机行事。我把毒药塞进妹妹的裤兜，说你要小心。妹妹拄杖而行，我像一根木桩呆站在瓦棚里，眼前朦胧虚幻，什么也看不真切。妹妹娇小的身影在朦胧之中渐渐清晰，我觉得妹妹的腿似乎不是疾病致残，而是灾难把她压跛。我追上妹妹，把她从滑竿上拉出来，伸手去抢那包毒药。妹妹紧紧护着她的裤兜。我把她的裤兜撕破，抢回那包毒药，说你先走一步，我自有办法。妹妹在哭声中上路。

妹妹的滑竿在汪村和去峨城的交叉路口被李程的手下阻拦。李程的手下打跑了力夫，砸烂了滑竿，说一个跛子，也想逞强，我看你现在怎么走回去。妹妹被遗弃在回村的路上。

B
《逃亡》之十二

妹妹坐上滑竿之后，我便怀揣一盒洋火钻入另一条回嫖村的小路。这条荒芜的小路是牛踩出来的，上面堆满了奇形怪状的牛屎。天气闷热，牛屎上结集成群的苍蝇。我在牛屎上小心穿行，同时又在牛屎的包围中遐想城市。我想我不能指望王大脚，也不甘心沦为泥瓦匠。我凭借黑夜的掩护，偷偷潜回家。母亲惊问妹妹的下落，我才知道妹妹在路上出了事。我在黑夜中摸索行进，沿着去汪村的大路寻找妹妹，出村十多步，便看见妹妹正朝着村庄爬行。我刚一抱起妹妹，她就昏迷了。

母亲执灯照看妹妹的伤势，妹妹的双膝以及腹部渗出了殷红的鲜血，那都是路磨烂的。母亲为妹妹细心地敷伤。我转身出门，淹没在黑夜里，朝着我的目标移动。

我潜伏在目标的周围。夜虫的鸣唱围困我，寒意蹿过我的脊背，山林猫头鹰的哀嚎一声长过一声。露水爬上身体，衣服湿透了。我钻出草丛，身子僵硬，手脚仿佛不是我的手脚，它们正在脱离大脑。站了一会儿，活动了一下手脚，我钻到李程家屋后的草堆。看着嫖村鳞次栉比的房屋，我捏火柴的手开始抽搐，一连划了五根火柴，都没有把草引燃。我害怕连天的大火毁灭整个嫖村，到那时连自己的家也保不住。犹豫使我失去了机会，我被李程家的打手擒住了。

他们把我捆到李家门前的木桩上，咒骂和拳头全都指向我。我的肋骨快要折断了，我的头似乎已经裂开。剧痛让我后悔没有逃往峨城，君子报仇十年不晚。渐渐地，他们的拳脚变得稀疏，我的身子加倍疼痛。恍惚之中，我看见李媛媛夹杂在人群里，就叫了一声：媛媛，救我。李家的左邻右舍及时赶到现场，他们用指头点着我的鼻子骂：你想死呀，你……你这个毛头小伙真不知天高地厚，火烧起来我们全村都得完蛋。许多人开口附和，仇恨再次形成旋涡。在我又将面临毒打的时刻，李媛媛扑到我身上。那些围观的人打着哈欠散开，我被关进一间窄小的屋子。

我躲在小屋里反思我的行为，觉得硬斗永远也不是李程的对手。如果我能进城谋到一份公差，或许将来有打败李程的可能……我在被关押的日子里，脑海常常浮出城市的楼阁、虚幻的街道和小巷。

A

李程早早地吃过元宵节的晚饭，连夜坐轿进城。他看见禾卉楼灯火通明，门前人来人往，便命令轿子转弯，直接往剧场去消磨时间。

秋雨看见李程走进剧场，心里直打鼓。戏演到一半，李程对着舞台叫，余艺呢？余班主呢？有嘴巴凑到李程的耳边嘀咕，剧场一阵骚动。李程的脸扭向后排，所有的脸扭向后排。秋雨跑出剧场，听到身后滚过李程粗壮的骂声：又是这个野仔，他竟敢用戏来作践我，你们给我教训教训他，把他丢出城去。

秋雨听到脚步声像急促的阵雨朝他逼近，他感到乏力气紧，那些平时熟悉的巷道突然陌生起来，人群树影楼台一一后退，慌乱中秋雨跑进了禾卉楼，碰开了一扇门，看见余艺和李媛媛正在床上做事。秋雨吓坏了，倒抽一口冷气。床上的两个人停止动作，扭头看他。屋外传来追杀声。秋雨惊慌地钻到床铺底，听到床板吱呀吱呀地又响了起来。几个打手冲进门，被李媛媛一阵痛骂：怎么找到老娘的屋里来了，你们还讲不讲规矩？打手们骂骂咧咧地退出，又到别的房间搜索。

秋雨顶着满头的蛛丝从床底钻出来。李媛媛伸手整理秋雨的头发。秋雨和余艺四目相对，都心思重重地坐着不说话，各自从衣兜掏出香烟，叼在嘴里。秋雨最先打破僵局，说我一直敬重你，佩服你的才华，满以为可以跟你学到知识，将来混出点样子，没想到你把我开除了。你开除我是因为你有难处，我不恨你，但我万万想不到你也光顾这种地方，也干这种低级趣味的事情……秋雨吐了一口浓烟。余艺也吐了一口浓烟。两团烟在他们的头顶交织、飘荡。秋雨说当初，我就是因为看不惯这种肮脏，才逃出嫖村，投奔你的剧团，没想到天底下原来都这么肮脏。余艺说我、我也是人嘛……秋雨说你不是有老婆吗？你怎么不睡你的老婆跑来睡我的老婆？既然你睡了我的老婆，那你就得答应我一件事。余艺说说吧。秋雨说让我把华丽带走。余艺说你喜欢她你就带她走吧，今夜你们就出城，不要再让我看见你们。

余艺大口大口地吸烟，浓浓的烟雾罩住他的脑袋。秋雨转脸对李媛媛说，今生欠你的来生报答，你帮忙帮到头，放我和华丽出城。李媛媛说我们是拜过堂的夫妻，我成全你们。其实我什么都好，不好的就是因为我生在嫖村。

秋雨想这个我最讨厌的女人，竟然救了我两次性命。

B

《逃亡》之十三

我被关押在李程家的窄屋里。我对李程说愿意跟李媛媛过日子，但你得让我跟李媛媛谈一谈，我有话要问她。李程同意了我的请求。

晚上，我和李媛媛被安排到当年李程向舒卉求爱的屋子。桌上点了一盏油灯，几只飞蛾在灯苗里扑腾。李媛媛严肃地坐在桌子的那一边，比从前似乎成熟了许多。窗外是墨黑的夏夜，那些我熟知的远山近树全都被黑色抹平了。李媛媛的右手不时在头发上抹一下，然后又放到膝盖上。我说媛媛，你还记不记得出嫁的那天，你像个小孩，坐在轿子里嘻嘻哈哈的。李媛媛脸上飘过一阵红，说你还记得，我以为你全忘了。我说这不过是两个多月前的事情，怎么会记不得了呢？媛媛，我爹撒手走了，我妈命苦，我妹残疾……我知道你是菩萨心肠，你可怜可怜我吧。姻缘是前世注定的，我们没有缘分何必扭在一起？李媛媛说我没有想跟你在一起，我不是嫁不到男人。我说，可是你爹他硬要逼我，害得我家没有一天安宁的日子，这些你都看见了。看在我们拜过堂的情分上，你放我走吧。

李媛媛没有吭声，坐在灯影里一动不动。我说我走了。李
媛媛似乎没有反应。我打开后窗，跳出去。李媛媛伸出头来，看
着我。我跑了好远，她才叫爹，秋雨跑了。

A

峨城的元宵之夜灯火通明，那些高挂的灯笼和时断时续的鞭
炮声驱赶了冬天的寒意。李媛媛把秋雨和华丽送出城门。余艺
匆匆赶来。秋雨说你来做什么？余艺说送送你们。秋雨和华丽
回望一眼峨城，便顶着寒风上路。余艺说下一步，你们去哪里？
秋雨说不用你管。然后，我听到秋雨压低了嗓门，华丽，我现在
什么也没有，只有你了；我到这个城市什么也没得到，只得到你。
华丽缩了缩脖子，说天气真冷。

我看见秋雨和华丽像两团城市排泄出去的粪便，愈走愈远。
秋雨的咳嗽声也渐渐低弱，一切都消融在黑夜和寒风中。

结构之外

我是谁？我是这座城，就是叫作峨城的这座城。许多人已
经死了我还活着，许多事过去了我还记得。秋雨在城市里生活了

一年多，所以偶尔我会想起他。虽然我再也看不到城市之外的秋雨，但在禾卉楼，在戏班，人们常常谈论他，我还能够零零星星地听到有关他的消息。据说秋雨回到嫖村后，便大病一场，身子比在城里时更为虚弱。秋雨在与疾病做斗争的时光里，华丽天天跟他念一个新的地名，催促他上路。傍晚，人们看见华丽扶着秋雨走出家门，在夕阳柔软的霞光里散步。看上去秋雨就像一个老人，而华丽却光艳无比。嫖村人总喜欢对秋雨吐口水，他们瞧不起秋雨，因为秋雨当初鄙视过嫖村，曾使嫖村一度感到卖淫是一件肮脏的事情。既然他让嫖村人有过不舒服，有过罪恶感，那么现在他们就要加倍报复他。

秋雨卧床养病，这让华丽百般寂寞。秋雨的妹妹勤奋练习走路，频繁出入嫖村的各家各户。春末的一个下午，妹妹告诉秋雨，华丽嫂子跟村上的姜疤脱光衣裤睡觉，姜疤身子黑，嫂子身上白，他们一连干了几次，但是嫂子竟然没收姜疤的一文钱。

秋雨趁华丽熟睡的时候把华丽绑在床上，从后门的门框取下一根竹条，对着华丽洁白的身子抽打。秋雨说你是有文化的人，怎么也不要脸？秋雨拼命抽打华丽，是为了向嫖村证明他仍然仇恨没有原则的交配，证明秋雨和嫖村人不是一样的见识。渐渐秋雨抽出了新花样，华丽的乳房、大腿和小腹烙上了纵横交错的鞭印。男人们为了争看鞭印，拼命地向华丽扔钱。但华丽不为钱所动，只动情于姜疤。华丽在秋雨的抽打中变成一位平庸的农村妇女。秋雨发现妹妹有了窥视的癖好，在他抽打华丽的夜晚，妹妹总在板缝里朝他的卧室张望。有时妹妹也伏在嫖村女人接客的屋外，长时间地伸脖子踮脚尖。某日中午，秋雨从妹妹偷窥的木板缝看妹妹，他看见妹妹正在床上手淫，全身舒畅地扭动。秋雨像吃了一只苍蝇，吐出一口恶心的鲜血，病情加重。

悲凉袭击秋雨，李程、王大脚、母亲、余艺、李媛媛、华丽、妹妹和一些其他人物拉洋片似的从他脑海掠过，秋雨想原来人人都爱干这事。秋雨捶了捶板壁，对妹妹说你怎么这样？妹妹在那一边说我怎么了？你不是同样喜欢吗？你不喜欢怎么会带着一个女人回家来？妹妹的嗓门粗大，好像是在谈论一件无比光彩的事情。秋雨想早知今日何必当初，如果当初跟李媛媛过日子，就不会受这么多苦。秋雨似乎被掏空了精气，再也没有出走的信心，就连那个他向往已久的延安也没唤起他的意志。

现在，你在地图上查不到嫖村这个地名，嫖村已改为瓢村。《峨城县志》云：瓢村因该村坐落在瓢形山谷而得名。瓢村历朝历代均是 A 省与 B 省的边贸村，商贾云集此地挥金如土。

美丽金边的衣裳

希光兰凭直觉判断，眼前的这个男人有钱，并且床上功夫很好。她的这种判断缘于男人下巴上一块隐约可见的伤疤。那块伤疤像一条虫，潜伏在他茂密粗壮的胡须里。他一边喝咖啡一边用手不停地摸下巴。希光兰想这是一条大鱼，千万别让他跑了。这么想着，希光兰离开了座位，走到柜台边把她和他的咖啡钱付了。但是希光兰还不知道他的名字，暂时还不能证实她的猜测。

第二天晚上，希光兰跟自己打赌，相信那个男人一定会坐在昨夜的位置上。希光兰犹豫了一下，终于推开南岛咖啡馆的大门。果然，她看见那个男人端坐在昨夜的位置上，低头慢慢地搅动咖啡。他似乎是注意了修饰，穿了一套更为笔挺的西装，嘴上的胡须已经剃过，那一块疤痕更为醒目地挂在下巴，周围的皮肤恨不得把它吞没了。

在走进南岛咖啡馆之前，希光兰反复提醒自己，暂时不要向那个男人靠近，走进去只是为了证实自己的猜测。当猜测被证实，她的心头一阵狂喜。她想自己跟自己赌也挺好玩的，赢了自己如同赢了别人，感觉好极了。她带着胜利者的姿态正欲离开，忽然看见那个男人的对面，也就是她昨夜坐的地方，也放着一盅咖啡。男人对着那个空位喃喃自语，还不时伸手过去为对方搅动咖啡、加糖，仿佛他的面前真的坐着一个什么人，只不过别人看不见罢了。

　　希光兰在那个男人看不见的地方多待了一会儿，又产生了赌博的欲望。她想那个男人对面坐着的女人，那个别人看不见的女人是不是我？一定是我，那个男人一定是在等我。

　　表演与窥视持续了一星期，希光兰兴奋的心情就像那个男人嘴上的胡须一天一天地茁壮成长，最终，她坐到了那个男人的对面。那个男人警觉地抬起头来，说对不起，这里已经有人了。希光兰很失望，迟疑片刻，正准备站起来离开，就听到那个男人愈来愈重的喘气声。男人张着嘴想说什么却又说不出来。希光兰想真他妈的扫兴。

　　那个男人的上嘴唇和下嘴唇经过一阵紧张的拉扯后，终于合到一起，它们像两个巴掌拍出一个声音：这位置就是留给你的。希光兰想我又赌赢了。男人说我想你一定会来。希光兰说凭什么说我一定会来。男人说你喜欢听真话还是假话，希光兰说当然是真话啦……希光兰把那个"啦"字拖得很长。男人说我长这么大，从来没有女人为我买过单，从来都是我付款，而上周你却给我付了咖啡钱，这就是我一直坐在这里等你的原因。希光兰说可这并不是我再回到这个座位的理由。当然不是，那个男人提高嗓门，他的嘴唇又抖动了一阵，声音很细很匀地从嘴里跑出来，但是你为一个陌生人付款不能说没有目的，至少你找到了优越感，像一个高高在上的富翁俯视被你救济的穷汉，或者说你的举动使你一下子有了道德优势，于是你就像一只猫调戏一只老鼠，假装撒手不管，做得很洒脱，其实目光始终没有离开老鼠。富人喜欢回过头去看穷人，猫最终还要把爪子搭到老鼠的背上。我猜想你一定来过南岛咖啡馆，并且看见我在这里等你，只不过你故意不走到我的面前来。希光兰说没有，我绝对没有看见你在这里等我，上周的事我早就忘了，也许是当时收银员找不出零钱，我就把你的款付了，不过才十几块钱，想不到你这么在乎，而且我还不敢肯定那个男人就一定是你。是我，那个男人指着胡须里的伤疤说，我这里有一块伤疤，我发觉你对它很感兴趣。希光兰突然有了一丝激动，朝着那条虫子似的潜伏在胡须里的伤疤笑了笑。

那个男人跟着希光兰走进卧室，他看见希光兰的梳妆台上摆着一个精巧的铁架子，铁架子上挂着红黄绿三盏小灯。那三盏小灯和十字路口的交通灯一模一样，它们简直就是交通灯的缩影。

难道这个女人是交通警察的家属？那个男人说在你这里，是不是红灯受阻绿灯通行？那不一定，希光兰漫不经心地说着，顺手关掉了卧室的灯光，只留铁架子上那盏小小的红灯亮着。

红灯的光芒散落在卧室的衣架上，裙子和衣裳在灯光之下蠢蠢欲动，衣袖莫名其妙地举起来，欢快地舞蹈，男人被那些五颜六色的服装迷住了。希光兰叭地关掉电风扇，服装们都平静下来。希光兰还调了调红灯的角度，男人看见红色全都散落在床上。那是一张充满诱惑的床，灯光给了他暗示。他走到床边，躺下去。希光兰在他的下巴上摸了一把。他变得异常兴奋，把希光兰狠狠地摔到了下面。

一股刺鼻的气味扑面而来，他想这是什么气味？他这么想着的时候，动作明显地慢了下来。希光兰双手揽住他的腰，帮助他加快速度。但他显得有些迟疑，仍然被那股刺鼻的气味纠缠不休。这是油漆的气味，他觉得她的全身上下充满了油漆的气味。他在油漆的气氛中兴奋、战栗、抽搐，渐渐地油漆的气味退远了，外部的世界愈来愈虚无缥缈，他进入一种忘我的境界。他想呼喊。他不停地喊小希、小希……

忽然，他被希光兰推了出来，那些随着喊声降临的液体喷洒在希光兰洁净的腿部以及床单上。他像被拦腰切了一刀，突然松弛，说你为什么这样？希光兰说因为不公平，我还不知道你的名字，你却知道我叫小希了。你一叫我的名字，我就没有兴致。你那么不停地叫我，和那些熟悉我底细的人丝毫没有区别。我喜欢陌生。他说对不起，我叫丁松。

滚！希光兰突然大叫一声，我并不想知道你叫什么松。希光兰把他推出卧室。他的衣服从门缝里一件一件地飞出来。他想现在我不是丁松，而像一只狗。他把头从门缝伸进去，看见希光兰赤身裸体站在灯光里，液体正在她身上的某些部位滑落，就像雨滴从阔大的树叶上滑落。

门嘭的一声关上了。希光兰相信那个名叫丁松的男人还会回来。她曾经这么大大方方地放走许多男人，最终他们都回到这个地方。但让她弄不明白的是丁松怎么知道希光兰这个名字，她最不喜欢别人叫她的名字。跟男人们打交道，她常常用一个字母来代替自己，A、B或者K。现在许多男人只知道她叫B，而不知道她叫希光兰。

她发现梳妆台上压着一张保险公司开给她的保险单，那上面写着"希光兰"三个字。她想我总竭力简化自己，但有些时候怎么也不能简化。对保险公司来说，B绝对不等于希光兰。

大约过了十五天，希光兰没有看见丁松的影子。她想这只老猫看来是占惯了便宜，不会再来了。希光兰一边这么想着，一边又抱着希望，他怎么会不来呢？我和他就像一盘没有下完的棋。

丁松其实来过两次。他敲希光兰的门时，看见一颗陌生的人头夹在门缝里，把他从头到脚水洗似的看了一遍，然后问他找谁？他说希光兰。那颗头来回地摇，说没有这个人。丁松抬头像打量老熟人一样重新打量楼房，怎么会没有呢？丁松自言自语，那天晚上我就是从这里走出去的。那颗人头从门缝里缩了进去，说没有就是没有。丁松抢先一步推开屋门，说慢，她是不是不想见我？丁松话音未落，双脚已经踏进了客厅。他看见屋角还坐着一个女人，和给他开门的女人长得一模一样，她们像是母女又像是姐妹。两个女人四只眼睛奇怪地盯住丁松。丁松感到脊背一阵阵凉，发觉这房屋的结构和他的记忆是吻合的，只不过主人变了，房间的家具摆设也全变了。丁松说你们是不是刚搬进来的？我们在这里住了一年多，那个开门的女人说。

丁松从房间退出来。他一边往回走一边回头打量这幢楼房。他相信他的记忆，但他弄不清在什么地方出了差错。又过了两天，丁松再次来到这里，他用食指的关节轻轻地敲门。里面没有任何反应，丁松仍然固执地敲着。一连敲了两分钟，门哗的一声拉开，丁松又看见那四只不太友好的眼睛。他的记忆完全彻底地向现实投降。他想和希光兰的故事就像一场梦，或许根本就没有发生过。一个人在大白天里去找梦里的人物，这不是开国际玩笑吗？丁松用手不停地掐自己的胳膊和大腿，胳膊和大腿都有痛感。他想现在的丁松是真实的丁松，现在的想法是真实的想法，只可惜，那天晚上我为什么不掐一下我自己？

走进工地，丁松突然闻到一股刺鼻的气味。他问司机这是什么气味？司机说没什么气味。丁松说有，你跟我来。丁松很神秘地向司机招手。他们从一楼走到二楼，没有找到气味的来源。他们再上到三楼，仍然没找到那股气味。走到四楼时，他们看见一大桶绿色的油漆泼洒在地板上，油漆工李四正在用刮刀把泼出来的油漆一刀一刀地刮回铁桶里，刮刀在铁桶上刮出一声声嚎叫。丁松说是谁碰倒了油漆？李四说不是我。丁松说不是你是谁？我要扣你这个月的奖金，楼房还没交付使用，你就把地板全弄脏了。李四说真的不是我。

　　油漆的气味使消失了几天的那个名字又回到丁松的脑海。他突然变得狂躁，从司机手里夺过钥匙，驱车一路狂奔，到达希光兰居住的那幢楼前。他告诫自己冷静，于是不急着上楼，而是站在楼下仰望。他的目光最先落在三楼的阳台上。三楼的阳台光秃秃的什么也没有。四楼的阳台挂满了衣裳，在衣裳的中间夹杂着一条粉红色的裤衩。这条似曾相识的裤衩照亮了丁松的双眼。一直，他都把三楼当作希光兰的住所，其实希光兰的住所在四楼。

　　丁松露出胜利的一笑，一口气冲上四楼。他先是敲门，门内没有动静，他就用脚踹。他的脚刚碰到门板，门便打开了，原来那门根本没锁。他看见希光兰穿着睡衣躺在床上，像是早有准备。他朝希光兰扑过去，希光兰就势一滚，他扑了一个空。但是，希光兰马上又滚了回来，正好滚在他的怀里，两张嘴不约而同地碰到一起，其他动作紧跟而来。丁松又闻到了油漆的味道。丁松和希光兰同时喊叫，丁松喊女人的名字，希光兰喊男人的名字，他们比赛喊着，一个名字比一个陌生……当他们把想喊的名字都喊过之后，手便撒开，力气也没了，激情从他们的身体脱离。

沉默了好长一段时间，丁松才睁开眼睛。他看见希光兰像一个熟睡的婴儿，已经吃饱喝足正沉沉地睡去。丁松用手撩她的眼睫毛，她的眼皮动了动。丁松说原来你没睡，你的卧室里怎么尽是油漆的气味？希光兰说这房子刚装修。丁松说三楼的那对双胞胎怎么不知道你住在四楼？希光兰说我只知道她们一个叫甲，一个叫乙，就像她们只知道我叫 B，如果你说找 B 的话，她们就会用手往楼上指。丁松说一群怪物。希光兰说你才是怪物。

差不多一个月的时间，丁松把自己完全彻底地交给了希光兰。他们不断地变换手法和场地，施工队正在施工的楼顶、脚手架，以及李四泼洒油漆的四楼，都成了他们的战场。丁松清楚地记得希光兰倒在油漆地板上时的神态。当时，他们刚从脚手架上下来，丁松在脚手架上的表现令希光兰失望。所以当希光兰倒在油漆地板上时，她先撇了撇嘴。丁松知道希光兰在藐视他。

十多年前，丁松还是一名施工队员的时候，他曾经有过一次在脚手架上做爱的经历。那时队员们都收工了，他和一名女工默默地坐在脚手架上。他看见戴着黄帽子的队员们分散在楼下的平地上吃饭。帽子很刺眼，但他却分不清帽子底下的面孔。白天已从高楼的背后消失，黑夜正把他们和脚手架捏成黑乎乎的一团。他知道一下去，他就会变成一顶黄帽子，他和她都得住进集体宿舍。于是，他抓住这个傍晚，在远离地面和人群的地方跟那名女工做爱。他有一种高高在上的感觉，完事后还朝底下撒了一泡尿。他听到尿在风中左右摇晃，滴滴答答地降落。

可是，丁松与希光兰在脚手架上的这个夜晚丁松失败了。自从做了老板之后，丁松很少到脚手架上来，他甚至丧失了朝黑乎乎的楼下看一眼的勇气。站在脚手架上，他的双腿开始颤抖。他想我为什么害怕？我有那么多钱为什么害怕？他闭上眼睛，用他最敏感的部位去碰希光兰最敏感的部位，碰了好久都没有反应，他感到自己快要掉下去了。

从脚手架上下来，他默默地跟在希光兰的身后，慢慢地一层楼一层楼地往下走。希光兰的脚不时碰到那些钢筋、玻璃碎片，每一丁点儿响声都吓得他大跳。好不容易到了四楼，他明显地感到他那不中用的东西中用了，他把希光兰摔到油漆泼洒的地板上。

在希光兰白皙的皮肤之下是一望无际的绿色，绿色似乎已渗入她的体内，发出幽蓝的光芒。丁松向那堆白色的山丘扑过去，山丘开始晃动，希光兰藐视的表情渐渐变为焦急、渴望。就像发生了一次强烈地震，希光兰在地震中泪流满面。丁松看见绿色的草地上积聚了两潭水洼，溪水缓慢任意流淌，雪山死一般沉寂。丁松的脑海里突然塞满了歌声：戈壁滩上的一股清泉……青海的草原一眼望不完，喜马拉雅山，峰峰相连到天边……雪山、青草、美丽的喇嘛庙……咱们工人有力量，嗨，咱们工人有力量……

四楼静悄悄的，就连周围的声音也都退远了，丁松听到了希光兰均匀的呼吸。希光兰试图翻身站起来，但身子刚一动，她就发出了一声尖叫。丁松拉了她一把。希光兰说痛，背上。丁松看见希光兰洁白的脊背蹿出一股鲜血，一块细小的玻璃扎在她的背部。丁松小心地拔出玻璃，说四楼是我最理想的高度，我家住在四楼，你也正好住在四楼。希光兰说你把我的背弄出血了，你要负责。丁松似乎是很得意，一边吹口哨一边看希光兰穿衣服。

有一天，希光兰突然问丁松，你还有什么花招？你好像已经山穷水尽了。丁松把他的头埋在他的手掌里，很认真地思考这个问题，觉得他的头在他的手里愈变愈大，愈变愈重，愈来愈糊涂。他还是头一次被这个问题难住，也从来没有想过这个问题。如果问他如何能赚到钱，他几分钟就会想出一个点子来。但是希光兰问他如何做爱，他却一时难以对答。他想这就像花钱，要花出点儿档次花出点儿水平确实不容易。在过去，只要换一个女人，一切都重新开始，问题也迎刃而解，可现在他不愿意放弃希光兰。他说我有钱，我可以养你。

钱，希光兰说，你有多少钱？丁松说你要多少，你说个数吧。希光兰举起她的食指。丁松说十万？希光兰摇头。丁松说一百万？希光兰点了点头，说怎么样，为难了吧？希光兰两眼露出挑衅的光芒。丁松说我答应你，但你必须为我生一个小孩。希光兰用她的右手拍了拍丁松的脑袋，就像一位母亲拍一个淘气的孩子，说一言为定。

偶尔，丁松会突发奇想，给他们趋于平淡的故事投下一颗石子。从丁松把摄像机架到希光兰的卧室那天起，他们又持续地兴奋了一个星期。丁松不断地变换摄像角度，他们看着荧屏上那两个赤身裸体的人物，就如看一场激动人心的拳击。现在直播走进了卧室，只差解说。他们看着无声的画面，仿佛在看着别人。看着看着，丁松问希光兰，我们到哪里去了？哎，我们怎么不见了？希光兰说我不知道，我也不知道我们滚到哪里去了？过了一会儿，希光兰说快看，我们又回到电视里了。

毕竟摄像的角度有限，摄像机像小孩手里的玩具，渐渐失去了新奇。希光兰提出转移场地。丁松说转移到哪里，希光兰说转移到你的家里。

第二天早上，丁松跟希光兰约定，如果他家四楼的阳台上挂着一件镶有白色花边的女式短袖衣服，那就说明他的妻子已经出门了。希光兰准时赶到公寓，一抬头，正好看见丁松站在阳台上挂衣裳。丁松朝她摆手，露出暧昧的微笑。希光兰看见从楼梯口走出一个女人，左手提着菜篮，右手正在往她的头上戴一顶蓝色的头盔。她的头发粗壮、乌黑，希光兰于是多看了她几眼。那个女人似乎已发现希光兰在观察她，一边推摩托一边警觉地用目光回击。

希光兰爬上四楼，像一个老熟人似的在丁松的卧室、客厅窜来窜去，没有丝毫的陌生感。她指着一个转角柜的门说这里装的全是酒，尽管里面有茅台、五粮液，但是在这些酒瓶的中间还有一瓶二锅头，就是建筑工人爱喝的那种。说完，她拉开那扇小巧的门，看到的和她的猜测完全吻合。她得意地转过身来，对着一只小抽屉说，这里面一定装着零钱，它是你们共同的钱柜。拉开抽屉，她看见十元票、角票和数十枚硬币乱糟糟地躺在里面。然后她说哪里是装鞋子的哪里是装卫生纸的，她说得毫厘不差，俨然一位女主人的派头。丁松被她说得晕头转向，问这到底是你的家还是我的家？希光兰说是你的家，但是我像是很早就来过似的。我一直都梦想嫁给一个富人，曾经设想把这个抽屉的东西搬到那个抽屉去，然后又把那个抽屉的东西搬到这个抽屉来。搬来搬去，竟然和你太太的想法完全吻合，这说明女人的想象十分贫乏，爱好和习惯竟然那么相近。

丁松说总有不相同的地方吧。当然有啦，希光兰嘴里说着话，身子却躺到了卧室的床上。她突然闻到一股异味，拉开床头柜，看到了满抽屉的各式香水。她朝丁松一个劲儿地招手，说过来，这就是我和她的区别，我们用的香水不同，也就是说我们身上散发的气味不同。她就是她，我就是我，你闻到了吗？丁松的鼻子一抽一抽地把她从头到脚都闻了一遍，在汗臭混合着芬芳的气味中，细心体会她们的区别。

楼下传来一阵轻微的摩托声，丁松从床上弹起来，紧接着希光兰也从床上弹起来。丁松说她回来了，快。四只手忙成一团，希光兰的两只手去提她的牛仔裤，丁松的两只手往希光兰的头上套衣服。仅仅是一分钟，希光兰便冲出大门，响亮的关门声和她咚咚的脚步声，连楼下的人都听得一清二楚。跑到二楼，希光兰与那个上楼的女人撞了个满怀。希光兰看见女人的篮子里装满新鲜的蔬菜，她捡起一只苦瓜问，多少钱一斤？女人说三块。希光兰放下苦瓜，突然产生了与她成为朋友的欲望，并伴随同情、胜利和骄傲等等复杂的情绪。她想我已经抄了你的后路，你却不知道。希光兰哼着歌曲走下楼梯，那个头发粗壮并且乌黑的女人满脸疑惑地盯着她的背影。

那个头发粗壮并且乌黑的女人名叫马丽，是丁松的妻子。当她提着整篮沾满水珠的蔬菜走进家门时，丁松还懒洋洋地躺在床上。一分钟之前，丁松看着希光兰从那扇门框里仓皇而逃，一分钟之后，他看见马丽笑盈盈地走进来。他的嘴里突然冒出一句"我要戒烟"的豪言壮语。对于这样的话马丽已经麻木了，她记得跟他谈恋爱时他曾发誓戒烟，快要生孩子时他也曾信誓旦旦，可是卿卿已经五岁了，他还没有把烟戒掉。

丁松见马丽对他的话没有反应，紧接着又说了一句真的，我不仅戒烟还要戒酒。马丽惊讶地走到床边，说哪来这么大的决心？是不是在外面养小了？丁松说那不戒了。马丽说不，不，还是戒的好，如果你真的能戒掉烟酒，我情愿戴绿帽子。丁松躺在床上，沉默着听马丽的喘气声。沉默了一会儿，丁松下床翻箱倒柜，找出三条零四包高档香烟。他把那些香烟认真地看了一遍又嗅了一遍，然后一条一条地扔出窗口。

在驱车前往工地的路上，丁松用手机跟希光兰通话，他说从今天起，我把烟和酒都戒了。希光兰说怎么能这样？你有那么多钱，不抽不喝拿来干什么？丁松说你少废话，我这样做正是为了将来有人用我的钱。希光兰笑了两声，说我不明白。丁松说你等着，两个月之后，我要在你身上播下一粒种子。也不等对方说话，丁松关了手机。

一个月之内，丁松不抽烟不喝酒，不参与赌博甚至不熬夜，他的生活变得有规律了。每天清晨，他都准时到达工地，在十几层楼之间虎虎生风走来走去。有人说他差不多变成一个好人了。

他把希光兰发配到一个山水甲天下的城市，每天他们都会通十几次电话。他认为只有这样，他们才能避免过度的纵欲。跟希光兰待在一起，他会控制不住。于是，这个月变得特别漫长，一月长于一百年。马丽对他准时归家准时上床表示出极大的满意，但马丽不满意他上床后就呼呼大睡。

丁松变得愈来愈嗜睡了，仿佛要把过去抽烟喝酒纵欲的时间全部用到睡觉上。他想不到自己这么能睡。马丽更是觉得奇怪。一月之内，她不知道推醒过他多少次，但是他只睁开一下眼皮，马上又睡过去。马丽推醒他是想要他做一点床上的工作，但他却口口声声称太累，没力气。马丽就用手抓住他身上雄起起气昂昂的部位，问这是没力气吗？丁松无言以对，便从家里逃出，决定把和希光兰分居的时间缩短。

被电话召回的希光兰于下午五时出现在火车站。丁松的目光最先落在她的眼睛上，然后依次是鼻子、嘴巴、胸口和大腿。他发现希光兰消瘦了许多。他按了几声喇叭，希光兰像是发觉了他的车子，朝着他的方向走过来。希光兰在朝他移动的过程中，把手里的一小截东西扔在地上。丁松发现那是一截香烟，便推开车门钻出。一位右臂戴着"卫生监督"字样的老头先于丁松抓住希光兰的右手。老头说乱扔东西，必须罚款。丁松问老头她扔的是什么东西？老头张嘴想说，却被希光兰抢先回答了。希光兰说是口香糖纸。丁松看见希光兰的身后散落着摩尔烟头和一团口香糖纸，到底是烟头还是口香糖纸？丁松用期待的目光盯住老头，希望他能给出一个正确答案。

希光兰从皮夹子里掏出一张十元纸币，递给正在犹豫的老头。希光兰说不用撕票了。老头接过钱，对丁松露出一副笑脸，说口香糖纸，她丢的是口香糖纸。口香糖纸……这四个字，老头是用流行音乐的调子唱出来的。他的怪腔怪调让丁松特别不舒服。

淋浴之后的希光兰干净得像一张雨洗过的荷叶，荷叶上滚动着晶莹剔透的水珠。荷叶平整地摆在床上，看丁松把上衣的扣子一颗一颗地扯开，那些鼓凸的肌肉纷纷从衣服之下滚出。他们分居了一个月，等的就是这个时刻。丁松雄心勃勃，每一块肌肉似乎都绷紧了。窗外，正是黄昏，夕阳在楼群中沉落，许多人都在赶路回家。丁松开始调动希光兰的情绪，他的手像一条蛇在她的身上爬来爬去。他说书上讲只有男女双方同时达到高潮，生下来的孩子才聪明漂亮。希光兰对这个问题不感兴趣，仍然像一张荷叶静静地躺在床上，任凭丁松摇动、抚摸、折叠。丁松说我们一定要生一个男孩。希光兰说书上只告诉你如何才能使孩子聪明漂亮，但它没告诉你怎样才能生一个男孩。丁松说会的，我总会操出一个男孩来的。

他发觉她的情绪低落，有几次她的身子快扭起来了，情绪似乎快到来了，但突然她又没了动静，就像小时候爬滑滑梯，她总想爬上顶端才滑下来，可是一次又一次，她只爬到一半就滑下来了。丁松想改变计划，说既然你不感兴趣，那我们明天再来。希光兰冷笑两声，说你怎么能随便更改会议日程，现在大家都到了会议室，你却宣布会议改到明天召开，多扫兴。你想想，如果我们把麻将都摆到了桌面，你却突然宣布不搓了，这太没礼貌了。

丁松被希光兰说得猴急猴急的，把生孩子的事丢到了脑后。他想做爱就是做爱，干吗要想到生小孩？他爬到希光兰的身上，很卖力地朝着一个高度攀登。希光兰冷静地看着他扭曲的面孔，仿佛在看一个淘气的小孩。她听到丁松嘴里喃喃地叫着男孩，我要一个男孩……

一股久违的烟味被丁松敏感地捕捉。他问你抽烟了？希光兰摇头否认。丁松不相信地动了动鼻翼，在卧室里嗅来嗅去，终于发现了问题。他把希光兰的小提包拉开，从里面掏出半包摩尔香烟，砸到希光兰的脸上，紧跟着扬起右手，扇了希光兰一个巴掌。希光兰被一阵风裹挟，在地毯上旋转半圈。当她扬起头来时，那只悬空的巴掌又向她扑来。她感到脸上火辣辣地痛，但她没有哭，像一下子丧失了哭的功能。丁松气得全身发抖，嘴唇不停地跳跃，转身朝房门走去。丁松说为了要一个孩子，我把烟酒都戒掉了，你竟然还抽烟，跟我对着干，你给我滚！丁松本来是想让希光兰滚，自己却滚到了门外。门嘭的一声关闭，里面也传出一声响亮的滚。

这个黄昏像一张大饼贴在希光兰的左脸上。她想我终于有了离开丁松的理由，一巴掌打掉一百万太值了。她捂着火辣辣的左脸坐到深夜，觉得这个夜晚特别安静，BP机、大哥大无声无息，它们都睁着眼睛陪伴她。她希望它们安静，同时又希望它们发出声音来驱赶寂寞。从黄昏到深夜，她没听到任何动静，很失望地关掉了BP机和大哥大，突然有了一种与世隔绝的感觉。我已经剪断了我跟这个世界连接的纽带，最好是谁也别来干扰我，但这不太可能，丁松不会善罢甘休的。

　　丁松离开希光兰后，便约了两三个朋友赌钱。从黄昏直赌到第二天中午，丁松大约输掉三万多元。朋友们纷纷离桌，说丁松手气不好是因为玩女人太多，手上沾了秽气。丁松嘴里叼着香烟，朝离开的朋友们频频点头，好像是在承认朋友们的结论。

　　坐到小车上，丁松感到头慢慢地大起来。他不想回家，看看手表，正好是星期天。星期天就更不能回家了，马丽和卿卿会缠着他吵闹不停。他渴望静静地睡上一觉。他把那颗沉涨的脑袋摇来摇去，许多事情从他的脑袋里飞出来。他突然想起昨天的黄昏，他打了希光兰几个巴掌，原因是她在偷偷地吸烟。她吸烟就不能为我生一个健康聪明的小孩，可是现在我自己也吸了。那小孩还要不要？小孩还是要的，我的钱不能白花。

　　丁松赶到希光兰的住处，希光兰不在。看着扔在床上的手机、BP 机和金项链，丁松分析希光兰不会走得太远，想只有在这里我才能好好地睡一觉。丁松倒头便睡。

希光兰把自己的这一次出门称为赤裸裸的出门。她卸掉那些通信设备，就如卸掉了沉重的铠甲，觉得自己像一只自由的鸟，在城市的树林里飞翔。丁松找不到我，他一定会着急，就让他着急去吧。希光兰从一个服装店走到另一个服装店，差不多把服装店走完了，但没有买一件衣服。她根本不想买它们，只想看。她看见好看的服装就往自己的身上穿，许多人都围过来看她，说美女穿这衣服好看。说好看她也不买。她把衣服脱下来挂到原先的位置，接着往下一家走。下一家的服装仍然能刺激她的兴趣，于是她又试穿。一个下午，她试穿了三十多套衣服，围观的人都对她说漂亮。她知道店主们说漂亮说好那是在说服装，而不是说她，表扬的字眼似乎与她无关。可惜，没有任何一个声音是贬低服装的，如果有人说美女，你穿这套衣服不太合身，特别难看，那么她就会把这套服装买下来，穿着它走到丁松的面前。她们不知道，这个下午她是来选购最差最难看的服装的。

走了一个下午的希光兰在黄昏降临时走进了大清茶楼。茶楼里的灯光比黄昏还要昏暗，她选了一个不起眼的位置坐定，要了一壶茶和一碟点心，慢慢地打发时间。她突然想知道丁松在干什么，便走到柜台前，给丁松挂了个电话。丁松被铃声惊醒，抓过手机贴到耳朵边，那头却突然挂断了。丁松想一定是那几个赌友在跟他开玩笑。丁松倒头又睡。但手机又嘀嘀嘀地响个不停，丁松接通电话，仿佛听到了那一头的喘息声。会不会是希光兰？他说你的气味我已经闻到了，你是谁我很清楚，回来吧，别再恶作剧了。那一头传来重重的搁话筒的声音。丁松再也无法睡眠，他睁开眼，屋内一片黑暗。他睡不着但又不想下床，就静静地躺在黑暗里。他相信希光兰回来的时候，发现床上躺着一个男人会兴奋不已。

　　丁松的一句回来吧，引起了希光兰的警觉，她断定丁松现在就躺在自己的床上。她试着给自己的手机挂了个电话，竟然通了。还有人接。她从话筒里听到了丁松的呼吸声。出门的时候手机是关着的，现在打开了，说明丁松想从手机里了解我的秘密。她写了一张字条，递给一位身着清代服装的茶房，字条的内容是"我想找希光兰，叫她过来睡觉"。茶房一脸茫然。她按了重拨键，说如果有人接电话，你就把纸条上的话对他说一遍。茶房按希光兰的意思说了一遍。希光兰怔怔地站在茶房身后，欲望被她自己写下的十二个字撩拨，仿佛接电话的人不是丁松而是她自己，而茶房不是读她的字条而是真的对她有这样的要求。茶房那套清代服装使希光兰有隔世之感，她想如果真跟清朝的茶房啪啪，那自己就要倒退八十多年，也就是说八十多年前，我必须是现在的模样，而不是一粒尘埃。天哪，我就要跟一位清朝的茶房睡觉了，他现在正打电话叫我过来……

茶房放下电话，回头对希光兰笑笑，说他在电话里骂娘。希光兰说谁骂娘？茶房说我怎么知道他骂谁？是接电话那个男人在骂娘。希光兰说他叫丁松。丁松这两个字像一盆水泼到希光兰头上，把她从胡思乱想中拉出来。她缩回到大清茶楼的角落，看那些茶房为顾客忙忙碌碌。

深夜十二点，希光兰又挂了一次自己的手机。第一次没接通，第二次挂通了，那边没有人接。希光兰想丁松已经离开，便恍恍惚惚地走出茶楼，赶回自己的住处。

希光兰走进卧室正准备开灯，突然被一双手搂住。那双手迫使她倒到床上，剥她的衣服。希光兰知道压在她上面的人是丁松，但她故意不作声。她认为这样黑灯瞎火地做，总比开灯看着那副面孔略强。她应付着，不反抗，不配合，因为她还记住昨天黄昏的那几巴掌。上面的动作持久有力，她慢慢地被引入一条快乐的通道。烟味香气扑鼻，动作愈来愈快，那个可爱的人远远地向她扑来。她开始呻吟，并且抬起头来在那个人的肩膀上咬了一口。那个人发出一串笑声，他知道他成功了。完事后，他说你如果怀上了也得打掉，因为你吸烟。希光兰说你爸吸不吸烟？丁松说吸。希光兰说为什么当初他没把你打掉？丁松说那是三十年前的事了，现在是什么时候，现在怎么能和那时比。希光兰说那时抽烟没问题现在也会没问题，我就要和那时比。丁松说好好好，我不和你争，你只要能生出一个儿子来就行，不管他聪不聪明，不管他畸不畸形，我都认啦。

在与希光兰一同狂欢的日子，丁松的胸口始终压着一份重量。这个重量缘于那个神秘的电话，"我想找希光兰，叫她过来睡觉。"那个男人嗓音洪亮，充满自信。他会是谁呢？丁松有不吐不快之感，但他又不想吐出来。他想男人要控制住一个女人靠的绝对不是多疑，而是让她怀上。

半年过去了，希光兰仍然没有怀上。丁松怀疑希光兰偷吃避孕药。希光兰却拍着自己的腹部笑丁松没有本事。趁希光兰外出的时候，丁松在希光兰的屋里翻箱倒柜，寻找一切可疑的迹象。翻遍所有柜子和抽屉，丁松没有发现避孕药以及男人的照片或书信。

尽管丁松做得小心谨慎，但希光兰还是发现了，她有一种被人监视被人搜查的感觉。她把柜子里的衣服、相册、化妆品全部掏出来摔到床上，说让你翻，我让你翻，我的身体你翻过了，我的衣柜你翻过了，现在我连一块遮羞布都没有了，你连我的一点儿小秘密都不允许存在，你把我当什么了？我是玻璃人吗？我是透明的吗？丁松说你有什么资格享受秘密？别忘了，你是我供养的一只鸟。希光兰说哪怕是一只鸟，也不喜欢别人侵犯它的窝。丁松说当初的条件是要为我生一个孩子，可现在你连怀都怀不上，也许你本来就没有怀上的能力，而是想来骗我的钱。争吵中，希光兰发现丁松已变了一副嘴脸，过去的讨好、下流不见了，取而代之的是盛气凌人、自以为是。希光兰说怀不上肯定不是我的原因。丁松说那是谁的原因？希光兰说谁的原因谁懂。

丁松把床上的衣服全扫到地上，用脚狠狠地踩。希光兰像是自己被踩一样难受，扑到衣服上哭。丁松说有什么好哭的，你敢跟我到医院去检查吗？希光兰不吭声。丁松就把她拖出卧室、客厅。她的衣袖在门上挂了一下，破了一道口。她哀求让我回去换一件衣服吧。丁松不允，把她拉下楼，强行按到轿车里。

轿车朝医院狂奔。因为车速太快又要避车，车子东倒西歪，差一点就撞到别的车上。急速地拐了几个弯，希光兰看见高高耸立在楼顶的医院招牌。招牌像一团火熊熊燃烧，愈来愈近，愈来愈清晰。就在他们即将扑向火的一刹那，轿车突然停住。希光兰猝不及防，额头磕到前面的挡风玻璃上。轿车慢慢地掉头，朝来的方向驶去。希光兰说你怎么不敢了，你为什么不去检查？丁松说上溯我家三代，没有一个播不成种的。轿车在丁松的呐喊声中又一次狂奔。希光兰看着窗外快速后退的栅栏、高楼、树木……感觉额头隐隐地痛。

希光兰和丁松的关系在好长一段时间里显得不冷不热，激情不知不觉地从他们身上消失，他们都感到疲惫。丁松热衷于扑克、麻将，隔三岔五才到希光兰的住处转一圈。大部分时间他都用来睡觉，养足精神之后又去跟朋友们通宵达旦地赌。

中午吃快餐的时候，希光兰遇到了一位阔别十年的高中同学。那个同学在她的对面叫她的名字，她抬起头，竟然没把他给认出来。他自报家门之后，希光兰才恍然大悟。她记起这个名叫祝兴义的同学当时头发稀黄，在班上是有名的瘦猴。可是十年之后，他竟然变成了一个大胖子，仿佛十年的时间全都变成了脂肪堆积到他的身上。祝兴义说他在某局当局长，晚上一定要请希光兰吃饭、唱歌、跳舞。

希光兰不愿意跟祝兴义跳舞，她认为他太胖了，转动起来会比较困难。于是他们就散步，漫无边际地散步。他们散步时，她发现身后跟着一辆黑色轿车。她返身朝那辆轿车走去，轿车才溜走。她说有人跟踪我。祝兴义问谁？希光兰说一个男朋友，他每天晚上都打麻将，但他雇了一个司机跟踪我。他表面上把我丢在脑后，其实他一直都在注意我的一举一动。祝兴义扭动他肥胖的头颅，左右前后看了看。希光兰发现了他的惊慌，说你怕？祝兴义说不怕。但祝兴义很快便找到了一个借口，匆匆地离开。希光兰对着跑步离去的祝兴义发出一串怪笑。

第二天早上，丁松睡眼惺忪地走进希光兰的客厅。希光兰说又赌了。丁松说赌了。希光兰冷笑。丁松径直走进卧室，不到一分钟，卧室里就传出了鼾声。

在希光兰的印象中，所有的黄昏都是从她的身后开始的。她居住的公寓坐东朝西，楼梯口正对着每一天太阳沉下去的地方。沿着公寓的楼梯拾级而上，她常常听到身后传来阵阵急促的声音，仿佛一群老鼠追赶她的脚步。这种时候她往往回头，看见西边的太阳快要落下了，那些急促的声音正从远远的天边滚来。事故发生的那个黄昏，她从楼下一步一步地朝四楼走去。当时，她站在楼梯的中央回头望了一眼，天空一片杏黄，黄得奇怪黄得不像天空。她莫名其妙地打了一个喷嚏，继续朝楼上走。她看见门板上贴着一张纸条：

兰：

　　找你不遇，下午七时我在华侨宾馆门前等你，不见不散。

男朋友

希光兰想会不会是祝兴义？但她马上又否定了这个想法，祝兴义没有这样的胆量。她扬手撕下字条，没有进屋便返身下楼，一边跑一边看表，已经是下午六点三十分了，离那个男朋友约定的时间只差半个小时。

希光兰朝马路上挥手，一辆的士停在她面前。当时她没有注意到这是一辆黄色的士，脑子里塞满了对那个神秘男友的猜想，以及对时间仓促的焦急。她不停地对司机说快一点儿，再快一点儿。催促的时候，她没有正眼看司机，目光穿透车窗遥望正前方，正如她此刻的心情，已经远远地走在身体的前面。碰上堵车的时候，她才侧过头望了一眼司机，发觉这个司机很年轻，嘴上还没有长出胡须。她说开几年车了？司机说两年。她说怎么不读书？司机说考不上。她说挣了不少钱吧？司机说买车的钱还没还完。司机用手在自己粗壮的头发上抓了两把。车子缓缓地向前移动，动了一下，又被前面的车堵住。司机偷偷看了一眼希光兰，随即缩回目光。他的目光就像蛇芯子，在希光兰的脸上轻轻一舔就收了回去。直到出事之前，他再也没扭头看一眼希光兰。他被希光兰的美丽震住了，认为她是他最美丽的乘客。

　　一辆一辆的车紧挨着，排成长长的一串，把希光兰乘坐的的士夹在中间。这时，希光兰才发现自己乘坐的的士是黄颜色，这种颜色在车阵中十分醒目。她抬起手腕，不停地看表，最后把手表脱下来拿在手上，问司机能不能绕道走，司机摇头。一辆轿车紧紧地贴着他们的车屁股，好像前面这辆车是女的，后面那辆是男的。车子不能后退，希光兰只能干着急。

　　半个小时之后，车子像水一样突然流动，慢慢地散向四面八方。希光兰挺直腰杆，头部前倾，催促司机加快速度。车子像一匹脱缰的野马，在马路上乱窜。希光兰发觉司机开快车的动作比丁松的好看。车子愈来愈快，仿佛离开地面变成一架飞机。希光兰喊刹车，车子却刹不住。希光兰听到一阵玻璃的碎响，无数把锋利的刀刺向她的身体。她感到痛，然后是不痛。希光兰在被撞伤的一刹那，左手下意识地伸向方向盘。但是她的手并没有抓住方向盘，而是紧紧地抓住了司机的右手。

司机易平想把这位受伤的女乘客从车上抱下来，他伸手一抱，才发现她的右脚被扭曲的车门夹住了。他用一根铁棍撬开车门，把她抱到马路上。鲜血沿着他的衣裳、裤管往下滴，他分不清那些血是他的或是她的。走着走着，他发现地上留下一串脚印，脚印在马路上发出刺眼的红色光芒。他朝那些过往的车辆呼喊，但那些车辆都没长眼睛和耳朵，根本不把他放在眼里。他抱着希光兰朝马路中间走去，挂在希光兰脖子上的皮包像老式座钟的钟摆，随他步子的移动而晃动。车子从他的身边呼啸而过，有些车辆仿佛是从他的身上碾过，但他不感觉到疼痛，好像自己是影子。过往的车子对他充耳不闻。他想这些车子都没长良心，它们不愿救一个血淋淋的伤员，也许只有看到钱，它们才会把眼睛睁开。

易平腾出一只手来摸钱，口袋里空空荡荡。他打开那个吊在女人脖子上的皮包，发现里面装满钞票，伸手拉出一沓，钞票在他手上迅速变红。他举着沾满鲜血的钞票朝车辆挥动。一辆的士停到他的脚边，紧急刹车声震耳欲聋。他把希光兰抱上后座。司机说别弄脏了，小心一点儿。他被司机提醒，从希光兰身下抽出手来，在座椅上搓来搓去，左手的血擦干之后，他又换右手擦，两只手渐渐变得干净。他似乎还不解恨，说你们司机真没良心，见死不救。这时，他已经忘记自己也是一个司机。司机说如果你是开车的，没有钱你会救吗？大家都是为了生活。司机说着话，目光始终盯着前方，头部一动不动，这种姿态显示出他说话的分量，好像他的话就是真理，不容探讨和商量。易平想如果我遇上别人车祸，会救吗？不知道，我从来没碰上过这类事情。

在医院急诊室里，护士们剪开希光兰的衣服。易平看见这个女人的身上多处被戳伤，那些伤口像涂满口红的女人嘴巴，好在女人的面部完好无损。易平想她的面部能逃过玻璃，恐怕是车子撞向树干的一刹那她伸手抱住方向盘的缘故。她伸出左手的时候，头部也跟着侧向左边。看见她伤得那么厉害，易平突然产生了逃跑的念头。他刚要转身，却被护士们叫住了。护士说你待在这里干什么？还不赶快去交钱。护士把他当作伤者的丈夫、情人、恋人或者亲人，用命令的口吻叫他去交钱。

易平解下希光兰身上的皮包，朝住院收费处走去。他站在收费窗之外，脑子里又闪过一丝逃跑的念头。犹豫了一会儿，他把皮包里的钱掏出来数了数，一共五千多。他把钱递进窗口，收费的问他叫什么名字？他说易平。希光兰以易平的名义住进了医院。易平交完费，发现皮包里层装着一张身份证和一张存折，现在他才知道伤者名叫希光兰。他想不到她的存折上会有那么多钱。

医生告诉易平，希光兰只是外伤，并没有伤筋伤骨，但为了对病人负责，必须做一次全面检查。易平跟在手推车后面，陪希光兰去拍片。希光兰已经清醒，她躺在手推车上，两只眼睛看着天花板、电灯线、蜘蛛网慢慢地移动，最后她的目光落在易平的身上。易平看见她的目光很冷漠，仿佛脱离了她的眼睛，与她没有关系。

医生们把希光兰折腾来折腾去，从此门到彼门，从这个平台到那个平台。易平始终不离左右，像抱自己的小孩子一样抱着希光兰，听从医生们的指使。希光兰的身上缠满绷带，易平的每个动作都必须小心翼翼，有好几次，易平听到希光兰在他的怀里放屁。这使易平有一种吃到苍蝇的感觉，心想她长得这么漂亮，怎么会有如此不文雅的行为？甚至，他想到撒手不管一走了之。

打针、吃药的时候，护士把希光兰叫成易平。医生查房的时候，也叫她易平。最初的两天，一听到护士们叫易平，易平就从病床站起来。护士们白他一眼，继续对着床上叫易平。希光兰不习惯这个称号，也没有什么反应。易平提醒她说她们在叫你，她于是点头，表示已经听到呼唤。反反复复叫过几天，易平对易平这个称呼渐渐麻木，希光兰对易平这两个字反而敏感起来。

希光兰的突然失踪，使丁松惶惶不可终日。他细心地查看了希光兰的住房，所有的东西都井然有序，不像是出走。由于手机和BP机都没带走，他无法与希光兰联络。他耐心地等着，相信希光兰会突然从某个地方冒出来。一个星期过去了，两个星期过去了，希光兰一直没有出现。他已经丧失等待的信心，相信希光兰一定遇到了什么麻烦。

希光兰的伤势逐渐转好，并且精力也愈来愈充沛。易平问她需不需通知她的亲属或者朋友？希光兰说不需要，也没什么朋友。易平不太相信，说像你这样的姑娘，不可能没有朋友。希光兰说真的没有。为了证实这话的真实性，希光兰急得脸上一阵白一阵红。易平完全相信了她，说如果真是这样，我这车祸就值了。希光兰说你的嘴巴怎么这么臭？如果我们换一下位置，你肯定不会这样说。

有时候易平会躺到希光兰的病床上，把头小心地靠在希光兰的脚边。希光兰用脚指头刨他的耳朵。易平用手刮她的脚掌心。她放声大笑，笑过之后，易平用双手紧紧握住她的脚掌，像握住一团温暖的绒毛，愈握愈紧。希光兰的胸口一起一伏，喘息声渐渐粗重，脸上呈现激动满足的表情。这种表情一直持续到易平放手为止，他们仿佛从高处突然跌到地面，目光里的内容开始变得复杂。

有一天，希光兰叫易平去修理撞烂的车子。易平面带难色。希光兰说是不是没有钱？易平不作声。希光兰说如果是钱的原因，你就不用担心，快去把车子修好来，我要坐你的车子出院。希光兰几乎是在命令他。

到希光兰出院的那一天，易平真的把车子开来了。易平已经把车子漆成了红颜色，这在希光兰的意料之外，也叫希光兰兴奋不已。希光兰坐到车子的后座上，说易平终于出院了。易平说是希光兰出院了。希光兰说不，是易平出院了，她们叫了我一个月的易平。易平就朝希光兰叫一声易平。希光兰爽快地答应，对着易平叫希光兰。易平说希光兰正在开车，请你不要干扰他。他们叫着自己的名字，在大街转了七八圈，以示庆贺。希光兰说住一次院像坐一次牢。

易平希望希光兰到他那里去。希光兰不同意，说我们只是萍水相逢，怎么能那么快上床？易平说我并没有说要跟你上床，我保证不动你。希光兰说你真的不动我？易平说真的，在你未同意之前。希光兰沉默了。易平也不再征求希光兰的意见，把车径直开到自家门口。

一床军用棉被成了易平和希光兰的分界线，他们扣紧衣服上的扣子，分别躺到棉被的两边。棉被仿佛是他们之间的一道山脉或者一条河流，彼此都不能逾越。其实他们彼此清楚，这个夜晚谁也无法入睡。他们都紧闭双眼，伸直双手，以此证明自己平静和没有非分之想。这样憋了一阵，易平感到难受，希光兰的每一声呼吸他都听得清清楚楚，一股扰乱人心的气味笼罩整个房间。

他相信希光兰和他一样，只是佯睡。他的五个手指像五个侦察兵，从棉被底悄悄地潜入，企图触摸希光兰的身体。第一次，他遭到拒绝，但拒绝得很微弱。第二次，他又遭到拒绝，比第一次的拒绝更微弱。易平终于鼓足胆量，扑向希光兰。在一阵礼节性的打斗之后，双方达成默契。易平像一个溺水的人，终于看到了彼岸，看到了希望，他变得异常兴奋手忙脚乱。

但几乎是在接触希光兰的瞬间，他便提前完成了任务。希光兰在他的臀部重重地拍了几巴掌，把他推到床的另一边去，说做不完的事今后你别做。易平像一个完不成作业的小学生，说我是第一次，我没有经验。

假眠一阵，易平的脑子里充斥乱七八糟的画面，他无法平静下来，回想刚才的每个动作，以及希光兰恨铁不成钢的几个巴掌，慢慢地又变得亢奋。易平两次骑到希光兰的身上，像一位娴熟的骑手，纵马草原，丝毫不怜惜胯下的坐骑。马蹄嘚嘚，一丝女人的啼哭由远而近。借助微弱的路灯，易平看见希光兰泪流满面。希光兰用双手钩住他的头。他感到希光兰的那些泪水全都流到了他的脸上。希光兰的手变得愈来愈有力，好像要把他从远远的地方拉进她的体内。他听到她哭声高昂，悲喜交加。

从睡梦中睁开双眼，易平看见遍地卫生纸，白得像成熟的棉花。一夜之间，他和希光兰用掉了两筒卫生纸。他坐起来看了看自己的身体，再看熟睡中的希光兰。希光兰不知什么时候已经穿上衣服，但下身还赤裸着。他伸手去解希光兰的衣扣。希光兰突然睁开眼皮，双手紧紧护卫扣子，不想让易平看到她身上的伤疤。

　　丁松并没有追问希光兰一个月来的行踪。希光兰也不向丁松做任何解释。丁松断定希光兰要么是去会情人，要么就是背着他偷偷地去打胎。现在丁松不想去纠缠这些问题，他只想跟希光兰好好地睡一觉。

　　看到希光兰十分冷淡，丁松有些恼火，他强行剥下她的衣服，看见她的上身挂满伤痕。他问出了什么事？她把遭遇车祸的事重述一遍，但她隐瞒了跟易平的故事。她说我现在全身麻木，对什么都很冷漠，你就是用手掐我，我都没有知觉。不信你试试。丁松在她的手臂上狠狠地掐了一下，希光兰没有任何反应。希光兰抓起一把小剪刀递给丁松，说你用这个戳我，我也不知道痛。丁松用疑惑的目光看着希光兰，并不接她手里的剪刀。希光兰拿剪刀的手高高举起，正准备戳向自己的大腿时，丁松夺过她的剪刀丢到桌子上。丁松不管希光兰麻不麻木，把她放倒到床上，迅速地扑上去，像是完成一种任务，并不考虑对方的感受。他看见希光兰一边跟他说物价一边接受他的强暴，到后来她还哼唱几句流行歌曲，仿佛丁松做的事情与她无关。

　　希光兰再次走进易平的房间，是第二天晚上九点。九点之前，她被丁松缠住不放，也打消了去易平那里的念头。后来丁松喝酒醉了，在餐厅里当着希光兰的面捏弄别的小姐，大大方方地掏小费。希光兰想丁松根本不尊重我，他给我的那些钱就像给小姐们的小费。小姐们得过小费之后，一个一个地消失了。希光兰把丁松扶回住处，让他躺到自己的床上，然后去关房门。她想今天就这样结束了。等她洗完澡返回卧室，听到丁松鼾声很有节奏地响起，她用手指头碰他，他没有丝毫反应。于是，她走出家门直奔易平而来。

希光兰从提包里掏出两万块钱递给易平。易平不收。希光兰把钱放到抽屉里，说这是修车的钱，如果那天不是因为我催你开快车，就不会出事。易平嘿嘿地笑两声，心里暗自高兴，说可我没有什么给你，我只有这个。易平指了指身体的某个部位，把希光兰抱上床。希光兰不让易平解她的衣扣，命令易平关灯。易平不关。希光兰从床上爬起来，自己把灯关掉。易平听到她剥衣服的声音，隐约看见她走动的躯体。她的躯体丰满富于弹性，曲线幅度大。希光兰对着站在一旁的易平说你快一点儿，我还得赶回去。

第二天早上，丁松醒来时希光兰还处于睡眠中。丁松用他的右手指在希光兰的眼皮上、嘴唇上来回走动，就像是一辆车在公路上跑。跑了好久，希光兰才醒过来。丁松说昨天晚上，你跑到哪里去了？希光兰说我一直在陪你睡觉。丁松说骗我，半夜的时候我想喝水你不在卧室里，你到哪里去了？希光兰说我到卫生间给你收拾秽物，昨晚你吐了好多东西。丁松拍拍脑袋说，昨夜我吐了？希光兰说吐了，是我把你从外面扶回来的，上半夜你说要吐，我就扶你到卫生间，你吐了好多。丁松说我全记不起来了，这酒，今后我再也不喝了。希光兰说男人不喝酒，怎么像男人。

一周之后，在丁松醉酒的餐桌上坐着易平。丁松已经出差了。希光兰和易平在餐厅里比赛喝葡萄酒，结果每人喝掉一瓶。希光兰发觉易平闷闷不乐，低着头不说话。希光兰问他出什么事了，为什么不喝，不高兴？起先易平不答，希光兰问多了他才说，钱，跟别人借的钱到期了，别人在催我还债。希光兰把手一挥，说不就是钱吗？有钱你高不高兴？易平说有钱谁不高兴。希光兰说两万够不够？易平说差不多。希光兰说五万。易平说够了。希光兰说十万。易平说别吹牛，你哪有那么多钱？希光兰说十万，买你今夜开心可以了吧，你别哭丧着脸，像死了亲人似的。

易平的脸上立即咧开笑口，高举酒杯，又和希光兰共干了一瓶葡萄酒。两人喝得东摇西晃，回到希光兰的住处。易平见床就倒下去。希光兰把他拉起来，说你去帮我洗个澡，我长这么大还没人给我洗过澡。易平跟着希光兰走进洗澡间。希光兰扭开水龙头，两个赤身裸体的人被雨笼罩。雨水冲刷他们的头发，欢快地流过山冈平原，打着旋涡进入下水道。希光兰问易平，人最干净的时候是什么时候？易平说还没有出生之前。希光兰说错了，人最干净的时候是洗澡的时候。希光兰用手搓她的下身，说你吻吻我这个地方。易平说脏，那不是放嘴巴的地方。希光兰说都是肉长成的，和嘴巴没什么区别。易平说怎么没有区别？嘴巴能说话它不能。希光兰说你不吻，明天我就不给你钱。易平的头渐渐地勾下去，说你给不给我都会吻的，因为我爱你。希光兰说我也爱你。

　　独自一人的时候，希光兰喜欢面对镜子剥掉自己的衣服。她看见那些伤口像一张张嘴巴挂在她的胸口和腹部。如果把那张漂亮的脸蛋移出镜面，就像一截树桩，树桩上布满刀斧留下的痕迹。希光兰在这样的联想中憎恨自己的身体，她决定到医院去看一看，希望医院能抚平她的伤口，还她光洁的皮肤。

　　易平开车送希光兰到达医院门口，掉转车正准备离去，一位陌生的小姐从医院大门跑出来，朝他挥手。易平问她到什么地方，小姐说新民路。小姐打开车门，坐到副驾位。易平说你的身体那么结实，怎么会有病？小姐说我的鼻腔发炎。易平一边开车一边扭头看小姐的鼻子，发觉小姐的鼻梁很高，在高高的鼻梁之上有一双清澈透明的眼睛，还配着双眼皮。易平扭头笑了一声。小姐说你看出来啦。易平说看出什么？小姐说我的鼻梁和双眼皮，都是在这个医院做的。易平说你不说我还真看不出来。小姐惊讶地叫道：真的？易平点头。

过了立交桥，易平看见一位中年男子朝他挥手。他把车停在路边，对小姐说你别出声，我只收你半费。等那位乘客坐稳之后，易平才发觉他的神经有问题。他把手伸向小姐的头发慢慢地撩起来，头发从他的手指间滑落。小姐目光专注地望着前方，并没有发现自己的头发被玩弄。乘客再次把小姐的头发撩起来，说小姐，你读没读过诗？你的头发飘起来，像一面旗帜。小姐回过头，看见自己的头发被乘客攥在手里，吓得缩成一团，用求助的眼光望着易平。易平回头盯住那位乘客，说你把手松开。那位乘客说你让我吻她一下，我就松手。易平刹住车，说你松不松手？那位乘客说松，但你要让我吻她一下，只一下，我不会伤害她。易平跳下车，打开后门，对着那位乘客挥了一拳。那位乘客迅速松手。易平把他拖出车厢，摔到路旁。

小姐在新民路百乐发廊前下车。小姐说我叫李月月，如果你要洗头、按摩什么的，请到百乐找我。易平说现在我就想按摩。易平摆好车，跟李月月走进发廊，里面的小姐和男人都用硬邦邦的目光看他们。李月月带着易平穿过发廊进入里间。里间分成无数小间，易平在李月月的床上躺下来。李月月像骑马一样骑到易平的身上。一阵潮湿的气息在易平和李月月之间泛起。他把李月月翻到下面，说还是我帮你按摩吧。李月月双手攥紧裤带，说不行，你不能这样，你必须先付钱。易平说多少？李月月说两百。易平从皮夹里掏出两张纸币，塞进李月月的乳罩里，说你有病。李月月说没有，我是刚来的。易平说所有的发廊女都说自己是刚来的。

易平做得从容自在，面带几分得意之色。李月月的头一次又一次抬起来，最后咬住易平的膀子，咬了大约两分钟，才松开。李月月说你做得这么好，下次，我不收你的钱。易平顿时来劲儿了，加快速度，好像是为了报答李月月的那句话。

中午十一点，易平把车开到医院门口，这是他和希光兰约定的时间。他在车里等了将近半个小时，不见希光兰的踪影，想希光兰一定是先回去了。

易平开车追到希光兰居住的楼下，跑步上到四楼，敲门。里面没有声音，易平再敲。门拉开了，他看见一位陌生的男人堵在门口，他的脸上布满胡须，下巴上有一小块伤疤。男人说你是不是搞错了？易平说希光兰是不是住在这里？男人的眼皮跳了一下，说你是她什么人？不等易平回答，希光兰已跑到门边，指着胡须说他叫丁松，我表哥。然后又向丁松介绍易平，说是坐他的车出的车祸，住院时跟他借了钱，现在他是来要钱的。丁松板着面孔问借他多少？希光兰说五百。丁松从皮夹里掏出五百块钱，递到易平的面前。丁松掏钱的动作很像易平今天上午掏钱给李月月的动作，易平想我又不是妓女。易平没有伸手接钱，那些钱散落在地板上。易平白一眼希光兰，返身走下楼梯。

晚上，易平把李月月带到自己的房间。易平诳她上床，她不为所动，坐在沙发上翻着那些过期的杂志和画报。易平伸手去拉她。她说拿钱来。易平说你不是说不收我的钱吗？李月月说什么时候说的？易平说今天上午，你怎么说话不算数。李月月说那是说着玩的，我比你更需要钱。易平问她要多少，李月月说过夜要五百。易平掏出钱摔在地上，说拿去。李月月弯了五次腰，才把地上的钱捡完。

易平和李月月很快进入角色。易平问李月月好不好玩，李月月说好玩。易平说好玩为什么还要我的钱？李月月说这是两回事。易平说只要你不再跟其他人，每天晚上都来我这里，我给你一万。李月月说真的？易平说真的。两人做着事，说着话，突然传来了敲门声。他们的声音停住，身体也跟着僵硬了。敲门声渐渐升高，节奏不断地加快，易平知道敲门的人是希光兰。屋里屋外一阵沉默，多余的声音都消失了，只有易平和李月月的呼吸夸张而富于节奏。屋外的人好像走了，易平从床上爬起来，简单地收拾一下房间，轻轻地拉开一道门缝。他把头刚一探出去，就被希光兰扇了一巴掌。他感到希光兰的巴掌像一把刀，从他的脸上削掉了一块肉。扇完，希光兰转身走了，她的脚步声十分响亮。易平想她的脚步声就像她的脾气那么自负。

易平交给李月月一把门钥匙。李月月把钥匙挂到脖子上，就像幼儿园的小朋友把自家的钥匙挂到脖子上。有了钥匙，李月月就分期分批把一些日常用具搬过来，似乎是要铁下心跟易平过日子。易平已经不大跑车了，他在希光兰和李月月之间周旋。有时希光兰要过来，他就把李月月支走。李月月知道易平把她支走是为了约会另一个女人，但她对此并不在意，像出门买菜一样轻轻松松地走出易平的房间。回来时，她还为易平洗衣服，收拾残局。偶尔她会对着躺在床上显得极其疲惫的易平发问累不累，过不过瘾？和自己比起来，那个女人有什么不同？为什么不离开她？高兴的时候，易平会夸奖一番李月月。不高兴的时候，他会把李月月抓到床上，逗得她火烧火燎的，但他却没有能力拿出实际行动来。这种时候李月月想跑出去，易平却不让。易平把李月月反锁在屋子里，自己开车出去溜达。李月月像一只笼子里的鸟，在屋子里转来转去，嘴里不停地诅咒易平，仿佛诅咒能给她打通一道出口。

一天，李月月拿着三千元钱去建筑队找她的哥哥李四。她走进工地时，许多工人扭过头来看她。她迎着那些贪婪、色情的目光，在污水泥浆中小心翼翼地行走。有人停下手中的活，问她找谁，她说找李四。那人朝楼上指了指，说李四在楼上。那人仰头朝楼上喊李四。李月月随着喊声一层一层地望上去，她看见哥哥李四正攀在九楼的窗口刷油漆。哥哥像一只苍蝇，趴在高高的楼上，随时都要飞走似的。李月月朝上面挥手。李四从窗外钻进大楼。李月月再也看不见他。旁边的人还在喊李四，快下来，有个女的找你。

李月月看见哥哥从大楼里跑出来，他的鞋子和衣服沾满黄色的油漆，远远地就听到了他的喘息声。李月月说你慢点儿行不行。李四对她咧嘴一笑，喘息声从笑容里消失了。李月月牵着李四的手，走到一个僻静的地方，从裤兜里掏出钱塞给李四。李四把钱推回来，说你自己留着花。李月月说我有，我挣了好多钱。李四说妹，这些钱你是怎么挣来的？李月月说你别管，你现在急需用钱，你拿去用吧。出门的时候，爹交代过我，要你快点挣钱，快点找对象。如果你在城里找不到，就把钱带回家去找。李四说我哪里有钱，每天的工钱只够我的伙食和抽烟。李月月说现在我不是给你送钱来了吗？李四抓过李月月手里的钱，双手微微颤抖，说妹，我有钱了，我要谈恋爱。李月月对着李四不停地点头。

李四兜着三千元钱朝大楼里走去，一边走一边吹口哨。几个人围住他，问他要烟抽，逼他请客。李四说凭什么要我请客？李四从他们的中间往外挤，但被他们挡了回来。他们问李四操过没有？李四说她是我妹妹。那几个突然张嘴大笑。有人说是不是那种妹妹？你不老实。李四说她真是我妹妹。另一个人说如果真是你妹妹，你把她介绍给我。李四不作声，从他们中间强行挤了出去。

从收工的那一刻起，李四就蹲在厨房的门口看崔英做饭。施工队走到哪里，崔英就跟到哪里，她跟着施工队做了三年多的饭菜。刚来的时候，她的胸部还没有现在这么高，屁股也没有现在这么圆。如果在她的身上捏一把，她会不会喊叫呢？如果要她做我的老婆，她会不会答应？有一句话，我憋了两年。现在，这句话又来到了我的喉咙边，它快要从嘴巴里滚出来了，可是它还是没有胆量滚出来……另外两个厨师挑着菜朝厨房走来，李四想我得赶快离开，免得她们又笑我成天打崔英的主意。

　　这个晚上李四食欲特别旺盛，他添了两次饭。他添饭的时候，崔英把目光从饭碗里抬起来，偷偷地望他。吃饭的人三个两个地散去，最后只剩下李四一个人捧着大碗，蹲在地上慢慢地吃。崔英说你吃快一点儿，我好洗碗。李四说我帮你洗。李四从地上站起来，端着碗走进厨房。崔英紧跟着走了进去。

　　天差不多全黑了，厨房里十分阴暗。李四不去开灯，崔英也不去开灯。崔英挽起衣袖，双手伸进盆里，说我自己洗。冷水泡着两双手，两双手在瓷碗上磨来磨去。突然，李四把崔英的双手抓在自己的手里。他感到崔英的手软软的，好像一团棉花。李四说我想跟你结婚。崔英像被针戳似的把手抽回来，背过脸，在门口站了一会儿，然后跑出去。

　　崔英跑到工地旁的一棵树下，那里阴森森的没有一点光。她在那里停留片刻，又走出来朝楼上走去。她走到三楼，就爬出阳台坐在脚手架上，双脚不停地摆动。李四的目光一直跟着她，生怕她往下跳。李四坐在楼下，望着崔英那双隐约晃动的双脚，想如果她不从三楼走下来，今夜我就不离开。崔英坐到高处，以为逃脱了李四的追捕，并不知道李四像一只猎狗，憋足劲在楼下守候。

李四变得有些反常，休息时他远离那些工人，不跟他们说笑，也不跟他们一起抽烟。烟瘾发作了，他便避开众人，躲到大楼的拐角处或者较隐蔽的屋子自个抽起来。大楼已经封顶，现在开始转入装修，几乎每间屋子里都堆满了泥沙、木板和一些零乱的杂物。从他嘴里喷出来的烟雾，在这些杂乱的屋子里飘荡。李四喜欢墙壁粗糙堆满杂物的房间，小时候他就睡在这样的房间里。一旦墙壁抹亮地面铺上瓷砖，就意味着他们要离开这幢他们亲手修建的大楼，意味着他们不再在这幢楼里住宿、抽烟、拉大小便。

有人看见李四躲在厕所里抽烟，就叫了他一声。李四被他自己的名字吓了一跳，说我就来，我就来。李四从厕所里走出来，叫他的人却不见了。李四分辨不出叫他的声音是谁发出的。直到吃晚饭时，他才知道白天叫他的人是老乡罗庆元。罗庆元说李四躲在厕所里吸烟，我一叫他，他就吓了一跳，好像在里面干什么见不得人的事，像个小偷。李四对着大家嘿嘿一笑，说没干什么，我没干什么。

有人说李四一定买了好烟，有意躲着我们。几个人围住李四，搜索他的衣兜。他们从李四身上掏出半包红塔山来，然后把它当做战利品分发给大家。罗庆元不抽烟，但他的目光一直跟着那半包红塔山走。香烟分完了，罗庆元从地上捡起烟盒，拿到鼻子嗅了嗅，说李四，你发财啦？李四说现在不抽几包好烟，等死了再抽呀？罗庆元说你离死还远得很，怎么抽这么贵的香烟？你还要找对象呢。

李四听到崔英在厨房里叫他。李四走进厨房。大家对着李四的背影起哄，他们都知道崔英叫李四进去是叫他去洗碗。吃完饭的人都把碗丢到李四面前的大盆里，他们说李四，你慢慢洗吧。等人群散尽之后，崔英说你抽那么好的烟，谁敢嫁给你。李四说我有钱。崔英说你有钱，你有多少钱？我妈说谁要娶我必须给家里三千元彩礼。李四的头像被铁锤砸了似的，忽然低下来，说只要你同意嫁给我，我再想办法。崔英说只要你拿得出钱来，我就嫁给你。

一天晚上，李四邀崔英爬楼。他们从一楼开始往上爬，李四说我们上到最高的那层去，然后你就会看见好看的灯光。崔英说我一直帮你们煮饭，这楼我还从未爬上去过。李四说就是，这么高的楼你不上去看看，可惜。崔英紧跟在李四的后面，上到三楼时，李四开始抓住崔英的手，他们手牵手肩并肩朝楼上走去。到了六楼的拐角处，李四双手搂住崔英，嘴巴在崔英的脸上飞快地啄了一下。李四闻到了一种他梦想的气味，整个身躯仿佛飘离地面，从楼上慢慢地往下飞。到了八楼，李四伸手去摸崔英的乳房。崔英推开他的手，打了一下李四的手掌，说你再乱动，我不跟你上去了。李四说我不敢，你上到楼顶我给你看一样东西。崔英说什么东西？李四说上去你就知道了。

他们终于走到了十六楼，看见了城市的灯光和灯光下的马路。他们把头伸出阳台，却看不见他们天天吃饭的厨房，楼底下一团黑。李四说现在没有人能看见我们了。崔英站在阳台上喘气，胸口一起一伏，看远处明亮的高楼。李四想如果我跟她睡了，她妈就要不到三千元彩礼了。如果她肚子长大，我就说我没有钱，到那时不怕她不嫁给我。

李四扑向崔英。崔英被他压到地板上滚了几下，又站了起来。崔英没有说话，但喘着粗气，恨不得打人。李四从口袋掏出一张存折，递到崔英面前，同时打燃火机，说你看，我有钱，彩礼我都准备好了。崔英在李四的左脸和右脸上各扇了一巴掌，说你想占便宜，在没领结婚证之前，你休想。李四捂着脸，对崔英干笑，说反正你是我的，等一等也无所谓。

到了夏天，各式各样的裙子摆在商店橱窗的显要位置。崔英发现在离工地五十米远的左边街角，有一条粉红色的裙子很好看。每天买菜她总要途经那家商店，但她没有勇气走进去看一看、摸一摸。她估计那条裙子价格不低于五百，太贵了，只能扭头望一望。她想结婚的那一天如果能穿上它就没有什么遗憾了。

　　崔英知道李四没钱，存折上的三千元已经作为彩礼寄回农村。自己手上虽然积攒了两千，但用其中的四分之一来买一条裙子，她实在舍不得，还有许多比裙子更为重要的东西等着她去花钱呢。有时，她故意忘掉那条裙子，走过那家商店时显得镇静不屑一顾。久而久之，她似乎是把它忘掉了。然而，某些时候它又突然从脑海里冒出来。她想也许李四还存有一点钱，说不定什么时候他会给我买那么一条裙子。好几次，她想对李四说你买不到那条裙子，你就别跟我结婚。但看着李四满身的油漆和那张粗糙的脸，她又把想说的话咽下去。奇怪的是，晚上做梦她也常梦见那条裙子。

　　大部分时间里，希光兰为诊治她的伤口而忙碌。尽管她的伤口在慢慢地愈合，上身的皮肤也逐渐光亮起来，但丁松开始厌恶那些伤口。做爱的时候，他命令希光兰穿上衣服。希光兰不穿，说你受不了就不要干，我现在讨厌做这些事情。希光兰对性生活变得十分冷淡，喜欢跟着丁松去赌博。一天深夜，希光兰从赌桌上赢钱回到公寓，清点提包，大约赢了一万元。她想好久没见易平了，于是把易平呼到她那里。她对易平说你是不是过得很快活？易平没回答她，把她抱到床上。她推开易平，从床上坐起来，说我不是叫你来睡觉的。我叫你来，是想跟你聊天。易平老老实实地坐到沙发上。希光兰看见他跷起二郎腿，一副悠然自得的模样。希光兰在他短发上摸一把，说我赢钱了。易平说赢了多少？希光兰说从早上打到现在，赢了一万。易平说一万块，对于你来说只是一根毛。

希光兰从提包里掏出五千递给易平，说拿去用吧，今夜你就别走了，陪我好好睡一夜，但不能干那事。易平说这样我受不了。希光兰说你把我当作男人得了。这个夜晚，易平备受煎熬。希光兰躺到床上便进入梦乡，好像是打麻将打累了。易平的手搁到她身上，她竟没有任何反应。易平用劲儿搓她揉她，她仍然无动于衷。易平睁着双眼，度过漫长的一夜。

第二天早上，易平回到他的住处，李月月还没起床。你逛街去，让我好好睡一觉，他一边说一边从口袋里拉出一千块钱放到桌子上，你拿钱去买几套衣服，中午十二点钟以前不要回来。李月月胡乱地洗把脸，抓起钱跑出去。易平想她怎么连牙都不刷。

李月月找到她的哥哥李四，说你快要结婚了，我这里有五百块钱，你拿去给崔英买一套好一点的衣服。李四接过钱，连连点头，说妹，我又要你的钱了。他的眼睛微微发红，想我是哥哥，反而要妹妹来接济我，真不像话。李四说妹，等我有钱了一定还给你。

李四带着崔英走进离工地五十米远的左边那家商店。崔英看见那条粉红色的裙子标价八百元，高高兴兴的心情被这个价格一下子扑灭了。崔英试探着问店主，五百元卖不卖？店主是个小伙，看了崔英一眼，又看了李四一眼，说五百，你拿去吧。崔英想不到她真能穿上这条裙子结婚，想不到店主那么慷慨。

回来的路上，李四低着头不说话。崔英前五十步满脸笑容，后五十步不笑了。她愈想愈有些后悔，替李四心痛那五百块钱。她想如果我把价压到三百，也许店主就卖给我了，要不然他怎么那么爽快。五百元，太贵了。崔英叹一声长气。李四也叹一声。他们彼此都不说话，但他们其实是在想同一个问题。

李四和崔英的婚礼在一个夏天周末的傍晚举行。婚礼十分简单，他们在六楼一间装修完毕的房间铺了一张婚床，买了一些喜糖分给大家。工程队的老板丁松也参加了婚礼，他说再过两个月大楼就要交付使用了，现在暂时借一间来给李四做新房，希望李四和崔英好好地利用这两个月，别浪费这么高的楼这么漂亮的房间。大家于是就笑，就起哄。

婚礼上，李四和崔英始终把李月月当作恩人。他们每说一句话，每做一个亲昵的动作，总要看李月月一眼。李月月笑，他们跟着笑。李月月不说话，他们也不说话。

这个夜晚，丁松一直蹲在楼下的人堆里，和光着膀子的工人们聊天，把带在身上的两包好烟散完了，就和工人们抽劣质香烟。他不时地抬起头，望一眼六楼和高高的脚手架，像是在等待什么。

大约十二点，丁松看到了他等待的结果。他看见李四和崔英从房间里走出来，悄悄地朝楼上爬去。爬到第九层，他们越过阳台，躺到脚手架上，开始他们的新婚游戏。丁松料到李四和崔英不习惯那间新房。事实上，李四和崔英真的不适应六楼的那间房子，他们觉得那房子不是自己的，在不是自己的房间里做爱，就等于在别人的眼皮底下干坏事，好像有一双眼睛始终盯着。李四还觉得那间房铺了瓷砖，抹过墙壁，太漂亮了，不真实。后来，他牵着崔英的手溜出大门往楼上走，当他走到九楼时，发现在脚手架上比在走廊上好。脚手架才是他真正的家，才是他的位置。

丁松离开那些困倦的工人，驾车走了。他的发现使他想起希光兰。他想今夜一定要好好跟希光兰睡一觉，就像李四和崔英在脚手架上那样好好地睡一觉。

李月月也是十二点之后才回到易平的身边。她很兴奋，一边脱衣服一边给易平讲婚礼上的趣事，说那些工人如何如何粗鲁，叫哥哥和嫂嫂当面亲嘴。易平礼貌性地听着李月月唠叨，想等洗完澡，她就会停住嘴巴。但李月月并没有停住，易平打断她的话头，说今夜是你哥哥结婚，又不是你结婚，怎么兴奋成这副模样？李月月反驳，如果没有我，哥哥就结不成婚。崔英为一条裙子差不多发疯了，说买不到那条裙子就和我哥吹。我哥没有钱，是我拿钱给我哥买的那条裙子。易平说你的钱从哪里来的？李月月不好意思地把头埋在易平的胸口，说是你给的。易平用手托起李月月的下巴，说现在轮到我兴奋了，是我的钱促成了一桩幸福美满的婚姻。李月月应声倒在床上，觉得今夜的易平特别凶猛。

第二天早上，易平余兴未消，兴冲冲赶到希光兰的公寓，把门拍得山响。希光兰打开门，极不友好地说你为什么不按门铃？兴冲冲的易平一下子就蔫了。

易平把两只手搓来搓去不敢说话。希光兰从嘴巴里抽出牙刷，说你有什么好消息你说呀，我听着呢。说完，希光兰又弯腰继续刷牙。易平说有一个农村的小女孩，家里面十分贫穷。很小的时候，她就憧憬有条粉红色的裙子。她想将来长大了，一定要穿着一条粉红色的裙子结婚。后来她来到了城市，但是她仍然贫穷。有一位年轻的小伙爱上了她，给她买项链她拒绝了，请她坐轿车买手表她也拒绝了。那个有钱的小伙子只好伤心地离开了她。后来，她碰到了一位建筑工人。那位工人每天都看见女孩站在商店的橱窗外，眼睛定定地看橱窗里一条粉红色的裙子。工人偷偷地看了一眼裙子的价格，五百元，吓坏了，因为他的口袋里没有那么多钱。但是，他很想买那条裙子送给那位女孩。一天，那位工人把这件事讲给我听。我说五百元，拿去用吧。我送给他五百块钱，他买了那条裙子送给姑娘，姑娘就跟他好上了。昨天晚上，他们结婚了。结婚时那位姑娘真的穿着那条粉红色的裙子。

希光兰把嘴里的泡沫喷出来，说真的？易平说真的。希光兰说我听起来，怎么像是一则讲给小孩子听的童话。易平说骗你是狗。希光兰若有所思地点点头。易平说如果我知道一条裙子能得到那个姑娘，我就自己买来送给她。希光兰说你后悔了？易平说没有，我来是想告诉你，那个姑娘买裙子的钱是那天早上你给我的。

希光兰坐在易平的车上，他们走走停停，沿街选购了许许多多的服装。车的后座上堆满裙子、衬衣和裙裤等。希光兰坐在后排服装的中间，自从发生车祸以后，她再也不敢坐前排了。

回到住处，希光兰把那些服装一字排开，她挑挑拣拣，穿这件脱那件，太露的她不敢穿，那会露出她的伤疤。袖子长领口高的她也不想穿，觉得那些服装穿起来不性感。她买了一屋子的服装，但没有一套是她满意的。

一晃到了黄昏，希光兰似乎不再犹豫了。她捡起一条粉红色的裙子穿上，问易平这一条可不可以？易平说可以。希光兰说我选这条裙子，是因为受了你故事的影响，我要穿着这条裙子去会我的情人。现在，我突然想干那事了，麻木了这么久，今天我好像又活过来了。易平说你的情人在什么地方？希光兰说华侨宾馆。

易平把车开到华侨宾馆门前，说到了。希光兰并不下车，从车窗望出去，她看见许多年轻而陌生的面孔在华侨宾馆门前晃动，他们手上拿着鲜花、报纸和杂志，这些物品都是他们的接头暗号。他们彼此呼唤对方的名字，朝着对方奔去。希光兰想人群中，绝对没有人呼喊希光兰。那个在门板上留下"不见不散"的人，也没有告诉我他手上拿着什么东西。他会是谁呢？他长什么模样呢？会不会是某个熟人开的玩笑？说不定那张字条是丁松的恶作剧？

希光兰这么漫无边际地遐想，脊背一阵麻一阵凉。她对易平说走吧。易平说他没来？希光兰说是我没来，那次车祸我就是为了赶这里的约会，但是我错过了，到现在我都不知道他是谁。

易平听从希光兰的指使，把车开到丁松家附近。希光兰走下车，说我想走一走，你回去吧。易平说不干那事啦？希光兰说晚上我再呼你。易平掉转车头，甩下希光兰汇入车流。希光兰盯住易平的车，盯了一会儿便分不清哪一辆是易平的。大部分的出租车都是红色。

天边最后的一抹亮色被路灯赶走。希光兰一个人走在大路上。这个夜晚她突然拥有了激情和狂躁。很快，她就走到丁松家的楼下，原本只想朝丁松的四楼望一望，然后继续朝河堤那边走。但是这一望，使她改变了主意，她看到一件美丽金边的衣裳挂在四楼的阳台上。这是一个安全的信号，是她和丁松的私下约定。她想丁松并不知道我来，为什么要挂那件衣服？难道他每天都挂着这件衣裳等我吗？既然他那么有心，那我就上去看一看。

希光兰拉了拉裙子的领口，又看了看身上粉红色的裙子，朝四楼走去。她按响了丁松家的门铃，听到门哗的一声拉开，看见丁松站在门里尴尬地笑。她跨进门去，用脚后跟关上门，迅速地搂住丁松，在他脸上叭叭叭地亲了几下。丁松把脸扭过去，说你是谁？干吗要这样？我不认识你，你怎么能这样？丁松话音未落，希光兰便看见马丽穿着那件金边的衣裳从阳台走进来。希光兰想糟糕，我还以为阳台上挂着那件衣服，没想到是马丽穿着它站在阳台上。我怎么就没看清楚呢？

慢慢成长

十年前我就认识马雄了。那时他正跟随一群公安人员在我家乡一带追捕杀人犯。夏天静谧的深夜，我听到马雄他们杂乱的脚步声。他们的脚步声像寄生于木头上的虫子，欢快地啃咬我的床板。我在脚步声和尿胀的夹击下突然惊醒，看见屋外风清月白。

我隔着漏风的墙壁叫我的父亲。父亲正鼾声四起，根本不管我的叫喊。我再叫母亲。母亲在父亲鼾声的笼罩下，打了一个长长的哈欠，问我有什么事，我说好多人包围了村庄。母亲闭紧嘴巴，竖起她的耳朵认真地听了一会儿，说外面只有月亮和风，没有人。我说有。母亲说没有。我说我想撒尿。母亲说你撒尿叫我干什么，我说我怕。母亲窸窸窣窣地爬下床，一边拉开我家的大门，一边自言自语。母亲说你都十三岁的人啦，还这么胆小怕事，我十三岁的时候，都差不多出嫁了。

在母亲的注视下，我走到白晃晃的月亮地，对着满地的月光撒尿。我看见村头的高坡上有一群人匍匐前进，他们的身上背着自动步枪。我惊叫一声跑进大门，对母亲结结巴巴地说有人，他们还背着枪。母亲不信，走到月光下朝村头瞭望，倒吸了一口冷气，踉踉跄跄缩回来。母亲说真的出事了。母亲掩好大门。我那憋回的半截尿像决堤的大水喷射而出，全部撒在裤裆上。

我清楚地记得尿撒裤裆的情景。那时我还是天峨县八腊乡中学初中一年级学生，那时我成绩优异胆小如鼠。

父亲仍旧鼾声如雷，我和母亲却一夜未眠。我的上牙敲打我的下牙，我的右手环抱左手。夏天跑出我的身体，冬天爬上我的双脚。一丝青灰色的光线钻进门缝。随着光线钻进来的还有山坡上嘹亮的声音：

谷里村的群众，你们已经被我们包围了。请你们赶快起床，穿上衣服裤子，到村头集中。杀人犯秦世杰昨晚潜逃回村，你们千万小心赶快行动。秦世杰的身上带有一支五四手枪。秦世杰，你听到了吧？缴枪不杀。

我破门而出，朝村头的那块草地奔去。由于奔跑速度过快，凉鞋从脚上飞落。石头和泥巴潮湿冰凉，我赤裸的双脚被石头割破。草地上已站满了人群，他们衣冠不整浑身发抖，好像秦世杰就在某个地方用五四手枪瞄准他们的脑袋。坡地上临时架起了一个高音喇叭，周围站满了荷枪实弹的公安，他们像晨光初露时的树，渐渐地清晰和高大，肩章和服装的颜色比露珠都还新鲜。高音喇叭传出的声音穿云破雾，像乌鸦点缀早晨的天空。

太阳出来红彤彤。公安人员开始往秦世杰家搜索。八腊乡派出所所长马家军走在队伍的最前面，他儿子马雄混迹于队伍之中。马雄比我大四五岁，刚刚高中毕业，是个瘸子，走路时一摇一晃，走平地像走高山。公安干警们神色严肃身材笔挺，而马雄仿如夹在其中的一个标点符号。因为马雄的介入，这支队伍立即显得奇形怪状起来，使站在潮湿的草地上的人群发出了一连串的笑声。他们（当然也包括我）不相信一个瘸子能抓到杀人犯。我想如果真的碰上持枪的秦世杰，第一个被击毙的肯定是马雄。

忽然，从秦世杰家门前的草堆里冲出一个人，他的头皮闪闪发亮，上面沾着一根枯黄的稻草。他手持砍刀面带杀气扑向公安，说杀人的是秦世杰，又不是我，你们为什么要搜我的家？我看清说话的人是秦世杰的弟弟秦世界，他离马所长马家军只有一步之遥，砍刀眼看就要落到马家军的左肩上了。千钧一发之际，马雄从他父亲的皮套拔出手枪，对准那把砍刀，一束蓝烟从枪口喷薄而出，爆炸声惊天动地。秦世界的砍刀断成两截，一截掉到地上，一截还捏在他的手里。蓝光闪过之后，秦世界的双膝比砍刀落得还快。来不及眨眼，他便双膝跪下，向马雄求饶。眼前的这一幕让我无比惊讶，觉得秦世界山大无柴外强中干，丢尽了谷里村和他家祖孙三代的脸。但同时我又觉得马雄无比高大，从他手里喷出的那束幽蓝色的光芒，不时出现在我的脑海里和睡梦中。一想起它，我就血液欢畅，我就想破釜沉舟破罐破摔。

马雄走到秦世界的身后，抬起他弯曲的右腿，朝秦世界的脊梁狠狠地踢了一下。他的右腿简直就是一截弯曲的树根，一些关键部位（比如脚背）始终碰不到秦世界的脊梁，与其说踢还不如说顶。马雄用膝盖顶了一下秦世界，秦世界纹丝不动，而马雄却倒在地上。马雄艰难地爬起来，用他父亲的手枪砸了一下秦世界锃亮的头皮，一股鲜血像早上的太阳从秦世界的头顶升起，光芒万丈。马雄对着那颗破烂的头颅骂骂咧咧，说你再敢动老子一根指头，老子就崩了你。他把崩字说得脆响，好像是嚼黄豆。秦世界不敢抬手抹头上的血，伤口因此愈开愈红，像深红色的玫瑰花。

马雄原来不叫马雄。据说马雄是在一个冬天的早上来到这个世界的，那时他的父亲马家军还不是乡派出所所长，只是一位普通而平凡的小学老师。马雄出生之前，天气一直很坏，在一个多月的时间里，八腊乡方圆几百里地下了十三场细雨、两场大雨和一场薄雪，气候严寒天空阴霾。马雄出生的那天早晨，天空突然晴朗，有了太阳即将升起的迹象。当马家军听到婴儿啼哭，看见婴儿胯下的鸟仔时，兴高采烈地走出乡医院那间阴暗的产房。

天空是如此的湛蓝，拖拉机小卖部母狗是那么的令人爽心悦目。他想就给小孩取名马湛蓝吧。

从此，马湛蓝这个名字就伴随着马雄茁壮成长。可恨的是许多人擅自改变马湛蓝的颜色，他们嫌湛蓝难写，于是把马湛蓝改为马淡蓝，最后改为马蛋蓝，甚至简化为马蛋。如果有人要找马家军，他们就会意味深长地啊一声，然后说你是要找马蛋的父亲吧。马家军对这种叫法深恶痛绝。马雄五岁那年，患了一场小儿麻痹症，右腿眼看着弯曲了。马家军急马雄之所急，找到一位专攻《周易》的老师，给马雄排了一次八卦。那位老师说马雄命中缺火，必须用火一点儿的名字。马家军本不信邪，但出于无奈，还是在字典中像选美一样为马雄选了一个炎字。

马炎的父亲马家军调到乡派出所工作之后，突然有了一种荣耀，也滋生了一种失落感。他一下子由文人变成武官，原来拿粉笔的手整天不再拿粉笔，而是提着手枪东游西荡，文字跟他愈来愈生疏。但不管他如何威武英雄，内心始终压着一块石头，那就是他儿子残缺的腿。作为乡派出所所长的马家军本不该信什么气功和《周易》，但在一次性生活失败之后，他对这两样东西深信不疑。

八腊乡派出所简易的办公室楼上，有一间幽暗的屋子。马家军常常躲在楼上阴暗的角落窥视行人，也常常把那些放荡的妇女勾引到楼上。很小的时候，我们就知道那是一间恐怖的房子，正午或者深夜，那里会发出鬼哭狼嚎的声音。路过派出所门口，我总会抬起头朝那间房张望，被那些传说和莫名其妙的声音吸引，甚至于在课堂上，语文老师叫我用"鬼哭狼嚎"造句的时候，我不假思考脱口而出：马所长的房间鬼哭狼嚎。那一次我以为闯了大祸，但等了好久祸没来。后来我苦苦寻找无祸的原因，不外乎有二：一是马所长那间房子尽人皆知，人们见怪不怪；二是当时的八腊乡已拥有相当自由、民主的空间。

当然我们不能因为那间房子，就断定马家军是个坏人，从今后的表现可以看出他是一个基本称职的父亲。他不止一次对朋友们说，错误来自那些放荡的妇女。他曾经痛下决心不再拈花惹草，因为每一次行为不轨之后，他都发觉儿子马炎的腿瘸得更加厉害。长此以往，马炎很快会变成一个瘫子。可是，马家军无可奈何地说，可是那些妇女们，只要你在楼上轻轻地向她们一招手，她们便气喘吁吁地跑上楼来，眼睛水灵灵脸上红霞飞，你拿她们根本没有办法。

一个夏天的中午，护士小汪拿着调令走进马家军的办公室。在医院通往派出所的路上，小汪碰上三个熟人。她渴望朋友们分享她的喜悦，但朋友们只礼节性地打个招呼，便匆匆地走开。她们不知道小汪手上正捏着一纸调令，一纸来之不易的调令。马家军是小汪拿到调令后第一个与她对话的人。小汪对伏在办公桌上鼾声连天的马家军说我的调令来了。马家军的脸离开双臂，从睡意中抬起来。马家军说什么调令？小汪说我的调令。小汪发现马家军的脸像涂了胭脂似的红，脸上挂满汗珠鼻涕，顿时觉得马家军好可怜。后来小汪曾对许多朋友说，那天我真的觉得马家军十分可怜，这种想法从前没有过，以后也没有过，只是拿到调令的那一天，这种念头像一道闪电，划破我的脑海。

小汪想安慰一下马家军，然后再谈户口的事。那时街道静悄悄的，只有阳光铺天盖地地照在树木和屋顶上，整个八腊街的人好像死绝了，没有人影没有声音，地球上似乎只剩下他们俩。马家军用右手抹一把脸上的汗，对小汪说想要办户口吗？先得和我睡一觉。小汪基本上没做出什么反应，只是轻声地说非得这样吗？马家军斩钉截铁地说非得这样。

可能小汪对马家军的行为早有所闻，所以并不感到惊讶。在接到调令的大喜日子里，她的手被马家军的手牵着，半推半就地走上了派出所吱吱呀呀的木板楼梯。她的嘴里不停地说着非得这样吗？非得这样吗？阳光猛烈、寂静无边的中午，这种声音等于呻吟，等于春药。但关键时刻，马家军朝楼下看了一眼。他的儿子马炎正一歪一倒地朝派出所走来。太阳当空，马炎的影子缩在脚下跟随脚步移动。从楼上看下去，马炎就像一个怪物。如果当时街道上有人群，马炎也许不会那么显眼，可是偌大的街道上除了马炎之外空无一物。马家军脊背一阵发凉，他对小汪说我不行了，你走吧。小汪从床上站起来，在马家军的脸上扇了一巴掌。马家军看见小汪像一条鱼，摇头摆尾从他的面前滑走。

从此马家军天天早晨练气功，似乎是想从气功中找回昔日的雄风。业余时间，他则细心研读《周易》。根据马炎的生辰八字，应该是命中缺水，为什么别人又说他缺火呢？同样一本《周易》，得出的结论却截然相反。思虑再三，马家军决定给马炎改名，改为马淼。马家军在户籍本上改名的一刹那，体会到了无穷无尽的快乐，就像阎王爷掌握着全乡的勾命簿，勾谁是谁爱谁是谁，要想改名字，就像打一声哈欠那么容易。他甚至想给自己改一个响亮的名字。

不管叫马炎还是马淼，马雄的病始终没有好起来。马雄摇摇晃晃进入课堂学习。那些熟悉他的老师有时叫他马湛蓝，有时叫他马炎或者马淼，无论叫哪一个名字，马雄都得答应。一个又一个奇怪的名字像一个又一个蚂蚱，被他那根分管姓名的神经串着。马雄也是从那时开始，有了篡改名字的嗜好。有好长一段时间，马湛蓝不叫马湛蓝，马淼不是马淼，今晚睡下去的是马淼，明天醒来时已变成马名扬。在我的记忆中，马雄的姓名总是和青草、雾气，和早晨联系在一起。他总是在晚上改名，第二天早上就向同学们宣布。当时我们很羡慕他拥有的权利和自由，他就像早晨八九点钟的太阳，希望寄托在他的身上。

为了想更好的名字，马雄的脑子出过问题。有一次上体育课，他爬上篮球架，坐到篮筐上。许多同学都为他的举动欢呼。

马雄在欢呼声中从篮筐上跳下来。你们知道马雄是瘸子，他从那么高的地方往下跳，竟然未伤一根毫毛。于是同学们都叫他马英雄。起先他对这个名字不感兴趣，但老师和同学对于他频频更换姓名已流露出强烈的不满，再也不愿接受除了马英雄之外的新名字。由此我得出一个结论：不怕你有权改名，就怕我们不叫。渐渐地，马英雄的姓名已不再掌握在他手中，有时我们连马英雄也不买账，只叫他马雄，私下里还叫他马熊。

马雄他们那个夏天的突然出击，并没有抓到杀人犯秦世杰。夜深人静的时候，小孩和大人都不敢外出，黑夜变得枯燥无味。我们聆听每一声狗叫和每一串脚步，想象秦世杰从天而降，威胁我们的性命。马雄回到乡政府后无事可做，便整天到铁路边去转悠。

坐在八腊乡初中一年级的教室里，会看见从山脚驶过去或跑过来的火车。但是山脚那边多雾，两根笔直的铁轨经常会被乳白色深埋，轻易看不见。有时火车龇牙咧嘴叫喊着从雾中穿过，我们只闻其声不见其身，听起来显得十分遥远，好像火车和现实不发生丝毫的关联。晴朗的天空里，我们看见马雄沿着铁轨走来走去，瘸腿和笔直的铁轨形成鲜明的对比。我们不知道他在那里干什么，远远地看过去，他像是在练习步伐。从列车上倾倒下来的脏水、果皮、纸饭盒，不时地砸在他头上，他连骂都不骂一声。

也许他骂了，我们听不见。

马雄常常顶着五颜六色的脑袋途经校园，回到家中，然后在水龙头下把他的头冲了又冲。冲过几次之后，他嫌麻烦，干脆就剃了一个光头。马雄的光头在太阳下光芒四射。没有阳光的日子，他的头又像一个在水里游动的葫芦。

马家军被马雄那个五颜六色的脑袋搞得头昏脑涨。好几次，马家军发现马雄的头上竟然挂着豆芽、鼻涕。马家军把马雄带到学校。同学们很快就把校长、马雄和马家军围在球场的中间。马家军用右手拧住马雄的左耳朵，问马雄补不补习，马雄说不补习。马家军抬脚踢了一下马雄的左腿，马雄扑倒在地上。马家军又问你到底补不补习？马雄说不补习，不补习就是不补习。马雄的态度十分坚硬，像一个行将就义的烈士临危不惧。马家军抬脚准备再踢马雄，但我们的校长眼明手快，及时地抱住马家军那条抬起来的右腿。校长说马所长，何必呢？如果马雄实在不愿读书，我们学校还缺一个门卫，他可以到我们学校来当门卫。马家军从校长手里收回他的右腿，转身走了。马雄在地上挣扎了好久，才爬起来。

马雄对那两根铁轨有一种天生的好感。他不愿补习也不愿到八腊中学做门卫，依然像一只发情的公狗在铁路边悠来悠去。一天中午，侯宝德站长发现马雄坐在枕木上打盹，身上急出一身冷汗。火车从远处鸣笛而来，马雄一动不动，根本不把火车放在眼里。大个子站长侯宝德冲到马雄身边，像拎小鸡一样把马雄拎出铁轨。但是小鸡拎起来了，却甩不出去。马雄紧紧抱住侯宝德的右手，并朝他的胳膊狠狠地咬了一口。侯宝德双手用力甩动，原地跳跃，马雄跌在地上。侯宝德捂住右胳膊上的伤口，骂马雄是浑蛋。马雄哇的一声哭了。侯宝德说哭，你有什么好哭的？老子救了你一条命，还赔了你一个伤口。马雄一边哭一边说，谁叫你救我，谁叫你救我？我算好今天中午去死的，你为什么救我？真是多管闲事。既然你救了我，那就得给我一份工作，给我一碗饭吃。只要你给我一份工作，我就给你磕头。

马雄当场跪下，给侯宝德磕头。他的头在石渣上重重地磕了一下，慢慢地抬起来，额头上沾满细小的石子和鲜血。你这个疯子，侯宝德说完，转身便走。马雄跟在他后面一步一磕头。但是侯宝德只管朝前走，一直走到火车站也不回头。马雄像一条狗远远地跟着。

马雄就这样一直跟随侯宝德。侯宝德回家吃饭或睡觉了，他就坐在侯宝德家的门口，嘴里不停地说你为什么救我？你救了我就得给我一份工作。这话说多了，他竟然像哼唱一首流行歌曲那样哼唱起来。

每一次拉开大门，侯宝德都看见马雄死皮赖脸地坐在门口。如果侯宝德手上提着垃圾袋，马雄便从他手上夺过来拿到院子里去扔；如果侯宝德手提菜篮，马雄便抢过菜篮挽在自己的手臂里。马雄自个走路都不稳，但手里却挽着侯宝德的菜篮子。马雄愿意为侯宝德奉献微薄之力。起先侯宝德并不适应，久而久之也就没什么不适应了。马雄对侯宝德说只要我能做到的，你尽管吩咐，但是你必须给我一份工作。侯宝德说我要你吃屎，你干不干？马雄说你保证给我一份工作，我马上吃给你看。

天气一点一点地凉了，铁轨两边铺满了从山上掉下来的黄叶。侯宝德吃罢午饭，喜欢穿过铁轨，跑到树林里的草地上去睡午觉，这个习惯是多年以前修铁路时养成的。秋天的阳光鲜亮，气候干燥，落叶衰草蒸发出一股酒香。侯宝德静静地躺着，脸庞像晒在阳光里的腊肉，渐渐地发红。突然，侯宝德从地上坐起来，喉结拼命地蠕动，像是有什么东西堵在里面，呼吸变得困难。侯宝德的喉结蠕动了一阵，从喉管里终于蹦出一句话来。他说马雄，你给我抓一下背，我的背现在痒得难受。马雄说怎么抓？侯宝德捞起他的外衣，露出结实的臂膀，说抓左膀子。马雄伸手去抓侯宝德的左膀子，一道道指印留在侯宝德的背上。侯宝德说往下抓，马雄就往下抓。侯宝德说往右抓，马雄就往右抓。马雄听到自己的指甲跟侯宝德的皮肤摩擦后发出的哗哗声。随着马雄手指的移动，侯宝德嘴里发出愉快的哼哼声。抓了一阵，马雄觉得无聊，便把目光扫向乡政府门前的街道，他看见一个穿红衣服的女人在空空荡荡的街上游荡。

侯宝德从地上窸窸窣窣地站起来，也发现了街道上那个穿红衣服的女人。侯宝德说马雄，如果你把那个女人弄到手，我就在铁路上给你找一份工作。马雄兴奋地从树林里扑出去，只扑了两三下，就像一只受伤的鸟扑倒了。但是扑倒了的马雄又站起来，他固执地朝着街道扑去。

姑娘的红衣服像一团火在马雄的眼前愈烧愈旺。马雄看清她的头上扎着两根发辫，手里捏着葵花子，一边走一边嗑，那些空了的葵花子壳飞过她的肩膀，落在地上。马雄跟了一段路程，大起胆子叫了一声李寒。姑娘像被谁拍了一下，迅速回过头来，说你叫我做什么？马雄说不做什么，我只是叫一声好玩，没什么事，你走吧。姑娘奇怪地哼了一声，掉头走开了。姑娘没有注意这位昔日叫她寒姐的马雄，今天却叫她李寒。

马雄独自在秋风里站了几秒钟，后悔刚才没抓住机会，想不能让李寒就这么跑了。于是，他沿着地上的葵花子壳追赶李寒。李寒先后走进百货商店、裁缝店、菜市、税务局，并不知道马雄在跟踪她。她在百货店里摸了摸柜台上刚到的一匹丝绸，又看了看一卷摆在地上的塑料布，然后在裁缝店里跟那位浙江来的老板开了句玩笑，在菜市买了一把青菜，在税务局里打了一个电话……快要走到家门口时，李寒才发现有一个人在跟踪，回头看见是马雄，便说你总跟着我干什么？是不是想吃我的屁呀？

马雄支吾了一阵，说我要工作。李寒说跟着我，你就有工作了吗？马雄说侯宝德说只要把你弄到手，他就给我一份工作。李

寒说讨厌，你们怎么把我扯进去了。滚，你快点儿滚开，你们真
下流！李寒说完撒腿便走。她打开门，又关上门。马雄想这门
根本没有打开过，李寒是从门缝里钻进去的。

　　马雄坐在李寒家的门槛上，张嘴望着西下的夕阳。慢慢地太
阳愈来愈弱，照耀的地方逐渐缩小，最后只照在李寒家的门板上
和马雄的脸上。马雄靠在门板上完全彻底地睡着了，他在松软的
阳光下做了一个梦，梦见杀人犯秦世杰持枪朝他射击，子弹从他
的耳畔呼啸而过。他说李寒，你要注意，杀人犯秦世杰还没有抓
到，你千万要小心。马雄被自己的梦话惊醒，从李寒家门槛上站
起来。阳光突然消失，夜色铺天盖地。

　　李寒每天早上都要到乡政府旁边的水井里来挑水。马雄坐
在井边等候李寒的到来。天慢慢地明亮，井里的水开始照得见天
空和乡政府的瓦檐。但是李寒她还不来，马雄想万事已备，只欠
李寒了。他开始想象李寒起床，然后打一个哈欠伸一下懒腰，然
后拿起昨天穿过的红衬衣在鼻尖前嗅了嗅，觉得这件衬衣并没有
脏，还可以穿上一天，于是她把衬衣穿在身上。穿好衬衣之后，
李寒开始穿裤子，穿什么裤子呢？马雄想了想还是穿牛仔裤好，
就是挂在窗前那条发白的牛仔裤。尽管早上穿那条又硬又冷的
牛仔裤会割疼皮肤，但是李寒还是穿上了它。李寒走到窗前，拿
起那把绿色的梳子，望了一眼窗外，开始梳头。李寒梳头梳得真

113

有耐心，一点也不知道有人坐在井边等她。梳完头，李寒挑着锑桶拿上脸盆香皂毛巾跨出大门。李寒正式走出家门了，她觉得早上的风有些凉，打了一个寒战，后悔没有加一件外套。她想还是洗完脸挑完水再加衣服吧。她转了一个弯又转了一个弯，来到了街上。

马雄这么想着，李寒真的穿着红衬衣牛仔裤，挑着锑桶端着脸盆出现在街口。她来了，低着头，望着脚步，快要走到井边时，抬头看见马雄，突然惊叫一声，扭头便跑。马雄想我又不是鬼，她干吗要像看见鬼一样发出尖叫？

李寒到街边的另一口井去挑水，因为马雄，她改变了多年的习惯。但是李寒走到哪里，马雄就跟到哪里。不过马雄心比天高，命比纸薄，手长衣袖短，他瘸着的腿怎么也跟不上李寒的速度。即使李寒挑着水，马雄也跟不上。到了夜晚，李寒钻进家门无处可逃，马雄就坐在李寒家的门槛上，不停地叫开门。李寒在大门上加了两道门闩。听着马雄类似于鬼哭狼嚎的声音，她怎么也无法入睡。有时她会从后门偷偷地溜出来，到女朋友那里去睡觉。不知内情的马雄仍然对着空荡荡的房屋叫开门，开门呀开门，快开门呀李寒。叫累了，马雄便对着门板撒尿。

至少有十个男人对李寒说结婚吧，李寒，跟我结婚吧。如果你跟我结婚，马雄就死了那条心，我就可以保护你，你就不用去跟张桂英、黄丹凤她们睡觉了，就可以睡到我的床上来了。李寒在这种嘈杂的声音里冷静地度过了十天。

最先想制服马雄的是他的父亲马家军。每天晚上十点，马家军准时打着手电，来到李寒家门前。马家军右手打着手电，左手拎住马雄的右耳。随着马家军左手的抬高，马雄尖叫着从李寒的门槛上直起来，直得不能再直了，便踮起脚尖，双手吊住马家军的左手。马家军像牵一头牛慢慢地牵着马雄往回走。

马雄说爹，你轻一点儿，我的耳朵脱出来了。马家军说谁叫你在这里给老子出丑，亏你还是一个高中毕业生。马雄双手捂住耳朵，说我要工作。马家军说工作，我给你找。马雄说我不要工作，我爱李寒，我要跟她结婚。马家军说你不能爱她。马雄说我为什么不能爱她？

马家军拿起一面镜子递到马雄的手上，说撒泡尿你自己照一照，看你能不能爱她？马雄对着镜子说我的头发很黑，牙齿很白，眼睛很大，耳朵很肥，不缺鼻子不缺嘴巴，我为什么不能爱她？马家军把马雄一下子推到穿衣镜前，说你再仔细看一看，看看你的模样。马雄从镜子里看到了那条弯曲的腿，看到倾斜的肩膀和空洞的裤管，脸色刷地发白。他说都是因为你，我妈说过，都是因为你，如果你不喝酒你不抽烟，我的腿不会这样。马家军说放屁。马雄说我没放屁，都怪你。马雄一头扎到镜子上，衣柜摇晃了一下，镜子纷纷破碎。碎玻璃上映着马雄的几十张面孔，每一张面孔上都挂着鲜血。

马家军飞快地扬起手，扇了马雄一巴掌，说你前世造的什么孽，今世才变成这样？马雄说你这辈子造了这么多孽，下辈子你和我一样。马家军说你竟敢诅咒我？马家军把马雄推出家门，说我再也不想管你了。

马雄捂着伤口走在无人的大街，想起他死去的爷爷和死去的母亲，就不停地问他们我为什么不能爱李寒？马家军他可以爱刘凤群、汪长梅、江小桃、黎秋、房胖子、英大脚，而我为什么不能爱李寒？爷爷和妈妈，你们回答我。走了一阵，马雄又坐在李寒的门槛上，眺望八腊乡的夜色。马家军非要把马雄带走不可，他的左手拎起马雄的右耳，马雄一动不动。马家军暗暗使劲。马雄的嘴巴裂开了，耳朵裂开了，鲜血从耳根流下来，一直流到下巴，滴落到他的脚背上。但是，马雄一动不动，不求饶也不喊叫。马家军终于松开了手，他似乎再也拎不走马雄了。

第二天晚上，马家军又来拎马雄的耳朵。他把拎耳朵当成了每天晚上例行的工作。马雄白天愈合的伤口被马家军又一次撕开。这一次，马雄忍无可忍，像被刀杀的猪一样尖叫起来，尖叫声中夹杂着伤心的哭泣。马雄说爹，你杀了我吧，我的心肝都痛烂了。爹你松一下手，让我喘口气吧，等我换了口气，你再扯我的耳朵。马家军说只要你回家，只要你不在这里丢人现眼，只要你不再骚扰你的李阿姨，我就不再拎你的耳朵。马雄说我要李寒，她只比我大四岁，不是我的阿姨。马克思可以娶比他大四岁的燕妮，我为什么不可以娶比我大四岁的李寒？马家军又用力提了一下马雄的耳朵，马雄再次尖叫。马家军说你不能爱她，你这是癞蛤蟆想吃天鹅肉，她连你的妈妈都不愿做，她怎么会做你的老婆？如果她愿意嫁给马家的话，她也绝不会嫁给你。

李寒的大门呀的一声打开。李寒说马所长，你别折磨他了，你走吧。马家军说我怕他折磨你。李寒说现在没有他的叫喊声，我还睡不着。我听惯了他的叫喊声，适应了。马家军说不怕就好。马家军说完，丢下马雄扬长而去，一边走还一边吹口哨，手电筒在黑暗里晃来晃去。李寒望着马家军远去的背影，说杀人犯秦世杰还没抓到，他就在附近，每天晚上都跑出来抢食和强奸妇女。马雄捂着耳朵，嘴里吸着丝丝凉气，像是痛了又像是害怕了。马雄说秦世杰会不会到这里来？李寒说我昨夜还看见他，他手里拿着枪，像一只野猫爬过我的屋顶。马雄说你撒谎。李寒说谁撒谎谁死。马雄说那……那我回去啦。

但是，每每遇见我们这些年龄比他小的，马雄就扬起他手中的拐棍说，这是我的车轮，这是我健壮的大腿，这是我征服李寒的武器。

有一天，被马雄追得无处可逃的李寒爬上了乡政府门前的那棵柿子树。马雄在柿子树下转来转去，说除非你不下来，只要你从上面下来，就得给我抱一抱。你曾经说过我一辈子也追不上你，现在我追上你了，你就得做出一点牺牲。李寒说除非你能爬到树上来。马雄哼了一声，围着柿子树顺时针转了一圈，又逆时针转了三圈，仰头看李寒。李寒仰头看天，始终不让马雄看到她的脸。马雄说再不下来，我就把这棵树砍了。李寒没有理会马雄，她只顾往上爬，并且腾出手来摘树上的叶子。她一边摘树叶一边唱歌，蓝蓝的天上白云飘，白云下面马儿跑……

马雄想跑回家里去拿斧头，但他刚走几步，发觉这是一个圈套，便对着围观的群众说，等我拿得斧头来，她早就跑了。群众笑了一下，马雄又得意扬扬地对着树上的李寒说，我才不回去拿斧头呢，现在我一步也不离开这里。李寒说你像一条狗。你为什么要追我？你爹追我都不答应，何况是你。你看看你手里的那根拐棍，连皮都没有削一削，那么难看。什么时候你手里的拐棍换成黄金的了，我才考虑嫁不嫁给你。李寒说话时，始终扬头看天，好像树下有什么肮脏的东西不忍直视。

许多人围着马雄起哄。他们说马雄赶快走吧，赶快去换一个黄金的拐棍，最好是纯度百分之九十九点九的，换好了再来娶李寒。他们说你还不走，你在这里等什么？马雄伸手抓了抓头皮。他们又说你爹也想娶她，你也想娶她。如果她嫁给你爹，她就是你的妈了，你怎么可以对你妈非礼呢？马雄又伸手抓了抓头皮，他的脸一点点地红，像有一只手在他脸上轻轻地涂红墨水。他在人群的起哄声中丢掉了那根拐棍。拐棍像是从他身上拆下来的一条腿，在地上坚强地弹了几下。马雄说那我走啦，我要去找侯宝德算账。

马雄越过铁轨，在树林里找到了侯宝德。凡是有阳光的中午，侯宝德总是在树林里睡午觉。从侯宝德煽动马雄追求李寒的那个中午至今，已有了半个多月的光景。马雄那天中午从这片树林里扑出去，现在他又飞回来了。马雄觉得侯宝德就一直这么睡着，从他离开到现在，就一直这么睡着，好像没有醒过似的。侯宝德真舒服，他除了睡觉什么事也不用干，不像我要找工作要追求李寒，最后连耳朵都被扯破了。

马雄叫了一声侯站长。侯宝德睁开眼皮，睡在他身旁的女儿和儿子也跟着睁开眼皮，六只眼睛仰视马雄，马雄头一次感到自己无比高大。他说侯站长，我追不上她，她连我爹都看不中，何况是我。侯宝德从草地上坐起来，他的孩子们也从草地上坐起来。侯宝德摇摇头，说你追不上谁？你说什么我一点也不明白。马雄说你叫我去追她的，就是李寒，你说只要把她弄上手，你就给我一份工作，可是连我爹都追不上她，何况是我。

侯宝德突然大笑起来，笑的时候全身颤抖不止。他说我是说着玩的，你真的去追她了？马雄说真的去追了，你看我的耳朵。为了追她，我的耳朵被我爹扯破了好几次。这种事你怎么能开玩笑？你得给我在铁路上找一份工作。侯宝德说凭什么要我给你找工作？马雄说你这个人说话怎么不算数？我想死你偏要救我，你叫我干什么我就干什么，可现在你连个工作都不给我。侯宝德说我救错你了，我向你检讨。现在火车快开过来了，你去死吧，我下定决心不再救你了，我向老天保证向毛主席保证。马雄说可是，现在我不想死了，我想跟你要一份工作。想死的时候你不让我死，不想死的时候你却叫我去死，你的良心大大的坏。

他们说着话，一列长长的火车从他们的眼皮底下飞过，列车上堆满木头、油罐、煤炭和水牛。站在列车尾部的那个人朝山坡上的他们挥挥手。侯宝德拍拍屁股，从草地上站起来。他的孩子跟着他往山下走。马雄跟着侯宝德的孩子走。走到铁轨上，侯宝德说马雄，你跟侯远方比赛跑一跑，看谁跑得快。如果你跑得过我儿子，我真的给你找一份工作。马雄说你骗人。侯宝德说不骗你。

马雄比侯远方高出一个头，他们并排站在枕木上面。侯宝德一声令下，他们朝着前方跑去，身影逐渐缩小。马雄的身子一歪一倒地跑得十分吃力，但他还是把侯远方甩在了后面。看得出马雄十分需要工作，他拼足老命在争取这个机会。跑了一会儿，侯远方站着不跑了，他说这一次不算。马雄回过头来问他为什么不算，侯远方说不算就是不算。马雄抬头询问侯宝德。侯宝德说你们再跑一次吧，现在是谁先跑到我的身边，谁就是冠军。马雄和侯远方又并排站在枕木上，他们在侯宝德发出号令之后，一齐朝侯宝德跑过来。他们的身影愈来愈大。开始马雄还跑在侯远方的前面，但是跑着跑着，马雄跌了一跤，他的牙齿磕在了枕木上。他听到侯宝德说你跑不过侯远方，我不能给你找工作，你去找你爹要工作吧。侯宝德说完，离开了铁路。马雄捂着他的嘴巴慢慢地站起来。我操你妈，侯宝德。他在心里狠狠地骂了一句。骂声刚落，他的眼窝里涌出了咸的冰凉的泪水，鼻涕也跟着跑了出来，它们一同在秋风里悲伤。

马雄把他的两颗断牙拍到他爹马家军的手上。马家军看到了断牙上鲜红的血丝，甚至还感觉到了牙齿上的温度。马雄对马家军说，侯宝德明知道我跑不过侯远方，但他还叫我跟他比赛，他说只要我跑过了侯远方就给我找一份工作，结果我把牙齿跑断了。在这之前，他还对我说，只要我把李寒弄到手，就给我一份工作。他叫我做的每一件事都比登天还难……他还说如果我不去追李寒，你就要去追李寒，李寒很快会成为我的后妈。

马家军的脸色一点一点地黑下来，脸上阴云密布电闪雷鸣。马家军说，马雄，你给我好好地跟踪侯宝德，只要他进了铁路招待所，你就通知我。他在招待所里养有一个女人。

马雄像一条耐心的猎狗，站在八腊乡火车站站长侯宝德家的楼下。每天晚上侯宝德外出，总会看见马雄。侯宝德对马雄说，你是一条狗。马雄说我是一条狗。侯宝德又说你在这里找屎吃。马雄说我在这里找屎吃。说完，侯宝德哈哈大笑，马雄也哈哈大笑。侯宝德说你有什么好笑的。马雄说我笑你的末日快到了。

侯宝德说你能拿我怎么样？马雄说只要你跨进铁路招待所半步，你的末日就到了。侯宝德说现在我就去铁路招待所，你能拿我怎么样？铁路又不归地方管，马家军又能拿我怎么样？

马雄发现侯宝德一个星期之内进了三次铁路招待所。每一次进去马雄都向马家军报告。马家军把头一昂，说一声知道了。说完了也就完了，他根本不采取任何行动，马雄感到深深失望。

第二个星期的星期三晚上，侯宝德第四次进入铁路招待所。这个晚上，侯宝德和那个外省的女人被马家军和两位公安干警抓获了。当时，侯宝德和那个女人正赤身裸体躺在床上。电灯像一道闪电照亮房间，也不像闪电，因为它亮了之后就没有熄灭。马家军、马雄以及干警们的目光在他们的身体上抚摸了一阵，口水迅速从他们的嘴角挂出来。他们被外省女人丰满的身体震住了。侯宝德显得很平静，说你们也太无能了，不去抓杀人犯，反而来抓我们老百姓。马家军说你身为国家干部，铁路站领导，竟敢在我们的眼皮底下嫖娼，在你老婆和孩子的眼皮底下嫖娼，不抓你抓谁？

录完口供按过手印，马家军问侯宝德还有什么要求，需不需要家属来见见面，今晚可要委屈你一下了。侯宝德擦掉悔恨的眼泪，说想不到我会栽在你的手里，如果我能重新做站长的话，我一定给你儿子安排一份最好的工作。马家军说你现在仍然是站长。侯宝德说那你的儿子需要做什么工作？马家军朝窗外招手。

马雄走进派出所的办公室。马家军说儿子，你想做什么工作？马雄说我想做巡道工。马家军说你走路都还不稳，怎么能巡道？马雄说我要在铁路上走来走去，让所有看不起我的人看我走路。我要沿着那两根铁轨走到县城。马家军用手在马雄的头上拍了两下，说有志气。

从这个晚上开始，马雄又恢复了英雄本色。我们又看见他在铁路边走来走去，腰杆愈来愈挺，走路的姿态愈来愈有风格，愈来愈有气质。

第二年夏天，洪水像一群骏马从高高的山上从遥远的地方奔腾而来，八腊乡铁路两旁大水连着大水，深沟和凹坑一夜之间被大水填平，两根被雨水冲刷过的锃亮的铁轨像两束笔直的光线直指天边。火车在光线里往来穿梭，水花四溅。火车已不像火车，倒像浮游在大水里的船只。

马雄站在雨里对着往来的火车喊叫。他喊我爱你我操你我想你我亲你。他的话音未落，火车已从他身边呼啸而过，浑浊的水溅满他的全身。为了让火车听得见他的呼喊，火车刚刚在远处拉响汽笛，他便拉开喊叫的架势。他看见车头像星星之火，从远处慢慢地冒出来。他喊：我爱你。他刚喊完我爱你，站着的地方就塌了一块土，紧跟着路基裂了一条缝。他对着那块塌陷下去的土骂道：我恨你。他刚骂完，脚边的土又塌了一大块。他说我操你我想你我亲你，他脚边的土跟随他的声音快速陷落，好像塌方不是洪水造成的，而是他的喊声震塌的。他飞快地举起手中的小红旗，喊叫着朝火车跑过去。他想火车就要开过来了，很多人就要死了。这么想着，他的嘴巴竟然发不出声音了，双脚也变得像木头一样僵硬。他心里一急，眼泪吧嗒吧嗒地掉下来，嘴里发出呜呜的哭声。

火车在离他几十米的地方戛然停住。他像泼出来的水散漫在地上。当乘客们知道是坐在水里的那位瘸子救了他们时，他们纷纷从窗口爬出来，把苹果、荔枝、葡萄、速食面放在他的怀里。他的怀里放不下了，他们就把那些好吃的食品放在他的面前。他们说就算是我们支援灾区吧。

马雄及时制止一起重大事故发生的事迹上了电视和报纸。那列火车每一次从八腊经过，只要看见马雄，车上总会扔下一些东西，有时是果子有时是矿泉水。马雄依然对着那些匆忙的火车喊叫，仿佛他的声音会贴在火车上飘向远方。他愈喊愈起劲，有时还对着火车唱歌撒尿。他逢人便说，我一看见火车喉咙就发痒。

当马雄快要把这件重大的事情忘却的时候，铁路局表彰了一批抗洪救灾先进集体和个人，马雄被划入表彰之列。马雄胸戴大红花脚蹬牛皮鞋到柳州去领奖。领完奖之后，马雄一言不发，默默地坐在铁路局的办公室里。有人说马雄，天气这么热，你还是把大红花先摘下来吧。马雄摇摇头。有人说马雄，你是不是嫌我们奖的钱太少了。马雄还是摇头。有人说那你有什么要求就赶快说。马雄抬起头来，说他们都有小车来接，而我却没有，我大小也算个先进，不能就这样偷偷摸摸地回去，我又不是小偷。

侯宝德接到电话后，第二天从乡里借了一辆吉普车，请司机韩延文到柳州市去接马雄。韩延文老大地不高兴，把车开得飞快，似乎是要把马雄颠出车外才解心中之恨。马雄坐在车上始终不说一句话。韩延文却说个不停。韩延文说我的年龄和你爹差不多，你在我面前没必要摆什么架子。你完全可以坐火车回去，为什么要来折磨我？先进算什么？十几年前我也得过先进，可现在我还是个司机。年轻人，不要认为自己一得了先进，尾巴就翘上了天。

到达八腊乡已是下午五点。马雄的头发和胸前的大红花都沾满了尘土。尘土让马雄青丝变白发，胸前红花蔫耷耷。韩延文把车停到乡政府门前，说到家啦，马先进，下车吧。马雄说请你告诉侯宝德，就说我马雄回来啦。我不是小偷，用不着偷偷摸摸回家。你叫他把仪仗队叫来，欢迎欢迎我才下车。韩延文说要叫你自己去叫，我可要去洗澡啦。韩延文跳下车，关上车门，大摇大摆地进了乡政府。

马雄一个人坐在吉普车上，路过车边的人都探头往里面望一眼。望过之后，他们轻描淡写地说是马雄呀，怎么一个人坐在车里面。他们不知道马雄得了先进，更不知道马雄坐在车上是为了等侯宝德组织仪仗队来欢迎他。马雄对着路经车边的每一个人说，去，你们去帮我把侯宝德叫来。你们告诉他，别的先进回到地方都有仪仗队欢迎，我们为什么没有？听到马雄吩咐的人纷纷跑开，他们一传十，十传百，说没有仪仗队马雄不下车。很快车边围了一大堆人。

韩延文洗完澡，喝了一碗稀饭后走出乡政府，对着围观的人群挥手，说你们都走开，马雄又不是马熊，有什么好看的？你们都给我滚。他像驱赶苍蝇一样驱赶人群。人群闪开一条道，韩延文跳到车上，说你下不下车？你不下车我就把你和车一起锁到车库里。马雄说不下。韩延文说真的不下？马雄说真的不下。

韩延文把车开到火车站，然后站在楼下喊侯站长。侯宝德听到喊声后把头伸出窗口，问韩延文有什么事。韩延文说我把你的先进接回来了，可是他不下车，他要你找仪仗队在街上搞一个欢迎仪式，不然他坚决不下车。侯宝德抬手看了一下表，说现在学生们都放学了，我去哪里找仪仗队？等我吃了晚饭再去张罗，你上来喝两杯吧。侯宝德和韩延文一边说话，一边暗送秋波。韩延文说不喝啦，我把车子停在这里，我可要去和他们搓麻将了。

侯宝德说请你等一下，帮忙帮到底，我这就下来，你送我到小学去。侯宝德咚咚地跑下楼，钻到吉普车的前座，对马雄点点头，说回来啦。马雄说回来啦。侯宝德说非要这样吗？马雄说他们都是这样。侯宝德说现在学生们都放学了，能不能简化手续？马雄说不行，我救了一火车的人，你连叫个仪仗队都做不到，你配做一站之长吗？侯宝德说总有一天，我会把站长这个位置让给你。

吉普车载着侯宝德、马雄往小学方向开去。韩延文问马雄能不能先下车，等他们把仪仗队找齐了，再请马雄上车，然后再请马雄从车上下来。马雄一千个一万个不答应。到了小学，侯宝德又叫冯校长上车。冯校长说你们是要欢迎什么人物？这么晚了还要我去找仪仗队。冯校长一边说话一边往车里钻，当他看见马雄时，声音卡住了。他说是不是欢迎你？马雄点点头说，是的。冯校长说我说马雄呀，我是看着你长大的，我也做过你的老师，看在我的分儿上，你就下车吧。马雄说冯老师，难道你不希望你的学生有出息吗？你不希望你的学生光彩吗？学生的光荣也是老师的光荣呀。

冯校长跟着吉普车一家一家地转，转了十几家，总算把仪仗队的大部分成员找来了。由冯校长儿子冯小宝等十六名小学生组成的仪仗队，站在乡政府门前敲锣、打鼓、吹号，他们一齐面对着吉普车的车门。夜色已经降临，人们看不见仪仗队成员的飒爽英姿，只听到乐器欢快的声音从夜的缝隙里传出来。马雄从车的缝隙钻出来。侯宝德和韩延文终于嘘了一口长气，他们异口同声地说这泡屎终于屙出来了，等他下车，比等女人生崽还难。

后来，八腊乡的许多高考落榜青年都学着马雄当年的模样，在铁路边走来走去。他们像在尘土里寻找针尖一样寻找机会。马雄看见他们就无奈地挥手和摇头，叉腰站在铁轨上对他们说你们别找了，那种机会一百年才有一次。

每次巡道路过桃村，马雄都看见一位白头发白胡须的老头坐在尘土飞扬的村道上晒太阳。马雄有时看见他安详地睡在躺椅里，白头发上落着几片半黄的树叶，躺椅边围着几只咯咯叫的鸡。有几次马雄怀疑那位老头已经死了，但第二天路过这里马雄仍然看见他好好地坐在屋前。醒着的时候，老头会睁大眼睛往铁路上遥望。他遥望火车遥望马雄。马雄以为那个老头一定是被他走路的姿势吸引了。

马雄一直想进桃村去看一看那位奇怪的老头，这种想法在他心里埋藏了差不多一个月。有一天他走到桃村时突然感到口渴，想不如进村去喝一口水。他刚走到屋角，老头便从躺椅里站起来，说你是口渴了吧？马雄说你怎么知道我口渴？老头说两三个月来，我天天看见你从铁路上走来走去，你的头发有多少根我都差不多数出来了，怎么会不知道你口渴。

马雄进到老头的屋里喝了一碗茶。老头说我姓谢，叫谢新民。你别看我头发白，胡须白，其实我才六十多岁。从我长头发的那天起，我身上的每一根毛都是白的。知道为什么我每天都坐在门前看火车吗？马雄摇摇头，说不知道。谢新民说我有个儿子，叫谢东，六岁的时候被火车轧死了，就在你进村的路口被火车轧死了。尽管我现在儿孙满堂，但谢东是我最聪明的儿子。你知道他被轧死时最后喊了一句什么吗？马雄说不知道。谢新民抹了一把眼泪，说他喊爹，他喊了一声爹。别的孩子痛了或是受苦了总是喊妈，而谢东却喊爹。二十多年来，一有空我就坐在门口看着那边，相信总有一天他会从倒下去的地方站起来，或者从飞跑的火车上跳下来。等啊盼啊，我终于把他盼回来了。马雄说他在哪里。谢新民说他就是你，你长得像他。我看见你的腿不好使，就想当年谢东没有被火车轧死，只是被火车撞了一下大腿，所以现在走起路来才一歪一倒的。最初看见你在铁路上走的时候，我认为是我的眼睛花了，不相信那是真的，把你当成虚幻的影子，慢慢地你变得真实了，真变成我的儿子了。

从此后，马雄每一次从桃村走过都要远远地对着谢新民喊，爹，你在干什么？爹，你的身体好吗？谢新民听到喊声，从躺椅里爬起来，说好，好，儿子呀你要注意安全。喊过之后，他们两人都莫名其妙地笑，笑得泪花横飞。

彼此熟悉之后，马雄开始走进谢新民家吃午饭。吃了好几餐，马雄都没吃到猪肉。马雄对谢新民说，爹你怎么总炒素菜给我吃，为什么不炒一盘肉给我吃？谢新民说，我们已经三个月没吃上肉了。马雄说是不是水灾以后？谢新民说是的。马雄说有多少家没吃上肉？谢新民说整个桃村三个月没吃上肉的不下五六十家。马雄一拍胸口，说你们很快就会吃上肉的。

回到乡里，马雄写了一份材料，寄往县人民政府办公室，材料的题目是"桃村八十户农民水灾之后三个月不知肉滋味"。马雄在材料里详细地描述了桃村八十户农民在水灾之后三个月里吃不上猪肉的凄凉景象，文笔充满感情，成语一个接着一个，有的地方还进行了合理的想象。他尤其对十九个字的题目感到满意，认为这是世界上最好的标题。

县领导对这份材料十分重视，派人打电话找到马雄，问他情况属不属实。马雄说绝对属实，我可以用我的脑袋担保，用我的先进担保，不信，你们可以来调查。

放下电话，马雄直奔桃村。他对谢新民说你们真的没吃上肉吗？谢新民说真的。马雄说县里面就要派人来调查了，你去告诉所有没吃上肉的人，告诉他们如果真的想吃肉的话，就对来调查的干部说三个月来不仅没吃上肉，连油也没吃上。谢新民说这不用告诉，谁会没有吃上肉说吃上了？谁会没钱说有钱？谁会没有睡过女人说自己睡过？马雄说你一定要告诉他们，否则县里来的会说我们碗里放着一块，嘴里吃着一块，筷子夹着一块，眼睛还望着一块。

谢新民只好在前面带路，马雄紧跟其后。每到一个屯，马雄就扯着嗓门喊，大家听好啦，县里面准备派人来调查，问你们水灾之后三个月以内吃没吃肉。如果你们吃过了，你们就再也分不到县里面运来的猪肉了。如果你们没吃过，你们就会分到十斤、二十斤也许是三十斤猪肉。这三个月，你们谁吃过肉吗？吃一块不算吃过，吃一斤也不算是吃过。那吃了多少才算吃过呢？三个月内吃了十斤以上的才算是吃过。你们可要记好啦。

马雄的声音把桃村几百户人家一千多人的胃口都调动了起来。他们的喉结在静静地蠕动，胃酸在快速地分泌。有人告诉马雄，除非他们动刑，否则我们绝对不会说我们吃过肉。

经过县里派来的三个同志的详细调查，证实桃村共有一百零七户农民三个月来确实没有吃上肉。经过反复讨论，他们认为报一百零七户还不如报一百零八户。一〇八，一定发。他们为这个吉祥的数字兴奋不已。

几天之后，县里用货车拉来十几头修得白白净净的肥猪，桃村一百零七户农民像过年一样，欢欢喜喜分猪肉。他们给马雄分了一份儿，还多分给他一个猪头。马雄提着那个猪头和十几斤猪肉站在阳光下，看着那辆货车和送肉的人哐啷哐啷地离开了桃村。马雄想他们就这样走了，他们连一句话也没跟我说就走了。马雄怀疑送肉的人一定是遗忘了什么，他们怎么没跟我说一句就走了？望着空荡荡的马路，虽然马雄左手提猪肉右手提猪头，心里还是感到不满足，空落落的。

马雄把猪肉和猪头堆到自己家的饭桌上。马家军说有这么多呀？马雄说这还算少了。马家军脱掉衬衣，动手烧那只猪头，猪头的焦味和香味弥漫了整条街。马雄抽了抽鼻子，说爹，这个猪头分外香，就像战地黄花分外香。马家军说是特别香。马雄说爹，这个猪头是不是特别大？马家军说是特别大，我从来没见过这么大的猪头。马雄说爹，为什么你的名字叫马家军？马家军的双眼被油烟呛出了眼泪，有些不耐烦了，大声地问马雄，你刚才说什么？马雄说这么多猪肉和猪头，算不算是我的稿费？马家军说当然是你的稿费，但这些稿费是生的，现在我要把你的稿费变成熟的，如果没事的话，你就滚到一边去吧。你吃了我几十年的稿费，今天我吃一回你的算不了什么。马雄像一条夹着尾巴的狗，在他爹的唠叨声中离开了飘荡着肉香的厨房。离开厨房时，马雄暗暗骂了一句：我操你，马家军。

九月，我考上了县城高中，带着一口红木箱和一床被窝去挤火车。八腊乡火车站虽然不大，但挤火车的人却不少。父亲扛着那口油漆未干的木箱在人群中为我开路，他的颈脖和脸上沾满了红油漆。油漆与汗水混杂在一起，黄皮肤变成了红皮肤，脸上是那种喝了几斤酒之后皮肤正在燃烧的颜色。

马雄背着简单的行李爬上了火车，像是要远行的样子。他的背包上挂着一个口盅一条湿毛巾。他站在火车上向我们招手。

我们和马雄站在同一节车厢里，火车摇摇晃晃地离开了八腊。火车里的人屁股贴着屁股，胸膛贴着胸膛，车厢里气候炎

132

热，飘荡着大森林里植物和动物发酵后的气味。我们都没有座位，在火车的摇晃中马雄几次险些倒下，但几次都让我扶住了。马雄用复杂的眼神打量我。

卖座位啦，十五块钱一个，谁要？谁买？喊声从我们的脚底下传上来。透过大腿组合的丛林，我看见一个裸着上身的肥胖男人正在叫卖。汗水像河流在他肥沃的臂膀上流淌，他的绿裤衩被汗水湿透了。马雄说我要，我买座位。胖子说拿钱来。胖子一边说着一边离开座位。马雄坐下去，胖子站起来，我们的空间又小了一点儿。胖子说拿钱来。马雄说没有钱。胖子说没有钱就给我滚。马雄说你没看见我是残疾人吗？你学一学雷锋行不行？胖子说你睁眼看一看，我这么胖，我也是残疾人。马雄说你站着更有利于减肥。胖子伸手去抓马雄的头发。马雄突然跳到座位上，说我是乘务员。胖子说乘务员也得拿钱。马雄说我是记者。胖子说我只认钱，不认什么记者。马雄说我是领导。胖子说你只领导你自己。马雄洁白的衬衣领已经被胖子的右手高高地拎起。马雄抓起一瓶啤酒，在桌上狠狠地砸了一下。啤酒瓶炸开了，玻璃和啤酒的泡沫四处飞扬。马雄的右手紧紧抓住半截酒瓶，酒瓶寒光闪闪锋利无比。马雄说我是流氓，你再不松手，我就把酒瓶戳到你的肚皮上。胖子终于放手，说你等着。马雄说我等着。胖子从缝隙里溜走了。

马雄安然地坐在座位上，不停地晃动他手里的半截啤酒瓶，说我爹是派出所所长，我怕他干啥？我是县委办公室的通讯员，我怕他干啥？到这个时候，我才知道他已调到县委办公室工作。他说调令已经来了几天，他一直犹豫着去不去报到。他怕我们不相信，从口袋掏出调令来给我看。我看见调令上的日期，确实已离今天有好些日子了。

马雄指着我的父亲说，等我当书记了，我给你们谷里修一条公路，建一所希望小学，路要修得笔直宽敞，学校要修得富丽堂皇。工程吗，就由你负责。父亲笔直地站着，不停地点头，也想哈腰，但父亲的腰被乘客们的腰顶着，没有办法哈。他竭力做出欲哈不能的模样，仿佛真的领到工程，满脸惊喜和感激。

火车到达县城时已是晚上七点钟。马雄说现在他们都下班了，我只好睡在县委大院的值班室里了。我问他们给你睡吗，他说怎么会不给，我有调令。我看着他的背包、口盅和毛巾离开了我们，离开大约有十米远了，他突然回过头来对我说，有什么困难的话就来找我。我说好的。

张书记对走进办公室的马雄说，调你来主要是要你来编简讯和写信息，我们县的信息被采用量目前在全地区排倒数第一，你要像写桃村人吃不上猪肉那样为我们县写信息，为我们县叫穷叫苦。什么时候为我们写出一笔拨款来了，我就给你转干。马雄说那要等到哪年哪月？张书记说运气好的话，半年就可以了。

但是半年过去了，马雄一直没有写出一篇像样的信息来。他向报社、电台投去的新闻稿件一篇也没有被采用。半年来，他基本上不敢抬起头来走路。下班之后，他便坐在宿舍里，像一匹北方的狼不停地呜咽，回忆他英雄的时光以及传说中美丽的草原。

　　马雄的宿舍只有九平方米，在县委办公大楼的一层。尽管是白天，他的房间也像黑夜一样，所以他经常唱我的黑夜比白天多。他没有钱买床架，就用几块板子铺在地上，上面再铺一张席子，席子之上他经常和衣而眠。他不让任何人进入他的房间。有一次收发室的何志丽小姐跟马雄谈一本当时流行的书，说要找来看一看。马雄说他那里有。马雄带着何志丽往他的宿舍走，脑子里大概只想着那本书的封面、插图以及精彩的细节，完全忘记了不能让人踏进他的宿舍。打开门，拉亮灯，马雄被自己的床和自己的宿舍吓了一大跳，好像是闯入了陌生世界。他赶忙用身子挡住门口，不让何志丽进去，说他没有那本书，刚才的话都是吹牛皮的。何志丽说我想进去坐一坐，只坐一会儿。马雄说一会儿也不能。说完，他就把自己关在屋内，把何志丽关在门外。关于马雄房间的大致描写，是何志丽告诉别人，别人再告诉我们的。

　　天气渐渐变冷了，马雄不愿一个人待在宿舍里，就和保卫干事薛勇经常到各大饭店串来串去。哪个部门开会，在哪里就餐，他都了如指掌，并且在开饭时准点到达。吃完饭，用手抹一下油光可鉴的嘴皮，就对部门的领导说，我给你们的会议写个稿子，拿到县广播站去广播。有好几次，吃饭的人都走光了，只剩下马雄一个人孤零零地坐在餐桌边熟睡。他常常在服务员收碗扫地的声音中醒过来，醒来之后的第一句话就是我该回家了。

天气一冷，人们便开始谈论奖金，谈论哪些人发财了，今年每人能拿到多少钱，然后又如何把奖金花完，其中吃喜酒占多少，拜年占多少。马雄听着办公室的人们无边无际地谈论奖金，突然产生了一个念头。他跑进张书记的办公室。张书记正在接电话。放下话筒，张书记问马雄有什么思路。马雄说我们是不是要给他们拜年？张书记说给谁拜年？马雄说给地委办公室管信息的领导，给电视台、报社、电台的有关编辑、记者。我认为我们的信息工作和宣传工作上不去，主要一个原因是没有给他们拜年。张书记说你打一个报告来。马雄说连吃饭在内，至少要五千元。张书记说批你八千。马雄说书记，你真大方。张书记微微笑了一下，说你快点去办吧，赶在过年前把事情办妥。马雄说保证完成领导交给的任务。马雄说完，从书记的办公室跑出来。他竟然觉得自己奔跑的姿态十分优美。

马雄再次走进张书记的办公室是一个多月之后的某个下午。马雄走进去时，张书记正埋头看报纸。张书记的脸不阴不阳，咳了两声，仍然没有说话。马雄预感大祸临头，突然想跑，甚至想找个地缝钻进去。马雄站了好久，张书记才把头从报纸上抬起来。写这样的消息，也不问我一声，张书记一边说话一边用手指往报纸上戳，那张报纸被他的指头戳破了。马雄看见自己采写的百余名中学生食物中毒的消息赫然地登在报纸上，内心一阵狂喜。他想我的文章上报了，第一篇文章叫什么来着？叫处女作，我的处女作终于发表了。马雄忘记了张书记的愤怒，忘记了自己身在何处。他只看见张书记的嘴巴不停地翻动，但是没有发出任何声音。张书记提高嗓门，说我在对你说话，你听到了吗？马雄说听到了什么？张书记说我再说一遍，今后凡是你往外寄的信件，除了恋爱信之外，都要给我看一遍。这是关心你，也是对你负责。马雄说什么稿件都要看吗？张书记说都得看。马雄说前几天我寄了一篇散文，没有来得及给你看。张书记说什么散文？马雄说题目叫《遥寄母亲》，我一直没有见过我的母亲，也许我见过，但我记不得了。我不知道她什么模样，身高多少体重多少；不知道她什么血型，喜不喜欢辣椒；是喜欢打人呢还是喜欢骂人；是喜欢唱歌呢还是喜欢劳动；她的业余爱好和她喜欢的格言是什么。真的，我一点儿都不知道。张书记说你没有母亲了？马雄说早就没有了。张书记把报纸摔给马雄，说你走吧，今后注意点。

马雄拿着那张被张书记戳破的报纸往楼下走，一边走一边看。到了楼下，他碰到了陈县长。他对陈县长说，你看，我写的文章被张书记戳破了。陈县长说你过我这边来，我保证在半年内

137

给你转干。马雄说你说话算数？陈县长说君子一言，驷马难追。

　　马雄调到县政府办公室的时候，到处都在传说陈县长要调走，这个传闻吓了马雄一个大跳。他想真是一失足成千古恨，县长一调走，我可就完蛋了。现在，不仅是库区人民需要陈县长，我马雄也需要陈县长。向阳县地处红水河畔，是苞谷滩电站库区。修电站的时候，向阳县搬迁了近七万人口，他们在背井离乡之际，特别特别思念他们的县长。他们的家园被大水淹没了，但他们永远不会忘记向阳和县长陈大光。移民的信从大海边从农场飞回到陈县长的案头，陈大光简直就是他们的亲人，是他们的家园。于是，马雄写了一篇《库区人民需要陈县长》的文章，寄往地区、省城。不知道马雄的文章发没发生效力，反正陈县长没有调走。马雄对自己的转干又一次充满了信心。

　　只有马雄知道陈县长患有肝炎，这是陈县长在一次酒醉之后自己对马雄说的。每一次在饭店里喝酒，马雄总抢过陈县长的杯子，替陈县长喝下那些必须喝下的酒。有一次，陈县长对马雄说，你替我喝那些剩在杯子里的酒，就不怕我把肝炎传染给你？马雄说如果科学能够发展到以肝易肝的话，我愿意把我的肝换给你。陈县长感激地拍了拍马雄的肩膀，说好兄弟，我的好兄弟，今后我有肉吃就有你的汤喝。你说，现在你最想做什么？马雄说我想开车。

马雄开着陈县长的本田车回八腊乡去看望他的父亲马家军。他的右脚踏不了油门，就为自己配了一根短木棍。他把木棍顶在油门踏板上，如果要加速，就用右手轻轻地推动那截木棍；如果要减速，他就把木棍一点一点地收回来。尽管这样能够把车开走，但马雄还是觉得不过瘾，觉得那截木棍把他和车子隔开了，他和车子仿佛没有发生直接关系。木棍没有感觉，所以马雄的油门愈轰愈大，没走出五里路，马雄就把车撞到了路边的石头上。车头烂成一团，像炸酱面。闯大祸了，我为什么不一头撞死呢？马雄想着，冷汗冒了出来。等身上的汗渐渐干了，他才想到挽救局面的最佳办法。

他请了一辆卡车，把轿车直接拉进修理厂。他对所有知道这件事的人说，不要告诉陈县长。他们真的没敢告诉。第二天，陈县长要用车的时候才找到马雄。马雄说我把车撞坏了。陈县长说现在车子在什么地方？能不能跑？马雄说现在车子在修理厂，最快也要一个星期才能修好。陈县长说你把车撞成什么样子了？带我去看一看。马雄说你千万别去看。陈县长说你还管得了我吗？马雄双膝落地，跪到陈县长的面前。陈县长说你这是怎么了？马雄什么也不说，头勾得快要触到了地面。陈县长说起来吧，把车修好就行了，何必做得那么可怜。马雄从地上爬起来，爬起来的时候，他没有忘记拍膝盖上的灰尘。

有一天马雄对陈县长说，你把何群撤了。陈县长说为什么要撤他？马雄说反正你得把他撤了。陈县长说你必须说出一个理由来。马雄说我叫他到修理厂去结账，他不去。他还说我是你的狗腿子。陈县长说车子一共修去多少钱？马雄说两万多块。陈县长说何群是我多年的好朋友，叫他一下拿两万多块钱恐怕有难处。马雄说可是他说我是你的狗腿子。

两个月之后，供销社主任何群调到县文化馆工作。马雄碰见他的时候，对他说你知不知是谁撤了你的职务？何群说是张书记，是陈县长，是人事局，是领导们研究决定的。马雄说都不是，是我把你撤掉的。何群哈哈大笑，对周围的人说，你们都来看一看，这个小子连干部都不是，他却说是他把我的职务撤掉的。他如果能撤掉我的职务，他会是这副模样吗？他早就给自己找个干部当当了。马雄说正因为我不是干部，才只撤你的职，如果我是干部，那就不是撤职的问题，而是开除的问题，不信你睁着眼睛等。马雄说完，在地上吐了一口痰，仿佛是他给何群下的一份文件。

我们一致认为，那是马雄最英雄最辉煌的时期，他的苦日子似乎快要熬到头了，他的好日子就像一张大馅饼，马上就要从天上掉下来了。黑夜过后有曙光，噩梦醒来是早晨。一天，我在街上碰到他。他对我说，五个月的时间，我搞了一万块钱。我现在有一万块钱了。你知道一万块钱意味着什么吗？意味着可以买两部彩电，或者一辆摩托，或者两千斤猪肉。我爹干了一辈子革命工作，还没有一万元，我只干五个月就有了。

那时马雄烟酒有人送，工资基本不用。他常常到别的单位去拿钱，要钱的借口五花八门，有时说是给上面送礼，有时说是接待上面的朋友，有时说是宣传费，就连他那根金属拐杖的发票都是交警大队给他报销的。有些单位不买他的账，他就对他们说哪天我叫陈大光把你的职务撤了。但是马雄的好景不长，到了秋天，陈县长还来不及给马雄转干，便调到邻县去做县委书记了。

陈县长调走以后，马雄常到学校来找我们的班主任秦广州。秦广州刚从大学中文系毕业，和马雄一样喜欢写文章。他们坐在一起谈李白、杜甫、鲁迅、郁达夫、曹雪芹、施耐庵、蒲松龄、陈大光、张松阳、马家军、侯宝德、李寒、曾桂花、黄婷婷，偶尔他们会谈到我，谈到我的同班同学，包括最漂亮的那几位女同学。秦广州曾不止一次对我说，马雄很关心你，他要我给你的语文作业打一百分。我给你打一百分容易，但这对你毫无用处，高考的时候又不是我给你改卷。马雄怎么用这种方式关心你？他根本不懂得如何去真正关心别人。

此时的马雄已不是彼时的马雄，他除了关照秦广州给我打一百分之外，已不可能再有什么大的作为，反正给我打一百分又不要他上税。但是我还是被他这种助人为乐的精神所感动。

一天，马雄拄着那根金属拐杖走进保卫干事薛勇的宿舍。薛勇正坐在书桌前对着镜子挤他脸上的青春痘。薛勇说成败在此一举，我要把我脸上打扫干净。马雄说你打扫快一点，别人等久了不好。薛勇说你急什么，我都不急你急什么？

马雄和薛勇走出县委大院。马雄把那根金属拐杖拿到手里舞来舞去，许多人都奇怪地看着他。薛勇问今天你带这么根多余的东西干什么？马雄说拐杖，我的一条腿。薛勇说你不用它不是照常能走吗？马雄说可是它代表一种身份，你没看见拐杖上镀过金吗？就像有的人戴眼镜，他们根本没近视，但他们还是戴上一副眼镜，以此表明有学问，斯文不流氓，其实现在戴眼镜的比不戴眼镜的更流氓。薛勇说就像拿拐杖的比不拿拐杖的更流氓一样。马雄说我流氓了吗？我又不像你急着找对象。薛勇笑了笑说都流氓，都流氓。

马雄和薛勇一边说着一边往王子饭店走去。这是薛勇的第一次相亲，由马雄陪着。落座之后，薛勇不知道跟女方说些什么，只不停地劝她吃。起先女方只顾吃，吃了一阵，她好像发现了什么问题，用餐巾纸轻轻地擦着嘴巴，说薛勇，你以为我是酒囊饭袋，除了吃一样都不懂了吗？薛勇说没有这个意思，绝对不是这个意思，我们还是出去走一走吧。薛勇和那个女的离开了餐桌，他们邀马雄一起出去走一走。马雄说我的腿不好，不喜欢走路，我喜欢喝酒。薛勇给马雄添了一瓶白酒，然后走出了餐馆。

马雄把那瓶白酒喝干之后，扑到桌子上睡着了。服务员把桌上的酒瓶碗盏弄得乒乒乓乓地响，但马雄仍然沉睡不醒。马雄听到有人叫他的名字，好像是女人的声音。马雄就问现在几点了，那个声音回答已经晚上十一点了，你怎么在这里睡觉？马雄说这里是哪里？那个声音说这里是饭店。马雄说现在我们去哪里？那个声音说回家去。

马雄感到自己被人搀扶着走出了饭店，钻进了出租车，然后又下车又上楼，然后就走进一间宽敞豪华的客厅。有人为他洗脸洗脚，还帮他脱了衣服，最后把他放到一张松软的床上。蒙眬中马雄叫了一声妈。马雄说妈，你是我的妈妈，我是不是回到了家里？

第二天早上醒来，马雄感到头有些微微涨痛。他看着厚实的窗帘、吊顶的天花板和地上的大理石，拍了拍自己的脑袋，我这是在什么地方？会不会是做梦？马雄飞快地穿衣起床，拉开房门，看见朱晶莹坐在客厅里。他叫了一声朱阿姨，说朱阿姨，你比我妈还好。朱晶莹说那你就把我当成你的妈好了。马雄说我把你的床铺和地板弄脏了。朱晶莹说没关系的啦，你把这里当作你家好了。马雄说谢谢，那我先走啦。朱晶莹说你先洗把脸吧。洗完脸，马雄说那我走啦。朱晶莹说你先坐一会儿吧。马雄坐到真皮沙发上。朱晶莹说你千万别消沉，你还年轻，前途无量，如果你在向阳县待不下去，将来还可以调到陈县长那边去工作。马雄说陈县长他还记不记得我？朱晶莹说怎么不记得，昨天他还打电话来问你的情况。马雄，我真的有你妈那么老吗？马雄说我没见过我妈，在我懂事之前我妈就死了。她死的时候才二十四岁，很年轻。朱晶莹说孩子，你很可怜，你就把我当成你的妈妈吧。

马雄想象自己从二楼飞奔而下，尽管他不能飞奔。此刻，他十分幸福也十分高兴，终于又看到了希望，仿佛自己的腿忽然不瘸了似的。但是，他刚一走出大楼，双脚货真价实地踏在大地上时，立即就想起了那根镀金的金属拐杖。他来到王子饭店，问服务员见没见他的拐杖？服务员们都摇着头说没看见。领班说整个向阳县就那么一根拐杖，如果是掉在餐厅里，谁都知道那是你的。我们王子饭店一贯拾金不昧，不会隐瞒你的拐杖，况且我们的腿都很好，用不着拐杖。马雄走到昨夜喝酒的餐桌，指着那桌子说，我的拐杖就是掉在这里的，你们谁看见了？她们坚决地说没看见。

没有拐杖也难不倒马雄，本来他就把拐杖当成一种象征。朱晶莹那里该换煤气了，马雄就瘸着腿一个人把煤气罐从一楼扛到二楼，多少次煤气罐都险些从他的肩膀上滚下来。其实，他也可以请人扛煤气罐，但他觉得如果请人扛不足以表达他的心情。朱晶莹被感动了，一边给他擦汗一边说，马雄呀马雄，你对县长这么好，将来我们全家搬过去了，我一定叫他帮你也调过去。我已经催他调我了，但是他说先别忙，等我们家陈红高考后再调过去。只要我调过去，你就能够调过去。陈红你知道吧？就是我的女儿，在县中读书，明年就高考。我调查过，那边县中的教学质量并不比这边的差，可你们县长就是不肯把我调过去。他不肯调我，是不是在那边有新欢了？马雄说不会的。朱晶莹说现在的男人呀，说不准。

朱晶莹那里该买米了，马雄就一个人把一袋四五十斤重的大米扛到朱晶莹家。朱晶莹一边为马雄擦汗，一边对他说马雄呀马雄，你看陈红她像什么话，她说学习太紧张，连星期天都不肯回来看我一眼。我一个人下班后，在这么宽的房间里走过来走过去，后背冷飕飕的。你有空的时候多来坐坐，陪我说说话。如果你愿意，就住在我家里，把我家当你家好了，把我当你妈好了。我比你大十几岁，别人也不敢说什么闲话。

一天深夜，陈大光心血来潮，突然思念自己的老婆朱晶莹，就从邻县连夜赶回家。打开门，打开电灯，他看见马雄睡在他过去睡的地方，立即从腰里拔出手枪，把枪栓拉得咔嚓咔嚓的。马雄从床上滚下，跪到陈大光面前求饶。但朱晶莹仍然躺在床上，一动不动。马雄说陈县长，你饶了我吧，我对不起你……我什么也没干，你都看见了，我们虽然睡在一张床上，但我们仍然保持着恰当的距离。我只是把她当作我的妈妈，不信你问她。马雄用手指着床上的朱晶莹。

陈大光朝天放了一枪。这使马雄突然想起杀人犯秦世杰。

他想自己马上就要死了，马上就要被陈大光枪决了。但是，陈大光没有枪决他，只是运足了全身的力气，朝他的屁股愤怒地凶狠地势不两立地不共戴天地深仇大恨地踢过去。马雄叫了一声妈哟，便滚到墙角，脸蛋扭曲，泪水滂沱。马雄说我从小就没有妈，呜呜，我以为这是我的家，呜呜，我以为她是我的妈，呜呜……

马雄被陈大光踢出大门。大门嘭的一声关严，从门缝里传出朱晶莹的号叫。马雄仓皇奔跑，跑到保卫干事薛勇的门前，举手敲门，敲了好久门都没开。马雄正欲离去，门忽然开了。薛勇堵在门口，问什么事？马雄说进去再说。薛勇不让他进屋，说我准备结婚了。薛勇从门角抓起一根拐杖递给马雄，说那次我们散完步回到王子饭店接你，你不在，餐桌边只有这根拐杖。我把拐杖带回来了，一直想还给你，却没有时间。马雄说你准备和谁结婚？薛勇诡秘一笑，说就是那天晚上会面的那个姑娘。马雄说真是神速，你们才认识多久？薛勇赶紧捂住马雄的嘴巴，挥手叫他快走。

马雄抓过薛勇手上冷冰冰的拐杖，走入县城漆黑的大街。据说，当天晚上他爬上了北行的火车，回到八腊乡。以后的日子，他拄着那根金属拐杖，在八腊乡的街道上漫无目的地行走。碰见李寒了，他就举起手中的拐杖说，我已经配了黄金拐杖，你为什么不嫁给我？你说过的，只要我配了黄金拐杖，就可以娶你。马雄见一次李寒就这么说一次，不厌其烦。李寒看见他，便远远地闪避。但某些时候，比如夜深人静的时候，比如天气冷的时候，李寒会被马雄那些胡言乱语莫名其妙地感动，甚至两眼噙泪。李寒弄不明白这到底是感动或是同情。

后来我考上了大学，很少有机会再见到马雄。某年暑假，我和他在街上偶遇。他在阳光下摇摇晃晃地走过来，手中的拐杖金光闪闪，仿佛镶在嘴里的金牙。他一直走到我面前，堵住我的去路。我突然记不起他的名字，抓了一会儿脑袋，说马湛蓝，你还好吧？他问马湛蓝是谁呀，我说是你。他愣了一下，嘴角渐咧，眼睛渐闭，笑容堆满他的脸蛋。

痛苦比赛

　　我对着仇饼、马哈哈和肖丽一挥手说你们看了吗？今天的报纸。我像过去问朋友们"吃了吗"一样问"你们看了吗"。我挥手的时刻，手中的报纸哗啦哗啦地响起来，像是一面白旗在风中飞舞。他们说看什么，现在的报纸有什么好看的？我说报纸上登了一则征婚广告，现在我来跟你们复述一下，当然我必须向你们申明，我并不认识这个名叫阳爽朗的女人，只是觉得这个征婚广告非常特别。

　　说这些废话的时候，挥动自己手臂的时候，我正站在十八层高的地方大厦楼顶。那时我们刚喝完一箱啤酒，从铺满报纸的地板上摇摇晃晃地站起来，带着满肚子的坏水和心眼一样细小的醉意来到护栏边。我们四个人八只鼠眼一齐往楼下看，看见轿车们色彩丰富的坚硬的背，看见一辆警车闪着红灯呼啸而过，看见渺

148

小如蟑螂的行走的人群，电线成群结队不怀好意地划破灰蒙蒙的天空，远处的一列火车像儿童们手中的玩具在楼房的夹缝中无声地快速地滑翔。我们站得高看得远，女人们肥美的长腿和高耸的胸脯，男人们的头发或秃顶扑面而来清晰可认。

一阵风抬起一张我们刚才坐过的报纸，它像一位老熟人来到我的脚尖。我踢了一下报纸，它没有走开的意思。我又踢了一下，它不但不走反而在风中飞了起来。我仿佛看见一个女人飞了起来，于是一把抓住，看了一会儿便对仇饼、马哈哈和肖丽说你们看了吗？今天的报纸。阳爽朗要找的对象，可以没有端正的相貌，没有高大的身材，没有文凭、工作和人民币，但必须拥有痛苦。她决定明年三月八日上午九点在市人民大会堂举行一次应征者痛苦比赛，胜者获得她的爱情，联系地址建设路72号，电话5337788。

仇饼、马哈哈和肖丽的嘴巴慢慢地张开，他们嘴巴张开的程度和我说话的速度成正比，和他们所拥有的信息成正比，最后他们的嘴巴都张得和乒乓球一样大。我看见三个乒乓球挂在我的面前。不……马哈哈的乒乓球最先破碎，不，不，不太可能，现在哪还有这么傻的姑娘。在说话的过程中马哈哈的手臂逐步变长，一直延伸过来抓过我手中的报纸。哧的一声，报纸被他断为两截。他的目光像饥饿的嘴巴，很快地在他抓过去的半张报纸上舔了一遍。

仇饼说真是岂有此理，不用比赛，我就是阳爽朗的最佳人选。我说我也是。肖丽说我也是。我们说肖丽你又不是男的，怎么也是？肖丽说她的征婚广告上又没注明女选手不准参赛，它注明了吗？我的痛苦就不是痛苦吗？而且我的痛苦一点儿也不逊色于你们的痛苦。仇饼说马哈哈，你怎么看？马哈哈摆动着他的头部说这不是真的，这是个货真价实的骗局，你们千万别被骗了。

我们决定对阳爽朗进行调查。这个晚上我们相约来到马哈哈的办公室。马哈哈是《方方面面》杂志的编辑，他的办公室里有一部白色的免提的经得起时间考验的电话。我们把马哈哈围在中间，就像围住一个重要人物。尽管天气有些凉了，马哈哈的额头上还是咕咚咕咚地冒出了一层细汗。我们谁也不敢说话，生怕因为说话影响了大家的情绪。准备拨电话之前，马哈哈不停地搓着他的手掌，他的手掌因为搓着发出沙沙声。这种声音就像空气无孔不入，从我们的左耳到达我们的右耳。我说马哈哈请你别搓你的手掌了，再搓下去就要搓出火来了。马哈哈清清嗓子，说那么我就不客气啦，那么我就拨电话啦。肖丽说拨吧拨吧，反正天要下雨娘要嫁人。

马哈哈在我们的注视下，庄严地抬起他的右手。我想起森林般的手臂庄严的拳头神圣的时刻……眼看右手食指快要触到按键了，他忽然回过头来说，那我真的拨啦？但必须声明，拨过之后我们哥几个就得有难同当有福同享，无论发生什么事情，无论贫穷或是贵贱，无论祸福或是疾病，无论好的或不良的后果大家都得共同承担。仇饼用双手蒙住眼睛，说马哈哈你再等几分钟，让我考虑考虑。马哈哈的手指悬挂在电话上方，好像他面对的不是电话按键而是核武器按钮。悬挂的手指等待着仇饼的再考虑，但是等啊等啊考虑仍然没有成熟。肖丽推开马哈哈坐到那个重要的位子上，她的手指在电话按键上跳了几跳。我们终于听到了一串期待已久的标准的声音：您好！这里是阳爽朗征婚办公室，留言请按1，征婚请按2。我们看见肖丽的手指在2键上按了一下。参加比赛请按1，不参加比赛请按2。肖丽按了一下1。领导请按1，商人请按2，一般职工请按3，无职业者请按4。肖丽按了一下4。电话里又传来一声"您好"，马哈哈说爽朗在吗？电话说阳经理不在，我是她的秘书，有事请讲。马哈哈说我要找爽朗。秘书说你是不是征婚的？如果是征婚的找我就行了，不必找阳经理。马哈哈说我不是征婚的，我是她的大舅。秘书说请等一下。

电话里传来一声"大舅，你好"，听得出这是一个有情感的声音，声音有血有肉鲜活跳跃，像磁铁一样吸引我们的心脏。我们的心脏因为磁场的干扰一度停止跳动。我敢肯定从出生到现在我们还没有听到过这么好听的声音。这个声音把马哈哈和我们快到嘴边的话吓了回去，像缩头乌龟再也不敢出来，使我们嘴里的口水飞流直下却无话可说。大舅，大舅，我是爽朗，我是爽朗，你有什么事？你怎么不说话？大舅……电话在彼此的沉默中挂断。

我们谁也没有发出声音，办公室像这里的黎明静悄悄，连一张纸片落地都能听见。和阳爽朗的声音对比起来，我们有自知之明。谁敢在听完阳爽朗的声音之后发音？谁敢？所以我们谁也不敢说话。谁说话谁没有自知之明，谁说话谁暴露缺点。仇饼冲到阳台上，对着楼下的马路喊阳爽朗……我爱你，我爱你群山巍峨，我爱你秋日的硕果，我爱你的征婚广告，我爱你呼唤大舅的声音朝气蓬勃。马哈哈在仇饼的呼喊声中用拳头擂一下电话，然后转身拍一下墙壁。一张长期挂在他头顶的奖状，在他的拍击下匆匆地脱落，稀里哗啦地堆到地板上。玻璃的破碎破坏了我们对阳爽朗声音的美好回忆。我们在一瞬间从遥远的地方回到原来。我说从声音判断，阳爽朗长得不错。马哈哈说那不一定，就像有的歌手，你宁愿听她唱一千首歌，也不愿见她一面。

我提前半小时来到建设路72号的对面。前后左右看了一下没有发现情况，我把目光锁定在72号门口。这是一个极其普通的门口，没有招牌没有看门的老头，只有两扇漆成绿色的铁门敞开着。偶尔进出一两个人，他们的脸色、服装都和这个门口一样平凡。我想我不能浪费目光，得寻找优秀读物。我开始注意那些骑车的女人，她们在这个上午表现一般。我转身，看见电线杆上贴满了专治性病的广告。一口气看了两遍，忽然听到有人在身后叫我。叫我的人是马哈哈和肖丽，他们刚从的士里钻出来。马哈哈手里拿着一副象棋，他一边跑一边看手表。他说晚啦，我来晚啦。

马哈哈把象棋摆在电线杆下。我们蹲在马路边开始专心致志地下象棋。我们的头上是性病广告，风儿偶尔吹动那些纸片，就像吹动我们的头发。从马路上匆忙而过的人流中不乏棋坛高手，他们对我们的偶尔一瞥使棋艺平常的我们心里没底。我们身在棋盘心在72号。尽管肖丽看不懂象棋，但她还是一副不懂装懂的样子，与我们并肩蹲在马路旁。马哈哈高举着他的一颗"马"说将军。肖丽一挥手挡住马哈哈的手臂，使马哈哈的那颗棋子无法下落，让我的棋子延年益寿。马哈哈说肖丽你要干什么？肖丽说他来了，他来了。肖丽轻轻拍着巴掌，激动得差不多跳起来。马哈哈说谁来了？谁来了也得等我们把这盘棋下完。肖丽说仇饼来了，你们看他紧张得大腿都分不开了。

新民路的邮递员仇饼推着他的自行车往建设路72号走来，现在他准备跨地段投递邮件。报纸和信件把他的邮包塞得鼓鼓囊囊的。他好像看见了我们，故意打了两下铃铛。我们仍然装着下棋，但是说句心里话，我们的眼睛已不属于我们，我们已把它全部奉献给了仇饼，就像有一根线把我们的眼睛和仇饼的身体连在一起，高山和大海连在一起，就像藕的丝连在一起，因此仇饼动一下，我们的眼睛就动一下。

仇饼用一个邮递员的口吻对着楼上喊阳爽朗……阳爽朗的挂号。二楼的阳台上伸出一个女人的头，头对着楼下问谁的挂号？仇饼说阳爽朗的挂号。头缩了回去，楼道里传来一阵脚步声，我们想象着阳爽朗的奔跑。女人很快来到仇饼的面前。仇饼从邮包里掏出我们事先准备好的那封挂号信。那封信上写着我们几个的名单和地址以及电话号码。我们跟仇饼有约：如果阳爽朗长得漂亮就把信拿给她，算是我们正式报名参赛；如果阳爽朗长得不怎么的就不给，也就是我们不参加她的痛苦比赛。我们今天到这里来就是想看一眼阳爽朗。

趁那个女人伏在自行车后架上签字的时机，仇饼回过头来看我们。我们三人同时向他摇头。女人签完字，看见仇饼在看我们，她也循着仇饼的目光往这边看。她看见什么了？我们想大不了她看见几个人在马路边下象棋，在马路边下象棋是司空见惯的画面，要看你就看呗，只要你不把信拿走，我们就让你看过够。女人看过我们之后伸手等仇饼拿信。仇饼说你就是阳爽朗同志吗？女人说不是，我是她的秘书。仇饼说这封信必须得阳爽朗亲自拿。秘书说为什么？你是新来的邮递员吗？过去阳经理的挂号信总是由我拿的。我们的仇饼急中生智，说这是一封从美利坚合众国寄来的信，比较重要，所以得由阳爽朗同志亲自拿。秘书啊了一声，说那我去叫阳经理，你得等一会儿。仇饼说没问题，你快去叫你们的阳经理吧。

那人返回大院，仇饼不停地向我们摆头摇手。他想推着自行车跑掉。我们全都愤怒了，一时间愤怒的脸、恨铁不成钢的脸、翻脸不认人的脸、想打人的脸——呈现在他的眼前。他不得不抬起自行车的后架，重新支好自行车，对着楼上又喊了一声阳爽朗……挂号。听得出他的这一声喊是为了给自己壮胆。他的喊声刚落地，楼上就传出"来啦来啦"的应答。我们在电话里听过这个声音，我们的心脏咚咚的好像快马加鞭。阳爽朗就要出场了，我们还是低下头吧。

阳爽朗从漆成绿色的铁门走出来，仇饼后退了两步。我们想仇饼你为什么害怕？为什么要后退两步？刚这么一想我们就看见了阳爽朗。我们也差不多后退了两步。不看不知道，一看吓一跳。阳爽朗长得极像一位节目主持人，鼻梁和嘴巴巧妙搭配，身材呀乳房呀臀部呀三围呀什么的都特别标准。她的皮肤很白，就像纸那么白。由于她的上衣领口开得低，我们的目光在白纸上画来画去，画最新最美的图画。她的眼睛微微眯着，好像是在笑又好像是在挑逗谁。我们压低目光，看见阳爽朗裹着肉色丝袜的匀称的腿，腿的流线就像进口轿车的流线，看上去特别流畅特别爽心悦目。我们的目光顿时流氓起来。仇饼看得目瞪口呆，竟然忘了把信递给人家。阳爽朗说真有美国的来信吗？我跟美国毫无关系，怎么会有信件？是不是我的征婚广告让美国人感兴趣了？仇饼说我不知道，我不知道，这事与我没有关系。仇饼把信递给阳爽朗，他的嘴角流出一串口水。他像饥饿的人突然闻到烤面包的香味那样流出了口水。他用手抹抹嘴角，说对不起，我不是故意的。阳爽朗说什么故不故意的？仇饼说口水，我是说口水，我不是故意让它流出来的。阳爽朗嘻嘻地笑了两声，一排整齐的牙齿露出来，使我们有了看见秘密的快感。她拿着信转身走了，也没有证实是不是美国来的，她就拿着信走了。

仇饼推着车子向我们这边跑，几大步就来到我们面前。我们看见他的脸上吓出了一层细汗。他用帽子擦着脸，想把那些汗擦干净。我们谁也不跟他说话，眼睛看着对面二楼的阳台。马哈哈对着阳台唱：姑娘姑娘／你漂亮漂亮／警察警察／你拿着手枪／我不能偷也不能抢……马哈哈反复地唱这几句，唱得我们都会唱了，最后我们也跟着他唱。

中午，马哈哈请我们吃饭。他破例点了几个好菜，并要了一瓶好酒。尽管菜好酒好，我们的胃口却不怎么好。马哈哈说吃呀，你们怎么不吃？我们在他的督促下又吃了一点儿东西。但这离马哈哈对我们的要求还很远，他把筷条往桌子上一拍，桌子发生地震，汤和酒洒在桌布上。他往仇饼嘴里灌了一杯酒，说你，今天不给我好好地吃，今后别再想要我请你。还有你闻达，马哈

156

哈把手挥向我，今后你别想要我给你发表文章。还有你肖丽，马哈哈的手臂转向肖丽，这是我们男人的事你凑什么热闹？我们不想吃是因为阳爽朗，你没胃口又是怎么回事呢？马哈哈夹起一块鸡肉塞进肖丽的嘴巴，肖丽摇头想把那块鸡肉吐出来，但是马哈哈有一只铁钳一样的手，它紧紧地卡住肖丽的嘴巴，让她欲吐不能。肖丽只好伸长颈脖像吞食毒药一样咽下那块鸡肉。

马哈哈又夹起一块鸡肉准备塞进我的嘴巴。我一偏头躲掉了，于是他把鸡肉指向仇饼。他的手一挥，挥到哪里鸡肉到哪里。仇饼伸手抓住马哈哈的手腕子，让马哈哈手上的鸡肉一点一点地往后弯过去，一直弯到马哈哈的嘴边。仇饼说你吃呀，你怎么不吃？马哈哈瘫坐在椅子上，骂了一声他妈的，说这就是痛苦，没有人吃你的鸡肉就是痛苦，我准备了一桌丰盛的菜却没有人吃，这不是痛苦又是什么？我要拿这个痛苦参加比赛，你们说阳爽朗会满意吗？我们发出一串冷笑。马哈哈说你们笑什么？谁再笑我就揍谁。仇饼说我们不是故意笑你，而是你这个痛苦实在算不了什么，要说痛苦你们在座的没有谁比得上我。你们知道吗？你们听说过吗？我妈妈生我那天还在地里劳动，我现在一闭上眼睛就能感受到那时的痛苦。我妈妈快要生我了，还站在凛冽的寒风中和村民们一起挥动着铁锹修水利。尽管当时我还没生下来，但我已经提前听到了铁锹碰击石头的声音，已经感受到了外面寒冷刺骨的天气。妈妈挥一下铁锹，我就动一下身体。她挥动多少次我就动多少次。当时她只想做一个好村民，却没有发现我正在慢慢地往下掉。就在我从她的身上掉下来的时刻，她还在挥动铁锹。如果不是她的铁锹差不多戳到我的脑袋上，她还会把铁锹挥舞下去。你们想一想，我一生下来脑袋就跌到石头上，就像鸡蛋碰到石头上。谁要是说这不是痛苦谁就试一试。

马哈哈不停地喝酒。他把酒杯重重地放到桌上，说仇饼，谁家没有几笔痛苦的历史，要说过去，你这点儿痛苦只能算是小儿科。马哈哈抬起酒杯想喝酒，但杯子里已经没有酒了。他说小姐拿酒来。我们全都反对他再喝。他举起空酒杯，几滴可怜的酒滴进他的嘴巴。他用舌头舔舔嘴唇，说我爷爷的痛苦那才叫痛苦……在一次赌博中，我爷爷输了很多钱，他一气之下把赢钱的人杀了。爷爷因此被关进监狱，你们不会知道那有多痛苦。作为一个重犯，他被单独关在一间铁笼里，没有谁跟他说话，没有人跟他赌博。他不能行走不能过性生活……我爸爸说他从早到晚就对着铁笼子说话，他说只要让我过上一天自由的生活，我愿马上死掉。可见，自由是多么的重要。爷爷被关了一年多时间，管事的才允许我奶奶去看他最后一面。当我奶奶走到他面前时，他竟然不认识奶奶了。他说你是谁？是人或是猴子？说你是人嘛，你和我又不一样，你的头发比我的长，你的奶子比我的大；说你是猴子嘛，你又能说人话，又能直立行走。你到底是什么？我奶奶说我是你老婆。爷爷说老婆？老婆是干什么用的？他连老婆都不认识了，你们说痛不痛苦？然而他的痛苦没就此结束，第二天他就被押送刑场执行枪决。在枪决之时，别人问他你还有什么话要说？他说让我再吸几口新鲜空气吧。他在用力吸气的时候枪忽然就响了，据说他最后说了一句"能不能让我再吸两口？就两口……"是子弹没给他机会。

马哈哈盯着我们，似乎在期待我们对他的这个痛苦进行评价。我们全都沉默，不敢发出一点儿声音，就连那些餐具也谦虚谨慎戒骄戒躁。马哈哈得寸进尺，逼我们回答。他说闻达，你先说一说，这个痛苦算不算痛苦？我说阳爽朗的痛苦比赛肯定不是要你比赛你爷爷的痛苦，而是要你自己的。仇饼说哈哈，想不到你家也有痛苦的光荣历史，但我从你身上一点儿也看不到这种光荣的传统，真是一代不如一代。马哈哈一拍桌子，桌子和我们一起颤抖。马哈哈说放你妈的狗屁，我爷爷他们痛苦就是为了我们不痛苦，干吗一定要比赛痛苦？再说，痛苦也不是什么光荣的事，我退出。

他带着满肚子的酒水离开我们走出餐馆。他每走一步就打一个饱嗝，明显地吃饱了喝足了幸福了。仇饼说你看他那副熊样，明明没痛苦偏要说自己如何如何痛苦，痛苦是能随便装的吗？说这话时，仇饼撇了撇嘴，好像全世界只有他才配拥有痛苦，好像只有他的痛苦才是最正宗的，并以此为荣。我说我的痛苦可多啦，没有住房，没有工作，没有恋人，经常生病，不会英语，不会开车，买不起车子，请不起客。肖丽说千言万语汇成一句话，痛苦就是没有钱。仇饼说总算讲到了点子上，比马哈哈的痛苦切题。其实，世界上没有无缘无故的痛苦，也没有无缘无故的不痛苦。仇饼像老师一样教导我们鼓励我们。

第二天，马哈哈把我带到建设路72号。我们仍然站在昨天站着的地方，朝阳爽朗的二楼阳台张望。马哈哈像在观察地形，来来回回地走着。我说你到底要干什么？马哈哈指着二楼说前面就是一座碉堡，现在我要冲上去把它炸掉。马哈哈拉开上衣的拉链，露出一个被绳子扎紧的纸包。我说你真要炸掉它？马哈哈说我可不是闹着玩的。我伸手拉住他的上衣，他像一条狡猾的鱼滑出去。我的手里只剩下他的外套。他甩开膀子以最快的速度冲向对面。我说马哈哈你要冷静，千万要冷静，昨晚你刚讲退出比赛，今天怎么突然想搞爆破？马哈哈说你别管我，如果得不到她，我就不活了……我看见那个疑似炸药包别在他的皮带上，现在正得意地晃动着。

刚冲进第一间办公室，马哈哈就被阳爽朗的秘书张笑和追赶而来的我阻挡。在制服马哈哈的过程中，我和张笑有多次的合理冲撞，甚至我的胳膊肘还碰击了她的乳房。马哈哈大吼一声挣脱我们的手臂，说你们谁动一动我就引爆炸药。我们只好一动不动地站住，眼睁睁地看着他推开第二间办公室的门。

160

马哈哈冲到阳爽朗的办公桌旁时，阳爽朗的头已钻到了桌子底，但她那丰满厚实的臀部还露在桌子的外面。马哈哈在她的臀部拍了一巴掌，突然大笑起来。他的笑声响彻办公室，震动窗帘和吊灯，办公室里能够摇晃的这时都在他的笑声中摇晃。窗外匆忙划过警车的尖啸，它暂时掩盖住马哈哈的笑声。尖啸过去，马哈哈一声断喝，你给我出来。阳爽朗从桌子底爬出来，她的头上沾满了蜘蛛网，脸像刷了三次石灰。马哈哈说你不用害怕，前提是你要答应嫁给我……阳爽朗说我不认识你。马哈哈说现在我们就开始认识。说完，他朝我招手。我走到他的身旁。他拍拍我的肩膀，说你把我的情况跟她说一说，我再弱智也不能自己夸自己，自己夸自己肯定会被别人耻笑。

　　我说站在我们面前腰里别着炸药包的人名叫马哈哈，是《方方面面》杂志社的记者、编辑，他大学文凭，是杂志社的骨干。他写的稿子全国人民爱看，他唱的歌曲同事们爱听。他很有责任心，有时为了一个字词会查三四遍字典，有时为了撤换一篇好稿，他会加班一个通宵。当然他加班会有一点儿奖金，但他绝不是为了奖金加班。他家有的是钱，他从来不为钱发愁。他经常请我们下馆子，出入舞厅咖啡馆。他喜欢读书，不抽烟不吸毒，没有艾滋病，未婚。他是我的老师，我的所有文章都是他帮我发表的。

　　我每说一句就看马哈哈一眼，生怕出什么差错。我在介绍他的时候，他的手始终没有离开那个炸药包。我的声音、嘴唇和双腿在抖动。我说我的话完了。马哈哈鼓了鼓掌，他的脸全面地舒展，每一个毛孔和每一条纹路都十分活跃。怎么样？马哈哈眉头一扬说，条件不错吧。阳爽朗说一定得跟你结婚吗？马哈哈说一定得跟我结婚。阳爽朗说如果我不同意呢？马哈哈说那我现在就把我自己给炸了，得不到你，我就不活了。阳爽朗说可是我已经登了征婚广告，你如果真的喜欢我，就应该参加比赛。马哈哈说我不想比赛。阳爽朗说不想参加比赛，我怎么能够嫁给你，我怎么向那么多的应征者交代？马哈哈往前迈出一大步。阳爽朗举起双手说你别激动，我们还可以商量，要说爱你其实也很容易。马哈哈拍着别在他皮带上的纸包，说我并不反对你搞比赛，只是我的痛苦肯定比不过别人的痛苦，如果一定要我参加比赛的话，你得跟评委打个招呼，给我打最高分。这是两万块钱，算是我对你这个活动的赞助。

马哈哈终于从皮带上取下那个纸包摔在桌子上，两万块钱破纸而出四分五裂。阳爽朗像一个濒临死亡的人突然抓住了救命稻草，哇的一声哭了。她哭着说你把我的细胞全部吓死了，你以为你的两万块钱就比天大比地大比谁的恩情大，呸！谁要你的臭钱。她从屋角站起来，走到桌旁把那堆钱扒到地板上。

我在星湖路租了一间房子，马哈哈、仇饼和肖丽是我的常客。自从那次求爱失败之后，马哈哈已经好长一段时间没来我这里了。朋友们都说马哈哈正在寻找素材，准备迎接比赛。

有一天仇饼买了一箱啤酒来看我。我环顾一眼空空的四壁，说在我的屋子里没有任何一样食物配得上你的这箱啤酒。仇饼似乎是不相信，也跟着我看了一眼四壁。不过，我说，昨天晚上我打死了一只老鼠，我已经用电炉把它的肉烤干了。仇饼一拍手掌说我最爱吃老鼠肉了。我在用啤酒、大蒜、生姜、辣椒焖老鼠肉的过程中，向仇饼复述了马哈哈求爱的经过。我想仇饼一定会在听完这个故事时发出一串笑声。但是故事讲完了，锅里正腾起一股热气，邻居的收音机调高音量，我预料中的仇饼的笑声却没有响起来。他正严肃认真地看着我，眼珠子像死了一样。他说你会不会也把我的故事说给马哈哈听？我说你的什么故事？仇饼从上衣口袋里掏出一沓稿子。我问他那是什么，他把稿子塞回口袋，说我希望你暂时保密。我说你把我搞糊涂了，我不知道要为你保密什么。仇饼说你保证不对马哈哈说。我说保证。仇饼说你用什么保证？我举起菜刀砍掉椅子的一角，说如果我出卖你的秘密就同这椅子一样。仇饼说你真是我的好弟兄。仇饼握了一下我沾满油盐酱醋的手，还在我的额头做了一个亲吻的动作。做完这些附加的动作，他才掏出稿子，让我帮他看一遍。这是仇饼准备参加痛苦比赛的演讲稿，内容是痛说家史，从他出生的那一刻写起，一直写到现在，都是一些陈芝麻烂谷子鸡毛加蒜皮。我

163

说先喝酒，喝完酒再说。

我和仇饼坐在纸箱拼成的餐桌旁，除了每人手里拿着一瓶啤酒外，纸箱上只有一碗正冒着热气的老鼠肉。一张当日的报纸铺在纸箱的上面，报纸的上面是碗，碗里面是肉，肉的上面是筷条，筷条的上面是我们的嘴巴。我们相互碰了一下酒瓶，玻璃碰撞的声音像金属碰撞的声音在屋子里摇摆出一条波浪。我们尽量张大嘴巴，全身的每一个细胞都张开，像女人或者男人张开胸膛，那些啤酒的泡沫以及它丰富的味道正沿着瓶口向我们的嘴巴缓慢地流动。

突然，我们听到了敲门声，在啤酒还没到达我们嘴巴的时候，我们竟然听到了敲门声。我们把啤酒瓶从嘴巴里拔出来，磨动着干巴巴的充满期待的嘴唇，张着耳朵听门外的动静。门外传来了第二次敲门声，我们的耳朵都被敲门声锥了一下。我们猜想敲门的人一定是马哈哈，只有马哈哈的嗅觉才这么敏锐，他总是在最关键的时候出现在我们的面前。

拉开门，果然看见马哈哈站在门外，他的头发结成了几个疙瘩，脸上灰溜溜的，一只衣袖挽着，一只衣袖不挽着，像是刚刚出狱的模样。我们把他让进屋来，他坐在那张我刚刚砍去一只角的椅子上，说我在寻找痛苦，我爬到新闻大厦的楼顶，想从上面跳下去，但是我只朝下面看一眼就不敢跳了；我也曾试图割手腕子自杀，但我只用刀片在手腕子上划出一条路子，就不敢再割了。你们看看我的手腕子。马哈哈举起那只挽着袖子的手臂，那是他的左手臂。我们看见他的左手腕子确实有一道口子，现在口子已经结痂。

我们邀请马哈哈跟我们一同吃老鼠肉。我们三个人谁也不说话，只有吃老鼠肉的声音夸张地响着。很快我们每人喝掉了一瓶啤酒，马哈哈的脸上再也不灰溜溜了。他说闻达你为什么不参加比赛？你有的是痛苦，比如你没工作，每天靠吃老鼠肉度日，这就是最好的痛苦。我举起啤酒瓶，说可是我还有啤酒啊，世界上比我痛苦的大有人在，我这点儿痛苦算得了什么。马哈哈，其实你也有痛苦，比如你为什么不能做副总编？马哈哈一扬手，差一点儿就碰翻了仇饼手里的酒瓶。马哈哈扬着手说这哪里能算痛苦？比我业务强的好几个编辑都还轮不到，这哪里能算痛苦？不瞒你说我也曾经考虑过这一点，但一想想那些老编辑，我就心理平衡了，就像你抓住啤酒瓶就想起劳苦大众一样。你们，马哈哈用瓶子分别跟我和仇饼碰了一下，谁能给我找出一个痛苦的故事来，我付你们五千元稿费。

仇饼的眼睛像电压过高的灯泡突然加倍明亮。他说多少稿费？马哈哈举起一只巴掌说五千。仇饼一拍胸膛，说我卖给你，但必须一手交钱一手交货。马哈哈说你的故事要让我满意，我才买。仇饼说包你满意，不满意不收你的钱，我实行三包。闻达你把我的稿子拿给他看一看。我把仇饼交给我的稿子拿给马哈哈。

马哈哈问我这个稿子怎么样？我说你自己看吧。

不知不觉中，我们已把一箱啤酒喝完。马哈哈打着啤酒饱嗝摇摇晃晃地走了。仇饼斜躺在我的地铺上。不瞒各位，我现在睡的还是地铺，因为我没有多余的钱来买床架和席梦思。仇饼躺了一会儿，突然从床上弹起来，好像是做了什么可怕的梦，不停地摇着头说马哈哈呢？马哈哈到什么地方去了？这个没心没肺的马哈哈抢走了我的阳爽朗，都什么年代了他还敢抢人？我用我刚洗过碗的冰冷的巴掌拍一下仇饼的额头。他从梦境回到现实，问我这是什么地方？我怎么会在这里？没等我回答，也不需要回答，他接着说马哈哈真不是个东西，不就是有几个臭钱吗。我说不是东西的是你。仇饼扬手拍了自己一巴掌，说对，对，不是东西的是我，为了五千块钱，我竟然把我的心上人给卖了，我竟然把我最爱的人卖给了他。仇饼坐在床上不断地自责，他的拳头像雨点一样落在他的脸部、胸部，偶尔也落在我的地铺上。但是不管他的拳头落在什么地方，都没有引起我对他痛苦的响应。他似乎也发现了这一点，于是他的拳头照着我的鼻子扑过来。我感到鼻尖里像捂了一盆酸菜，酸菜撑得我的鼻子快破了。我用手捏住快破了的鼻子。血从鼻孔流出来，它新鲜酸咸可口。

仇饼说你像一根水泥电线杆，没有一点儿同情心。我用手不停地把鼻血转移到墙壁上，墙壁上的血有的站着，有的躺着，它们像是谁写的血书。仇饼说为什么不说话，电线杆？我感到一阵心酸，好像全身的每一个细胞都酸了。我要让我的血酸起来，让我的头发酸起来，在谁都可以施我拳脚的时代，在我连席梦思都买不起的现在，我只想让我的血快一点流干。我想我干吗要说话，说话又不能换取稿费，我干吗要说话？仇饼看出了我不说话的决心，他双手抓住头发从地铺上站起来，为我献上一团卫生纸。他的手里捏着卫生纸，心里想着他刚才的拳头。他说我生气，是因为你没有表现出作为一个朋友应有的同情。我说你怎么知道我没有同情？仇饼说你没有哭也没有笑更没有叹息，你像一根电线杆那样眼睁睁地看着马哈哈把我的心上人抢走，在我自责的时候你也没有安慰我，能够证明你同情我的一切都没有发生。

我捂着鼻子无话可说。我想一想刚才，确实没有做出同情他的相应动作。没有相应的动作即使我一百倍同情他，他也看不见摸不着。我就这样捂着鼻子看着仇饼。仇饼被我看急了。他说你去把肖丽 Call 来。我说你自己去 Call 吧。仇饼说看在那箱啤酒的分儿上，你去吧。我捂着鼻子，看在刚才仇饼送我一箱啤酒的分儿上，下楼去 Call 肖丽。可是那箱啤酒，那箱啤酒已经被他们喝完了呀，现在它已经从我的住处消失了呀。

肖丽来到了我的住处。仇饼扑通一声跪到肖丽的面前。他的双手抱住肖丽的双脚，头部正好埋在肖丽的双腿间。肖丽被仇饼的举动吓得跳起来。其实肖丽并没有跳起来，说她跳起来是我的想象，因为她的双腿已被仇饼紧紧抱住，根本没有跳的余地。肖丽发出一声尖叫，说仇饼你这是干什么？仇饼说我这是向你求婚，肖丽，我爱你，真的，我爱你。肖丽说起来吧，别让闻达看你的笑话。鉴于刚才被打的教训，我必须开口说话。我说我是无关紧要的人，我不会笑话你们，你们爱怎么做就怎么做，这事与我无关。为了表明真的与我无关，我把脸扭向墙壁，我用眼睛打量那些鼻血，鼻血翩翩起舞，灯光里蚊虫飞动。

我的身后出现冷场。我不敢看他们。冷了一会儿，肖丽突然发出一串长长的冷笑。肖丽说你不是爱阳爽朗吗？仇饼说从今天起我爱你，以前的爱一笔勾销。肖丽说可是我并不爱你。仇饼说那你爱谁？是爱马哈哈吗？肖丽摇摇头。仇饼说是爱闻达吗？肖丽仍然摇头。仇饼松开抱住肖丽的手，说生活在这个世界上，你总得爱一个人吧，我们三个中你总得爱一个吧。肖丽说我爱阳爽朗，我和你们一样准备参加阳爽朗的比赛。肖丽从她的口袋里掏出几张稿子，高高地举着说，你看，这是我的比赛讲稿。我看见肖丽的讲稿差不多碰到了灯泡，她的讲稿在灯泡的照耀下一片光明。

仇饼从地板上一跃而起，伸手抢肖丽的讲稿。肖丽把讲稿收到身后。仇饼的膝盖上沾满尘土，他每跳跃一下，膝盖上的尘土就往下掉落一点。他把膝盖上的尘土抖干净了，仍然没有抢到肖丽的讲稿。忍无可忍的时候，仇饼挺身而出抱住肖丽，除了还没有接吻之外，抱在一起的他们简直就像一对恋人。肖丽嘻嘻哈哈地笑着，把讲稿递给我。仇饼并没有因为讲稿的转移，放弃对肖丽的拥抱。我把讲稿拿到仇饼的眼前舞动，说仇饼讲稿在这里。仇饼试探性地看着我手里的讲稿，目光飘浮，生怕丢了芝麻捡不到西瓜。我又说了一次，仇饼，讲稿在这里。仇饼的脸上露出讨好人的表情，好像是想把我手里的讲稿讨好到他的手里。我把讲稿放到他的眼睛上、鼻子上、嘴巴上，不停地挑逗他，但是他坐怀不乱，始终不为讲稿所动。他的手这一刻开始收缩，我想肖丽已经感觉到他的力量了。

没有办法，我只有朗诵。我开始声情并茂地朗诵肖丽的讲稿：

这个世界上有太多美丽的东西，凡是美丽的我们都想拥有，比如蓝天、花朵、金钱、服装、别墅、汽车……但是我最想拥有的却不是这些。是什么呢？你们谁也猜不到。

我出生在一个艺术之家，爸爸是歌舞团的小提琴手，妈妈是艺术学院的声乐教师。我们家就住在艺术学院里面。很小的时候我常常趴在窗口看艺术学院的学生唱歌跳舞，他们的歌声无比优美，舞姿是那么美丽动人。我十分羡慕他们，羡慕他们能唱好听的歌，能跳好看的舞，能穿最美丽的衣服。我想我长大后一定要像他们那样，做人要做他们那样的人。可是后来因为我的身体条件局限，具体地说是我的手臂不够长，五官不够整齐，所以没有能够成为一名光荣的艺术学院的学生。但是我仍然喜欢看他们排练。随着年龄的增长，我发现那些女学生比男学生长得漂亮，她们就像鲜花开放满三月，万紫千红总是春。

每年暑假后开学，我的眼前就会出现一批新生。当然每年的夏天，我所熟悉的一批学生也会离开校园。许许多多我喜欢的女生从我的眼皮底下溜走了，肥水流向外人田。我愈来愈喜欢她们，也很失落。我想如果我是一个男人的话，我会多么幸福。如果我是男人，我会把她们中间最美丽的那位拿来做我的新娘。但是我是个女人，这种可能性天生就注定没有。我不是一个男人，这便是我最大的痛苦。

仇饼终于放手。他扑到我的怀里抢过讲稿，说想不到世界上还有这么生动的痛苦。他仿佛没有过瘾，埋下头自己读了起来。读着读着，他双手一扬把讲稿撒在地上。他说我受骗上当了，马哈哈买我讲稿是假，要我退出比赛是真，他想减掉一个竞争对手。你们说是不是？五千块钱就想把我打发了，有那么容易吗？更何况我还不一定拿得到这五千块，至少目前它还是个泡影。我要把我的讲稿要回来，既然肖丽不爱我，那我就得参加比赛。仇饼说话时，双手像翅膀不停地拍打臀部，嘴巴像音乐喷泉喷出大小不一质量各异的唾沫。他裤子上的尘土这一刻也高高在上，钻进我们的鼻孔，让我们大打喷嚏。

仇饼请求我和肖丽跟他去马哈哈那里要回讲稿。看看时间已经不早了，我们说明天再去要回来不迟。仇饼坚持现在去要，他怕晚了马哈哈不让他反悔，即使让他反悔也怕马哈哈抄袭他的痛苦。他说只要我们愿意跟他去，他可以再买一箱啤酒给我，甚至还可以请我们上一趟酒楼。

就这样我们跟着仇饼出发了。夜已经很深，街道上冒着凉气，冷风吹着我们的额头，三个人分别打了三个寒噤。茶馆的灯光比白天明亮，几辆的士正在茶馆门前等待。肖丽朝前面长长的马路伸长脖子，说仇饼闻达，有种你不打的士，跟我走到马哈哈的宿舍。她这么一说，我就感到胃里发酸，唾液脱口而出。仇饼说今天你怎么了，是不是想写诗歌了？肖丽说你们走过这么长的马路吗？我们说没有。这就对了，肖丽说，你们每天都从这条马路经过，可是你们不是用脚经过，而是用车轮子。今夜你们就让脚回到脚，权当是长征一次。仇饼说你这么一说，我的牙齿就发酸，但我不知道这和牙齿有什么关系？仇饼捂着发酸的半边脸庞，朝马路上吐了一泡口水。看得出他的这泡口水充满仇恨，当然他的这种仇恨还意犹未尽，如果允许，他还会在马路上撒上一泡尿。

我们最终采纳了肖丽的意见，沿着南湖路朝马哈哈的和平路进发。肖丽一边走一边哼唱流行小调。我和仇饼比赛着往马路上吐口水，看谁吐得远。肖丽看见我们比赛，她一下就来劲儿了，也学着我们的样子加入我们的比赛。走着吐着笑着，我们突然被三个手执扫帚的大汉拦住。他们像梁山好汉拦住我们的去路，并要我们为他们扫地。他们问我们这路你们铺过没有？我们说没有。他们说那么现在你们给我们扫一扫，把你们吐的口水扫干净，把你们丢的垃圾扫干净。你们一直往前扫，扫多远走多远，否则你们就别想往前走一步。我们往前往后看了一眼，没有发现可逃的机会，只好接过他们的扫帚，就像接过雷锋的枪，老老实实地扫地。我们一边扫一边往前走，走在自己扫干净的大道上。我们从马路的角落和缝隙里扫出蟑螂、老鼠、甘蔗渣、红薯皮、奖券、矿泉水瓶、碎玻璃、餐巾纸、烂球鞋、瓦片、塑料管、玩具手枪、子弹头、项链、手表、金戒指、钞票、避孕套、春药瓶、围棋子、小说封皮、半边影碟……我说一二三，肖丽仇饼快跑。我们丢下扫帚拼命地往前跑。风声滑过我们的耳朵，铁栅栏跑出我们的眼角。

我们跑到马哈哈的单位，嘴巴里能够喘出来的气已经不多了。其实我们早知道身后已没有人追赶我们，只是我们奔跑的脚步怎么也停不下来，我们在暗暗地比试。我们站在马哈哈的门前喘气，把那些粗糙的气喘干净了，才敲他的门。我们举起三只手，同时敲到马哈哈的门板上。房子里没有动静，表面上看里面好像没有人，马哈哈好像没有睡在里面。于是我们再敲，相信马哈哈不会有我们这么坚决的意志。我们刚刚跑完步因此身体健康；我们深夜来访表明意志坚强。门终于被我们敲开了，马哈哈伸出脑袋，眯着眼睛看我们。他说你们是干什么的？我就一个人睡，你们敲，敲什么？我们没有回答他，三个人一齐往他的房间里挤。他哎哎地叫着，说原来是你们，你们要干什么？你们给我出去。

我们是专门找他来的，怎么会出去？肖丽叭地拉亮电灯，我们看见马哈哈竟然一丝不挂。肖丽发出一声尖叫，双手迅速盖住自己的双眼，好像是掩耳盗铃。至于她的手指分没分开，因为当时比较混乱无法考证。马哈哈未等我们的眼睛适应环境，叭地关掉电灯，他把灯绳都拉断了。他伸长脖子发出号叫，出去，你们先出去。我们被他赶出房间。房间里传出打扫战场的配音。配音完毕，我们在马哈哈的台灯照耀下，重新回到房间。这时我们看见床上躺着一个女人，说她是女人是因为我们看见她一头长发。她面对墙壁盖着被子，只让我们看见她的头发。仇饼说你都那个了，还买我的讲稿干什么？马哈哈说这是两回事，我们不是爱情，她是来跟我讨论讲稿的，我们讨论得太晚了，就把她留下来了。被留下来的人此时发出均匀的鼾声，从她的鼾声里我们还感觉到她刚才的劳累。

仇饼说那个讲稿我不卖了。马哈哈说我正想还给你。仇饼说为什么？马哈哈说文字一窍不通，也没有太多深刻的痛苦，不过还可修改。马哈哈把讲稿递给仇饼。原先我们以为很难办的事，就这么轻而易举地解决了，我们已丧失待下去的理由。马哈哈扫视我们，希望我们尽快离开此地。如果再不找出新鲜的话题，我们还有什么理由待下去？千钧一发之际，仇饼发言了。他快速地翻动讲稿，说这样的讲稿你还不满意？你认真看过了吗？马哈哈说看过了。仇饼说既然你不买，为什么要在我的讲稿上画那么多红线。马哈哈说那是帮你修改，我是编辑，一看见病句手就痒。仇饼说可是我的讲稿是完美的，你何必多管闲事？你不买就不要改嘛。马哈哈拍拍大腿做出一副痛苦状，说你们看，你们看，他明明错了，还不让别人修改，难道你想永远错下去吗？闻达、肖丽其实我真傻，我到处去寻找痛苦，痛苦就在眼前。我明明为他做了一件好事，他竟然冤枉我，这不是痛苦是什么？马哈哈从椅子上站起来，在房间里走来走去，一只手的手指插入头发，另一只手的手指解开刚刚扣好的衬衣纽扣。他的手渴望做点儿什么。

仇饼把讲稿放进衣兜，说反正这稿子你已经看过了，你已经记住了它的情节，已经摸清了我的痛苦，讲稿的内容已经不知不觉地深入你的骨髓，谁敢保证你在比赛的时候不受我的讲稿影响？原来你根本就不想买我的讲稿，只是想骗来看一看以便抄袭。马哈哈的手终于有了去处，一只手抓住仇饼的衣领，一只手握成拳头。我们已经听到他捏拢的手指发出叽里嘎啦的声音。仇饼说你想打我吗？马哈哈放下拳头，说我不参加比赛了，这样你们满意了吧，我不参加什么狗屁比赛了。床上传来一阵响动，女人把正面形象对着我们。她说马哈哈，你真的不参加比赛了？马哈哈说参不参加与你无关。女人说嗨，怎么与我无关？只要你参加比赛，我就死给你看。女人说话时已经开始用她的头敲打墙壁。她敲打墙壁时发出的咚咚声一声比一声清脆，墙壁在她的敲打下掉落数粒粉尘，大有马哈哈不退出比赛誓不罢休的决心，当然也有催促我们离开的含义。这时我们才发觉这个女人长得一点儿也不比阳爽朗差，我们在走出房间时还不停地回头看她。我们几乎是退着走出去的。

我们走到大街上时，天已经完全彻底地亮了，店铺里开始冒出食物的热气。拉蔬菜的人力车上，踩车者的脊背弯成括号，他的脊背起伏着，每起伏一下车子就前进一步。仇饼指着人力车叫马哈哈，你们快看，他真像马哈哈。我附和他发出淫荡的笑声。肖丽说他怎么会像马哈哈？仇饼说现在马哈哈的姿势和那个踩车的姿势是一样的。肖丽好像是明白了仇饼的意思，说你们真不健康。这个踩车人的姿势确实让我们刚刚离开马哈哈又想起了马哈哈。我们说了一会儿马哈哈的闲话，在《方方面面》杂志社门口吃罢早餐。我问仇饼还有什么地方可去吗？只要有地方可去，我就不会发困。肖丽说我也是。仇饼说都回家去睡大觉吧，你们不用上班，我还得上班。肖丽说我不想回家。我说不想回家就我那里去。肖丽和我钻进一辆红色的士，车轮刚一转动我就睡着了。

我和肖丽第一次同躺在一张床上。我们隔得那么近，连她的气味都历历在目。我说你是第一次睡地铺吧，你就那么相信我？肖丽说有力气你就上来，不必费那么多口舌。我试了试觉得力气不足，便暂时没有动她。我还在尝试的时候她的鼾声就响起来了。

一直睡到下午，我们才起床。她站在窗前梳理头发，光线照亮了她的半边脸庞，她的皮肤发出阴天里特有的蓝光。窗外又驰过一辆警车，它的嚎叫吸引肖丽的脖子，灰尘和噪声扑面而来。我打燃火机，准备让肖丽的讲稿付之一炬。她听到打火机的嘎嗒声，眼睛对着我，双手扑到我的手上，说你要干什么？我说把它烧了，这个讲稿对你已毫无意义。她说你以为我会跟你结婚？你能养活我吗？你有多少存款？我说我们不是相处得很好吗？她说你以为睡过了就一定结婚吗？我说但是阳爽朗也不可能跟你结婚，也不可能养活你。她说重在参与，你干吗不参加比赛？我不停地打着火机，火苗一次比一次蹿得高，它燃烧我的眉毛和头发，一股焦味环绕着我。我说宁要手里的麻雀，不要天上的天鹅，比我痛苦的大有人在，我干吗要去凑这个热闹。肖丽说那你是把我当成麻雀啦？我说我这个人比较现实。肖丽说我比你更现实，谁都不会得到阳爽朗，我只是想说说我的痛苦。但是一个人的痛苦毕竟有限，一个人的痛苦不是痛苦，四个人的痛苦那才叫痛苦，干脆我们几个联合起来参加比赛，这样也许会获胜。我说如果这样获胜还有什么意义？阳爽朗又不能分成四块。肖丽说我这个人从小就争强好胜，喜欢刺激喜欢比赛，这样吧，如果我们获胜，我就嫁给你。我说真的？我说真的时眼睛一亮，几乎看到了光明。肖丽说真的。我说那马哈哈怎么办，肖丽说他已经有了女朋友，他的女朋友不会放过他，我们就算是为仇饼做一件好事吧。我说这个主意不错。一个人做点儿好事并不难，难的是一辈子做好事。

我把肖丽的意思转达给仇饼和马哈哈，他们都举双手赞成。只是马哈哈提出如果赢的话，我们之间还进行一次比赛，也就是大家齐心协力先把阳爽朗夺过来，然后哥们儿几个再分享胜利果实，这叫肥水不流外人田。我提醒马哈哈，你的女朋友怎么办？马哈哈说她只是一般性的朋友，并没有提到结婚的高度。

一个星期天，我把他们约到我的住处。大家还未讨论讲稿，仇饼和马哈哈便吵了起来。无论我和肖丽怎么劝解，他们都骂不停口。他们说如果不赢就权当是玩一把，但最不好处理的是万一我们不小心赢了，阳爽朗跟谁就成了问题。马哈哈坚持他的主张，如果赢了，我们三人再进行一次比赛。我说我不比赛，要比你们自己比。他们对我的态度均感到意外。马哈哈说这是何苦呢？我说一个人活在这个世上总得有一点高风亮节，我协助你们完全是为了朋友，而肖丽更是大公无私，即使赢了她也不会得到任何好处，所以我建议你们向我和肖丽学习。仇饼说既然这样还不如各干各的，免得除了应付比赛外，还欠你们一份人情，还得向你们学习。我从来不向别人学习，我一向别人学习就感到累。

马哈哈马上反驳了仇饼的意见。马哈哈认为在强手如林的比赛中，光凭一个人的实力是不可能取胜的，一个人的痛苦算不了什么，必须联合起来才有出路，才有可能取胜，与其让别人夺走阳爽朗，不如哥们儿联合。他的意见得到肖丽的立刻响应。仇饼似乎是被这些理由打动了，他用手拍打着脑袋说，但是，我们必须订一个协议。马哈哈和仇饼凑在一起订协议，他们热烈地讨论着那只没有射下来的雁是烤来吃或是煮来吃。经过长达一个小时的争论，双方一致同意：如果比赛获胜，仇饼和马哈哈再来一次比赛，由我和肖丽为他们裁决，谁胜谁获得阳爽朗。鉴于我的高风亮节，如果获胜也不能亏待我，允许我跟阳爽朗接吻一次，接吻时间不得超过五分钟。不管是仇饼、马哈哈或者肖丽不得嫉妒。至于肖丽，我们确实没有更好的办法报答她，只好让她彻底大公无私。

仇饼要求把上述意见形成文字。我找来纸笔，交给他们。他们的眼睛这一刻都扩大了，扩大的眼睛里还微微布着血丝，生怕一不小心被对方算计。他们正一点一横一撇一捺地写着，突然看见一个人高举水果刀冲进来。要知这个人是谁？且听下文分解。

首先我告诉你们，举着水果刀冲进来的这个人是个女人。我想你们也许猜到她是谁了。她不是别人，是马哈哈的女朋友梁艳。我们以为她想用水果刀戳马哈哈，于是我们三人全都紧密团结在马哈哈的周围，用我们的血肉筑成一道屏障，阻止梁艳的刀向马哈哈戳来。梁艳看见我们四人抱成一团，突然没了主意，她的手明显地抖动起来，刀子几乎脱手而出。她说马哈哈，如果你不退出比赛，我就把我的手腕子割了。梁艳真的把刀口对着她的手腕子，来回割着。由于刀口不太锋利，刺刀没有马上见红。她像在用一把不锋利的刀杀鸡那样，慢慢地割着。一滴血在我们的等待中冒出来，就像早晨的太阳升起来。马哈哈扒开我们冲上去，夺过梁艳手中的刀，低下他骄傲的头颅，带着下流的哭腔说我不参加比赛了，听见没有？我不参加比赛了。

马哈哈捏着梁艳割伤的手腕子，手挽手地走了。走下楼梯时，马哈哈不停地给梁艳抹眼泪，他们的背影十分恩爱，让我顿时想起了朱自清先生的《背影》。在我的眼中他们的背影愈来愈远，愈来愈高大。如果只从背影来判断，他们无疑是最甜蜜的一对。

为了不破坏马哈哈和梁艳的爱情，我们只好把马哈哈从应征小组里开除。我们三人不存在分歧，于是直奔主题，讨论我们的讲稿。我们以仇饼的痛苦为框架，补充我和肖丽的痛苦以及我们的虚构。讲稿从仇饼出生在某个冬天修水利的工地开始，说仇饼的母亲还在举着铁锹的时刻，仇饼从他母亲的裤裆里钻出来一头砸在石头上，这好比鸡蛋碰石头，暗示了仇饼未来的命运。然后我们把我靠吃老鼠肉度生活的痛苦嫁接到仇饼的身上，说仇饼童年时是如何如何的苦，因为家乡自然条件恶劣，仇饼从一生下来就吃不饱穿不暖。仇饼三岁时学会捉老鼠充饥，有一次他在捉老鼠过程中跌破了膝盖，由于没有钱买药，仇饼任凭膝盖感染，一直等到膝盖长出新肉了，他才又能够行动。他能行动之后的第一件事，就是到田地里去捉老鼠。一个多月不捉老鼠的他，看见田地里到处都是捉老鼠的人群，一些野狗混杂其间。仇饼好不容易从地洞里捉到一只老鼠，他高兴地举着。但是在他得意的时候，一只野狗跑过来把他手里的老鼠叼走了。他撒手去追那只野狗，跑过了一山又一山，野狗再也跑不动了。仇饼卡住野狗的脖子，把野狗吞下去的老鼠又挤了出来。仇饼就在这样艰难困苦的环境中长大。长大后的他又遇到了新的痛苦。我们把肖丽的痛苦加了进去，只不过把肖丽做不成男人的遗憾，改成了仇饼今生不能成为女人的痛苦。在这一节里，我们特别强调仇饼从一生下来就想成为一个女人的强烈愿望。他羡慕女人能够穿漂亮的衣服，不用为找不到对象烦恼，不用挣钱也会有钱花，就像现在，如果是一个女人就不会绞尽脑汁写讲稿。而这么多男人参加比赛（我们设想有很多人参加比赛），仅仅是为了博取一个女人的喜欢，具体地说就是为了博取阳爽朗的喜欢。可见，做一个女人是多么幸福。

如此一来，仇饼的痛苦就像那么一回事了。我们对这个讲稿百分之百地满意，甚至觉得冠军非我们莫属。我们当然会把这个好消息告诉马哈哈。他在电话里听到我对讲稿的叙述后，激动得就像赌徒听到谁向他发出赌博邀请那样。他说一定要跟我们聊一聊，讲稿还可以改得更好。这个讲稿又煽动了他参加比赛的情绪。

我们不敢在我住的地方碰头，生怕梁艳再次找上门来割手腕子。仇饼说可以在他的宿舍，但马哈哈不能参加比赛，只能对讲稿提建议。我和肖丽则认为如果马哈哈对这个讲稿有新的贡献，可以让他入伙，但要以不破坏他和梁艳的爱情为前提。马哈哈听了我们的意见后，哈哈大笑，笑得话筒都快震破了。我仿佛看见他的唾沫从话筒里飞出来。马哈哈说谁都阻挡不了我参加比赛的步伐。我说那梁艳怎么办？马哈哈说我怎么会跟她结婚？现在我正式告诉你们，我爱的人是阳爽朗。我说其实梁艳长得相当不错，某些地方比阳爽朗还优秀。马哈哈说问题是阳爽朗已经吊足了我们胃口。

马哈哈看完讲稿后问仇饼，家里还有什么人？仇饼说家里还有父亲、母亲、妹妹和外婆。马哈哈说现在你的家里还有没有困难？仇饼说怎么没有困难？现在家里最大的困难是没有钱，我的钱只够供我妹妹读书。马哈哈皱着眉头，整个脸的重心落在眉头上，让我们感到他的眉头里会蹦出一个惊天动地的主意。

　　这样可能会更好一些，马哈哈不负众望，眉头终于舒展了，我们在这个讲稿的后面再加上一段仇饼家没有钱的痛苦，这不仅是仇饼一个人的痛苦，也是大家的痛苦，容易引起共鸣。但是怎么没有钱？为什么没有钱？得由仇饼自己虚构。

　　仇饼在屋子里走来走去，想一下子把痛苦憋出来，但是痛苦啊它总是不到来。仇饼不停地上厕所，喝水，叹气，搞得我们都为他一阵阵急。他喝水的时候，发出咕咚咕咚的声音，我感到那些水不是喝进他的肚子里，而是进入了我的肚子。我不得不跟着他上厕所。我说仇饼你就快一点儿吧，我受不了啦。仇饼抓起大茶缸又猛喝了一气，茶缸里的水被他喝干净了。他把茶缸砸在地上，说有一天我家的后墙突然倒塌，我妈当时正在墙根下剥玉米……玉米你们知道吗？玉米又名苞谷，是别人用来生产玉米锅巴的那种玉米。我妈当时正在墙根下剥玉米，她的一条腿被压断了，妈妈从此瘫痪。为了给母亲治病，我们家花了不少钱，借了许多债，以至于单位的同事一看到我串门，就说仇饼又在借钱啦。父亲要下地干活，照料母亲起居饮食拉撒的重任落到了妹妹的身上，妹妹因此辍学。而我为了节约开支，每天省吃俭用，身体状况愈来愈差，送邮件时常常从自行车上跌下来。想吃肉了我就重操旧业，在城市的角落和阴沟里打老鼠。你们说这样可不可以？

说真的，我们听得耳朵都竖起来了，想不到仇饼还有编故事的才能。马哈哈一拍大腿说就这么定啦。他的啦音还没有拖完，门外传来了敲门声。据判断，敲门人有可能是梁艳。马哈哈不让开门。我们都不敢大口出气。这里的房间静悄悄，敲门人的脚步声慢慢离去。仇饼打开房门想看个究竟，一道寒光从门缝闪入，梁艳像前次那样高举着一把水果刀直冲进来。马哈哈未等她割自己的手腕，就把水果刀夺到手里。失去了水果刀的梁艳双手抱着头，蹲在地板上哭。她哭着说马哈哈你真是狼心狗肺，我这么爱你，你却不爱我。当初为了追我，你是怎么说的？现在你把我骗到手了，把我给糟蹋了，你就不爱我了。你摸着你的胸口想一想，还有谁会像我这样爱你？你叫我喊我从来不敢不喊，你叫我用嘴巴我就用嘴巴，你说从后面来就从后面来。如果你说要我的心脏，现在我就可以剜给你。你到底还有哪一点儿不知足？你说我哪一点儿对你不好？马哈哈被梁艳说得眼睛圆瞪嘴巴大张脸色发青。马哈哈把水果刀插到书桌上，水果刀左右摆动着。马哈哈说我是来帮忙的，我已经决定退出比赛了，你吊什么嗓子？你……梁艳改蹲式为站式，走过来拉住马哈哈的手，好像刚才哭泣的人不是她。她擦干脸上的泪痕，在马哈哈的脸上连吻了四五下，那声音比放鞭炮还响。

梁艳摇着马哈哈的膀子说我们回去吧，饭我都为你煮好了，你说过这个世界上我煮的饭菜最好吃。我煮好了饭左等右等不见你回来，我想你一定又在骗我了。我打着的士转了好几个大圈，才找到你。现在饭菜都凉了。只要你回去，只要你不参加比赛，不去追那个什么爽朗，饭菜凉了我还可以热。你知不知道我做了你最爱吃的菜？你猜一猜是什么菜？马哈哈低着头一言不发。我说是水鱼炖蛤蚧。梁艳说不是。仇饼说白灼虾。梁艳说不对。肖丽说扣肉，马哈哈最爱吃扣肉。梁艳摇摇头，脸上露出一丝得意之色，说不……对。那是什么呀？我们不停地想，口水填满我们的口腔，仇饼甚至咂了咂嘴巴。马哈哈一拍书桌，说不用猜了，是土豆烧牛肉。梁艳说对啦对啦。她双手甩动两脚跳跃。他们手挽手跳跃着走了出去，他们的背影依然是那么动人。走到楼下，梁艳突然挣脱马哈哈的手跑回来，从仇饼的书桌上拔出那把水果刀。她一边拔一边说这刀是我临时买的，光买刀我就花了不少钱。我们说把这把刀留着，下次不用买了。梁艳说那是不可能的，我买一把马哈哈就会丢掉一把，况且下次我不一定用刀了。

仇饼让我对讲稿进行全面的润色，而肖丽则着重练习好普通话。我们决定比赛时由肖丽上场，所以她必须练习好普通话，练习好声调、节奏、吐字。我们每人打了一次电话给马哈哈，马哈哈在电话里果断地说不参加比赛。一个如此好色的人，一个如此暗恋阳爽朗的人，怎么会突然归隐呢？我们对他的退出表示极大的怀疑。但是怀疑归怀疑，马哈哈似乎是铁下了心肠，他连我们的聚会也不参加了，不知道梁艳如何把他调教得这么乖乖的。仇饼为此松一口气，他失去一个竞争对手当然应该松口气。他在我和肖丽面前不断地打哈欠，打过哈欠之后忽然对着屋顶咆哮：马哈哈，你也有今天。

后来我去《方方面面》杂志投稿，私下和马哈哈谈了一次。谈话时他好像提不起精神，头发凌乱面色青黄，五根手指像平时那样插在头发里，久久不肯出来。手指为什么不肯出来呢？因为他还没有把话说完。他说如果是你，你也会感动，会退出比赛，会不爱阳爽朗。梁艳其实是一个很漂亮的姑娘，不知道你平时注没注意，她长得很像美国影星黛米·摩尔。那天从仇饼那里回来后，我跟梁艳看了一盘黛米·摩尔主演的影碟，每当黛米·摩尔一出场，她就定格。她让我认真地看一看，她和黛米·摩尔谁长得漂亮。我说不用看，当然是黛米·摩尔长得漂亮。梁艳把嘴巴凑到我的耳朵边，当时我的耳朵麻酥酥的，她嘴里哈出的热气全部喷到我的耳朵里，你想一想那不麻酥酥才怪呢。我突然有了一种幸福的感觉。她央求我再认真看一看，她说我不要求你非说我漂亮不可，我只要求你公正地看一看，要看细部，也就是眼睛是眼睛，鼻子是鼻子地看。出于礼貌，我真的认真地看了一下她们。我发现她们确实有些相像。随着剧情的发展，黛米·摩尔身上穿得愈来愈少，她的许多部位浮出水面。她每露出一个部位，我们就定格一个部位，然后梁艳也露出那个部位，天哪，她们的部位竟然一模一样。当时我一下就兴奋起来，我想阳爽朗仅仅长得像电视台的一个节目主持人，而梁艳却长得像美国明星。谁都爱美国明星，我没理由不爱美国明星，也就是说我没有理由不爱梁艳。我说黛米不光漂亮还很敬业，前不久，为了演一部影片，她竟然剃掉了自己的头发。

我这么随便说说，梁艳却把这句话深深地记在心里。第二天中午，她哼着歌曲走进我的房间。我说是什么使你这般高兴？她右手在头上一拔，一个光头展现在我的眼前。她的手里提着假发套，像提着一颗人头，简直一幅血淋淋的场面，但梁艳竟然还站在我面前笑。她说我也要改变一下形象，争取被你喜欢。我说头发呢？你那么好的头发呢？她说我已经把她剃掉了。我说现在它在哪里？梁艳说我把它卖了，我用卖它得到的钱，为你买了一条表链。梁艳从她那一千多元的真皮提包里掏出一条表链。我说我们又不是没有钱买表链，你干吗要剃掉头发？你干吗要全盘照搬黛米·摩尔？你可以吸收其精华弃其糟粕嘛，何必生吞活剥全盘西化。梁艳说不是你叫我剃的吗？现在剃了你又有意见。你真的在乎我的头发？我说在乎。这时我才确定我已经真的爱上梁艳了，我们从同居发展到爱情了。梁艳说没关系，一个月头发就会长出来。梁艳把表链系在我的扣眼上。闻达你看一看，就是这条表链。马哈哈从上衣口袋里掏出表链让我看。马哈哈说现在我一看见这条表链，就会想念梁艳的那头秀发。

马哈哈在掏表链时把他的手指从头发里退了出来。我知道他的话说完了。我也知道他为什么在说这段故事时喜欢把手指放在他的头发里，是因为他在怀念头发。我祝贺他改邪归正。他要我跟着他去宿舍。我们来到他宿舍的窗口，他要我别出声。我们像两个小偷蹲在窗口下。他悄悄告诉我梁艳不希望有人知道她剃了头发，因为是朋友，他才让我躲在窗外偷偷地看一眼梁艳的光头。我们的眼睛贴着墙壁慢慢往上移动，额头移过了窗台，眼睛移过了窗台，我们看见梁艳的光头，还有……梁艳竟然还没穿衣服，她赤身裸体站在镜前梳妆。马哈哈及时发现问题，他把我的头按下窗台，嘴里不停地说你这小子占便宜了，你占便宜了，你得请客。我说请就请，我刚得了一笔稿费。我把钱从口袋里掏出来，向马哈哈炫耀。

我们去了附近的一个酒家。吃饭的过程中，马哈哈问我，你都看见了，你说一句公道话，她到底像不像黛米·摩尔？我说像，像极了。他似乎不太相信我的诚意，每吃一口菜或喝一口酒就问一句：她到底像不像？我说像像像……我们用"像"字来开我们的胃口，美美地吃了一餐。

马哈哈真的改邪归正了，他天天守着梁艳，要看着梁艳的头发一天一天地生长，就像一个园艺工人看着自己的花木生长。我们找了许多借口叫他出来玩一玩，他都用结结巴巴的语言拒绝。他对我们说梁艳的头发没有长好之前，基本不出去应酬。这样在一个多月时间里，我除了送稿到他的编辑部跟他聊一聊外，很少跟他在一起。我把大部分的时间献给肖丽，她几乎是与我三同（同吃、同住、同劳动）了。

有一天马哈哈突然跑来找我，说不好了，出事了。我问他出什么事了，他说我们的总编李环绕要我参加痛苦比赛。我说你可以不参加，出生不由己，道路可选择。他说不参加说不过去，我已经推了好几次，我愈是推辞他愈是不放过我，就像你愈是不想做劳模他愈要让你做，你愈是想当官他愈是不让你当那样，他喜欢反其道而行之。我说你可以用梁艳去搪塞。马哈哈说这也没用，我已经试过了。李环绕要我代表《方方面面》杂志参加比赛，并且要拿最好的成绩。我对他说这会犯重婚罪的。他说拿最好的成绩是为杂志社争光，到时可以不跟阳爽朗结婚。他的目的是为杂志做广告，以扩大发行量。

一个星期前，李环绕拿着一张晚报在手上挥动着，说你们知不知道这件事？一个女人在晚报上登广告，说谁痛苦嫁给谁，要搞一场轰轰烈烈的痛苦比赛。晚报除了登广告外还做了追踪报道。我说我知道。李环绕问还有谁知道？办公室里保持高度的沉默，没有一个人敢吱声。他们知道半年没有召集大家开会的李环绕，现在不会从嘴巴里吐出什么象牙。他肯定要惹是生非。我看见大家保持沉默才知道说漏了嘴。我说我也是听说，具体情况不太清楚。李环绕把报纸摔到桌上，说我们的记者素质太差了，这么好的新闻不去炒，而让晚报大版大版地报道，我们明显不如人家，这样下去我们的杂志不倒台才怪呢。

为了对这一盲视进行弥补，李环绕把阳爽朗请到我们杂志社，为我们全体记者编辑做报告，并回答我们的提问。然后，我刊将以头条位置配巨幅照片报道此事。阳爽朗恨不得多有一点出风头的机会，她打扮得像一个新娘似的来到我们杂志社，就坐在离我们几米远的地方。知道吗？就离我们几米远，说到这里时马哈哈咂咂嘴巴，像是吃到了什么美味可口的佳肴，拼命地吞咽口水。我看见他的喉头蠕动了好一会，才又喷出崭新的话来。马哈哈说连她的气味我都闻到了。我生怕她认出我来。但是她没有认出我，也许是找她的人太多的缘故，她竟然没有认出一个曾经威胁过她的人。她会不会也忘记曾经强奸过她的人？人啊人，怎么那么容易遗忘？

阳爽朗就离我几米远，我真是大饱眼福。与其说我听她做报告，还不如说我是看她做报告。她说的什么内容我全不记得了，长达一个小时的报告，我只记住一句：像你们这些记者编辑，生

在新社会，长在红旗下，从出生到工作都没受什么苦，你们如果
参加比赛，不是倒数第一也是倒数第二。她刚这么说的时候，大
家还能够接受，但是她反复地说这个问题，搞得我们都有一些烦
了。特别是李环绕，我看见他的脸色一阵青，一阵白，又是打喷
嚏又是打哈欠，又是甩手又是摇头。他的臀部在椅子上磨动着，
想站立又不敢站立。我把他的这一系列动作想象成他对阳爽朗
按捺不住的热爱。他的这种心情我是能够理解的。你们想一想，
一个年轻美丽的姑娘就坐在他的面前，好像唾手可得，其实咫尺
天涯。他是整个编辑部最靠近阳爽朗的人。他有这个特权。在
我们编辑部里，如果以职务大小来决定爱情，那他无疑是最先能
够享受到爱情的人。但是他已经没有年龄优势了，已经结婚生子
了，尽管他有权有钱。他肯定和在座的年轻人一样，对阳爽朗抱
有不健康的想法，只是名不正言不顺。像他这样的人优势在于偷
偷摸摸，可是阳爽朗偏偏是一个喜欢大张旗鼓的人。这一切决定
了他必须打哈欠打喷嚏，甩手加摇头。但是五秒钟之后，我改变
了这种看法。

　　李环绕站起来了。他挡住我们的视线。我们看见他的脊背
宽阔肥厚，头发苍劲有力。他面对阳爽朗背对我们说那未必，小
阳，我现在向你庄严地承诺，我们《方方面面》杂志社在痛苦比
赛中一定会拿好成绩，为杂志社争光，也为你争光。办公室里响

起噼噼啪啪的掌声。掌声响起来，汗珠流出来。阳爽朗说好样的，有志气，我等着。

第二天李环绕为找一个有志气的人伤透了脑筋。他分别找了莫小成、雷德汉、黄一峰谈话，他们都不愿做有志气的人。最后李环绕找到了我。我说我已经有女朋友了。李环绕在找了四个人而又没有一个人买他账的情况下，拍响了办公桌，说我找你是看得起你，是觉得你除了相貌堂堂之外，还口齿伶俐，你竟然不买我的账。那么这样吧，我也不能太独断了，如果独断有效，我也不会把这样的好事让给你们，我自己就可以试试。但是我不想做一个独断的领导，这件事还是由全编辑部的人来决定吧。

李环绕召集大家无记名投票，选举参加比赛的人。也许是我的运气太差，或者说太好的缘故，我被大家选中了。全编辑部二十一人，我竟然得了十九票，还差两票就是满票了。如果满票反而显得不真实，可是差了两票，你就不得不说这是多么真实的民意。我多次买过体育彩票，没一次中奖，但是这样的事却让我中了。我不得不准备了一个讲稿，以应付李环绕。当然这只是不得已而为之的事，不能让梁艳知道。我只是应付应付，并不想真参加。但愿比赛那天李环绕出差，或者最好他把这事给忘了。

真让马哈哈不幸而言中。在我们七嘴八舌的议论中，在我们的期待中，三月八号隆重到来。市人民大会堂挂出了一些彩旗，写了几幅标语，摆了几个花篮，气氛被搞热烈了。只可惜李环绕没有眼福。他好像是为了完成马哈哈的那句预言，出差去了。当然他去的地方很令人羡慕，法兰西共和国，说是去搞什么文化交流。我为马哈哈松了一口气，想他终于不用参加比赛了。

我和仇饼、肖丽挺直腰杆站在大会堂的门口，等待比赛开始。这时我们理所当然地放眼会堂前面的草坪。草坪上有人在放气球，有人在弯腰捡矿泉水瓶，有人正坐着轿车朝会堂门口奔来。这么好的日子，天气自然不会差。什么阳光、白云、蓝天我就不想写了，其实那一刻我们也没有心情去注意它们。我们只是感觉很好，也就是心情愉快，胸中有一种这个世界属于我们的感觉，有一种当家做主人的感觉。只是我们的身边少了一位马哈哈，这多少让我们感到有一丝遗憾。

会堂门前聚集了愈来愈多的人群，我们想参加比赛的人一定很多。我们要仇饼放下包袱开动思维，不要有任何心理负担。我为仇饼买了一瓶矿泉水，肖丽则忙着为他整理领带。因为我跟肖丽的关系有了突破性进展，所以我们把参加比赛的人选让给了仇饼。于是这个集体的赛事变成了他个人的比赛，我已经向他表明，如果他获胜，我绝对不吻他的新娘。朋友妻不可欺。他立即说闻达你真够朋友。立即，这句话他是立即说出来的，没有半点儿犹豫和含糊。仇饼站在我们中间咳了几声，也许是清理嗓子。我们都为他紧张起来。肖丽忙用手掌轻轻地、轻轻地捶他的背。我则用手抚摸他的胸膛，减轻他的难受。我们像帮助弟弟一样帮助他。而他的年龄实际上比我们大。我们就像是帮助一个不幸的孩子，希望他能得到意中新娘。仇饼挣脱我们的安慰，一趟又一趟地上厕所。我们站在厕所门口等他。他刚出来几分钟，又返身往厕所里走。他说我一紧张就想上厕所。我说不要紧张，团结紧张，严肃活泼，不要紧张。我愈是这样说他愈是紧张。我看见他的两条腿竟然抖了起来。

比赛就要开始了，人们陆续地进入会堂，街道上的警笛一声高过一声。我们只闻其声，不见其车。会堂前的大道上有那么多奔跑的车子，分不清哪辆是警车，哪辆不是警车，但是其中肯定有一辆是警车。在我们快要走进会堂的瞬间，我们看见马哈哈从一辆的士上钻出来，因为匆忙他的衣服被的士的门钩挂住了。他扯下衣服朝会堂快步跑来，他一边跑一边回头望，好像有谁在身后追他。

我们拦住马哈哈，说你来了。他说我一忍再忍还是忍不住，我要参加比赛。我们说梁艳怎么办？他说我是偷偷跑出来的，梁艳不知道。

比赛马上就要开始，会堂里挤满人头。但是我们意料不到，坐在台上比赛的人只有两个，他们是马哈哈和仇饼。他们像稀有动物被人们看着、议论着。台下的人们张大着嘴，等待他们发言。仇饼用经过肖丽训练过的普通话朗读讲稿，不时获得观众的掌声。读到关键的地方，也就是我们精心构思的地方，比如仇饼跟野狗抢老鼠、仇饼的母亲被倒塌的墙压断大腿等，一些观众竟然哭了。他们掏出手帕抹眼角，用手帕捂住鼻子，生怕他们制造的声音影响他们的形象。我看见坐在一旁的马哈哈也不失时机地用手抹眼泪。马哈哈抹眼泪的动作比较隐蔽，但还是让我和肖丽看到了。我们认为马哈哈比不比赛已经没有任何意义，他的痛苦肯定无法超越仇饼的痛苦。会堂里掌声和哭声混合，许多人为仇饼的痛苦拍红了巴掌。我在这样热烈的环境下，基本没有听清仇饼后半部分的发言。我和肖丽都有一丝陶醉，她的头紧紧地靠住我的肩膀，她的手紧紧地抓住我的手。我们在仇饼的痛苦宣言中几乎合而为一。那是仇饼的痛苦，也是我们的痛苦。我们像看着自己的儿子成长那样兴奋。痛苦并兴奋一直持续到仇饼的讲话完毕。有人对着台上喊阳爽朗，嫁给他吧，嫁给他吧……

一片喧哗声中，主持人开始介绍马哈哈。马哈哈站起来向大家致意。我们突然听到有人叫马哈哈。一听到这个声音，我的心里就凉飕飕的，双腿自然发软。我想马哈哈没戏啦。这时，我们只有一条出路，那就是乖乖地转过身子。我们看见梁艳从会堂的侧门走进来，她不停地向马哈哈招手，说加油，马哈哈。她笑得牙齿全部露了出来，特别是两颗虎牙，我们从来没有看见她的嘴巴开得如此之大。马哈哈好像也看到了梁艳，他的舌头往外伸了一下，立即又缩了回去。梁艳的突然到来，使马哈哈失去了说话的功能。他像一个罪人一样低下头，目光明显发直。人们期待的声音没有响起，会堂里静悄悄的。主持人问马哈哈为什么不说话？马哈哈说我……我本来不想参加比赛，我已经下了好几次决心不参加比赛，因为我已经有了女朋友，我十分爱她，她也十分爱我。但是，我们单位的领导指派我代表全单位参加比赛，所以我不得不来。我来比赛没有其他意思，只是想检验一下我的能力。我并不想跟阳爽朗结婚，只是想检验一下我的能力。我其实没有什么痛苦，一生下来，我就吃得饱穿得暖，就能够进学校读书。我家的经济条件较好，也不缺钱花。父母健在，未患癌症。和刚才那位选手比起来，我的痛苦几乎没有，几乎不能算做痛苦。因此……我决定退出比赛。

　　马哈哈准备从台上走下来。台下响起一片嘘声。主持人拉住他，要他把讲稿念完再走。马哈哈说我没有讲稿，我只是想即兴发言。主持人问他那么你的即兴发言，想发些什么言？马哈哈说不知道，我也不知道。主持人说那么你的痛苦是什么？马哈哈说我很幸福，没有什么大不了的痛苦。参加比赛不是我的意思，是我们领导的意思。马哈哈像一个逃犯，从台上跑到我们的身边。我们看见他的额头上遍布汗珠。

　　我和肖丽、仇饼、马哈哈、梁艳坐在一起，等待评委最后宣布结果。我们提前向仇饼祝贺，祝贺他以这样的方式获得爱情。

仇饼谦虚地笑着，好像现在已经抱着阳爽朗似的。他说怎么还不宣布，我的心快蹦出来了。仇饼已经没有耐心等待评委，左等右等，终于有一个白头发的评委出现在台中央。白头发说经过评委认真而又负责任的评选，现在痛苦比赛的第一名已经产生。他是……白头发故意卖了一个关子。他是……他是谁呢？你们大家也许已经猜到了，也许没有猜到。他是……他是……2号选手马哈哈。我们的周围一片喊声。马哈哈、仇饼和梁艳都从椅子上站起来瞪大双眼。仇饼说这怎么可能？这一定是搞错了。会堂里有些混乱，我们认为这是评委们开的一个玩笑，是故意逗乐。也许几秒钟后，白头发会突然来一个更正。

但是没有更正。仇饼像一摊水软在座位上。马哈哈和梁艳仍然站着，伸长脖子朝前望。观众纷纷退席。我们难过了五分钟，马哈哈被请到后台，梁艳紧紧地跟着他。仇饼想冲上台去，被警察拦住了。仇饼挣扎着说为什么？为什么会是这样？警察说这有什么好委屈的，谁不愿嫁给一个没有痛苦的人？仇饼被警察教导着推下舞台。仇饼的身子往前扑，差不多跌倒了。仇饼瞪了警察一眼，发觉警察长得很像阳爽朗。仇饼骂了一句粗话，说原来你们是一家子。你们在合伙行骗。警察举起电棍从台上跑下来，说你说什么？你说什么？你是不是在骂我？仇饼说没说什么，你是不是想打人？警察收回电棍，摇摆着肥大的臀部走开了。仇饼坐到木地板上，不想走，也好像是没有力气走。我和肖丽扶着他走出会堂。一些观众围住我们。他们握紧拳头。我听到他们的拳头和牙齿发出嘎嘎声。他们说告她，你到法院去告她。

我们的身后跟随着七个愤怒的男女青年，他们像一群苍蝇轰轰地叫着。他们强烈要求仇饼告状。仇饼一言不发，只是任凭我们摆布。跟随我们的人愈来愈少，我们每向前迈进一步就减少一个跟随者。我们一共向前迈了七大步。我想那七个跟随者一定被我们甩掉了。我们回过头仍然看见有一个人跟随我们。我们走了几十步，还没有把他甩掉。他说你们难道真的不告她吗？这太便宜她了。我说你是谁？我们并不认识你。他说我是一个同情你们的人，是一个有良知的人，我是律师。他掏出证件让我们看，说如果你们愿意，我可以免费为你们打这个官司。铁树开花，哑巴说话，仇饼像一位诗人突然仰天长叹，说打官司又有什么用？等法院判案的时候，马哈哈和阳爽朗恐怕已经生下小孩来了。我对仇饼的这一声长叹产生无限的敬重，觉得仇饼很有思想。我甚至想他的这一声长叹也许会成为著名的长叹。

打这个官司的意义不在于能不能得到阳爽朗的爱，而在于你能不能出一口恶气。只要这个官司一打，不知道有多少姑娘愿意嫁给你。只要你愿意打，我就免费为你打。在律师罗大超的挑拨下，仇饼向法院起诉阳爽朗。阳爽朗并不把起诉当一回事，她跟马哈哈闪电式地结了婚。梁艳为此又买了一把水果刀。梁艳举刀割手腕子时，马哈哈就坐在旁边看着。马哈哈说割吧割吧，只是你割手腕子太痛苦了，如果我是你会选择安眠药，那样会减少许多痛苦。其实割手腕子不是你的专利，在寻找痛苦的时候我也曾经割过。马哈哈举起他的左手臂让梁艳看。梁艳看见马哈哈的左手腕子有一条若隐若现的刀痕。梁艳突然丢下刀子，说我真傻，我怎么会为一个不值得我爱的人去割手腕子，我真傻。喜欢割手腕子的梁艳从此放下屠刀立地成佛，不再割手腕子了。她仿佛是一丢下水果刀，就跟着另一个男人去了澳大利亚。那个男人很有钱，也很爱她。

新婚不久的马哈哈给我写了一封信，想不到他在新婚的百忙中还记得给我写信。他说我们的关系已经断了，今后别再寄稿件给我。我和仇饼都是你的朋友，谁得到阳爽朗都应该祝贺。而你不但不祝贺我，反而跟着仇饼起哄，真不够朋友。你的文章要想在《方方面面》杂志上出现，除非我不做编辑。我捏信的手这时像发动机那样抖动着。

我的文章写得并不怎么的，平时主要靠马哈哈帮发表，现在他不发表我的文章，就断了我的生路。我把这封信读给肖丽和仇饼听。我说从此后我就没有稿费啦。仇饼说没有稿费不要紧，只要我仇饼有一口吃的，你闻达就不会挨饿。我说你妹妹都失学了，你母亲还要治腿伤，我怎么好意思用你的钱？仇饼说闻达你是不是疯啦？那是我们的虚构。我的母亲身体健康，我的妹妹也

198

没有失学。我啊了一声，好像从天上跌到人间。

　　仇饼还在耐心地等待法院开庭。几乎每天他都要上一趟法院，那个负责此案的法官跟他混熟了，他们一星期上一次酒店。每次去酒店仇饼都叫上我和肖丽。但是酒喝了，兄弟也称呼了，肩膀也拍过了，法院还是不开庭。仇饼仍然在酒桌上重复讲他的故事，仿佛这个故事能够助他酒兴。当他讲过之后，他总要问一声我们，难道我的这个痛苦不比马哈哈的痛苦更痛苦吗？真是岂有此理。我们都附和着说真是岂有此理。仇饼还特别问法官，你说我的痛苦是不是比马哈哈的更甚？法官说当然是你的痛苦更痛苦。仇饼一仰脖子，说就是嘛。他已经从这种回答中找到了胜利。久而久之，仇饼把讲这个故事当作乐趣，而打不打官司似乎是不重要了。有一次仇饼喝醉酒，像一袋粮食倒在酒店的地毯上。我们好不容易把他扶起来。他说你们别管我，你们一关心我，我就想哭。你们再扶我，我就哭了。我们看见他的眼睛里真的躲藏着几颗眼泪。那位法官也喝醉了，他拍着仇饼的屁股说，兄弟你不要哭，我来给你擦眼泪。法官的手在仇饼的屁股上擦拭着，他竟然把仇饼的屁股当成了脸蛋。他一边擦一边说，其实，你也没什么好委屈的，我们在办公室里讨论过了……我们认为……没有痛苦才是最大的痛苦。仇饼说是吗？你是我的好兄弟，你终于告诉我什么是痛苦了。我终于明白什么是痛苦了。过去我幻想的痛苦不是这样，现在我才知道什么是幻想。仇饼从地毯上爬起来，在餐桌上又摸索到一杯酒。他把那杯酒灌进嘴里。

　　好长一段时间，仇饼没请我们喝酒了。我问肖丽仇饼为什么不请我们喝？肖丽说他已经有女朋友了。我说不可能，有女朋友他会告诉我们的。肖丽说骗你干吗？我在花店碰见过他们。他们认识不久，那天去花店买花，还以花店为背景照了几张相，是我为他们按的快门。当时仇饼还说要在城市里找个鲜花为背景的地方照相，只有花店。

　　在鲜花怒放的背景中，马哈哈和仇饼就要淡出了。他们跟我的接触愈来愈少，我慢慢地不太知道他们的事情。但是我知道仇饼带着他的女朋友回过一次乡下。他带女朋友回去的目的是想让他的父母看看未来的媳妇。于是，仇饼和他的女朋友走在野花开满的路径上，他们的身影在花丛中时隐时现。他们走向野花的深处，到达仇饼的老家。那是个风吹草动的下午，太阳时好时坏，有时出来有时不出来。太阳出来时，光线把仇饼家的房屋切割成无数块，有的明亮，有的幽暗。仇饼和他女朋友的身影也被太阳放大了好几倍。他们走到村头时，看见他的妹妹正背着书包上学堂。小呀么小儿郎，背着书包上学堂。仇饼说爸爸呢？他妹妹说爸爸在坡上放牛。仇饼说妈妈呢？他妹妹说妈妈在家里剥玉米。仇饼和女朋友加快步伐，朝家中奔去，他们的头发一齐向后飞扬。还没有推开门，仇饼就叫了一声妈……屋子里传出一声哎……他的妈妈回答得十分清脆。

仇饼在他女朋友身上打量了一下，没有发现什么漏洞。他嘱咐女朋友你一定要叫妈，知道吗？要叫得甜甜的。他的女朋友示范地叫了一声妈。仇饼表示满意，还在他女朋友的脸上捏了一把。仇饼推开门，阳光跟随他们闯入。他们看见他妈妈坐在后墙根剥玉米，她的面前堆满了一大堆已经剥好的白色和黄色的玉米棒子。他妈妈就坐在玉米棒子中央。他妈妈揉揉眼睛，说是谁呀？仇饼说是我，妈妈，我是仇饼。他妈妈说原来是仇饼回来了。说完，他妈妈想从玉米棒子中间站起来。突然，后墙轰地一响，倒向他妈妈。他妈妈的一条大腿，具体地说是他妈妈的左腿，被倒塌的墙压在下面。他们同时发出了惊叫。惊叫之余，仇饼听到警笛声从遥远的地方传来，好像是从山谷里传来。他想一定是哪里又发生了什么案件，要不然不会有一辆警车从山里开过。

肚子的记忆

　　我送完星湖路的报纸和信件，抬手用衣袖抹了一把脸上的汗。制服粗糙的线头在我的脸上刮了一下，一种刀刮的感觉，火辣辣的感觉从我的脸上传达到屁股上，全身的重量跟着下移。胯下的自行车发出叽里呱啦的叫声，它的挡泥板和车链一直摩擦着，已经摩擦了十几个月。它们的摩擦声是我的通俗歌曲，有时我会跟着它唱。马路两旁正在走着的人们，白花花的一片，又直又粗的光线盖住他们的头顶，也盖着我和自行车。自行车的羊头越来越热，一股烤肉的气味冲进我的鼻孔，我的手快被羊头烤熟了。头顶上的树枝偶尔遮挡一下光线，但只一闪光线又回到了自行车的羊头上，它们紧紧地抓住自行车的羊头。我的脸上已经冒出了几百滴汗珠，其中有一滴特别大，它从我的左边额头慢慢地往下滚，滚一下我的身上就麻酥酥一下。我想让我的身体继续麻酥酥的,于是就让它一直往下滚,直到它滚进我的眼眶。我的眼睛立即酸辣不止,但是我必须睁大眼睛看路。我拼命地睁大眼睛,睁得额头上都堆起了一排皱纹。这一睁,我看到了名流购物中心。

早上出门的时候,老婆再三交代要买一样东西,但是买什么呢?我已经想不起来了。名流购物中心门前的空地上脑袋挨着脑袋,一根根手臂从脑袋上长出来,手臂上举着红色的绿色的白色的蓝色的黄色的 T 恤、裙子和被套。大家都在买,我也该买点儿什么。我用右脚撑住地面,把自行车停靠在马路旁,老婆到底要我买一件什么东西呢?它肯定不是服装,也不是大件的家庭用品,那么它是什么呢?

我看见树荫下有一个留着两撇胡须的人正在烤羊肉串,一个长条形的铁盒子里装满通红的火炭,火炭上冒着淡淡的烟。汗水从他的下巴和胳膊拐往下流,他站着的地方像下了一场雨。几十串羊肉堆在烤箱的角落,它的香气从那边飘过来。我在香气中打了两个响亮的喷嚏。喷嚏一打,我就把要买的东西想起来了。菜刀,原来我是要买一把菜刀,刚才想不起菜刀,原来是欠这个世界一个喷嚏。

我提着一把菜刀从名流购物中心走出来,外面的抢购者纷纷为我让路。我还没有走到的地方,人群已经自动分开。我刚走过的地方,人群马上合拢。这个人简直是疯了,他手里拿着一把菜刀，在人群里故意拐来拐去，要我们为他让路。我们的手里拿着被套和T恤，肩膀挨着肩膀，脚挨着脚，但是我们还得为他让路。他离我们还有两米远，我们就纷纷散开，空出一条道路。他从我们空出的道路走出去，站到马路边。我们很庆幸没有碰上他的菜刀，什么事情也没发生，我们还能够继续抢购东西。

站在马路边，羊肉串的味道再一次凶猛地扑过来，它那么固执那么坚定地引诱我。我横过马路，来到烤羊肉摊前。多少钱一串？他说一块钱。我一扬手，多少？他说八毛。我再一扬手，八毛？他说五毛，你爱给多少给多少吧。五毛就五毛，说好了五毛。我抓起一把羊肉串站在马路上啃了起来，羊肉在进入我嘴里的一瞬间，迅速变成一只羊，在我的舌头上跑了几圈，在我的牙齿上撞了几下，还碰了碰我口腔里的肌肉，然后沿着食道一路小跑进入我的胃部，一种甜滋滋麻酥酥的感觉传遍全身。羊肉的味道好极了，我已经好几年没有吃上这么好吃的东西了，这才叫幸福呢，这才叫做人呢。他真能吃，手里还捏着羊肉串，嘴里却不停地说接着烤，接着烤。我又把一大把羊肉串铺到烤箱上，一股油烟从炭火上冲起。他很快就把手里的吃完了，站着等我把烤箱上的烤熟。他吃了一把又一把，把我带出来的羊肉串全吃完了。提篮里的生羊肉串，现在全部变成了竹签，那是一大堆竹签，它们就像他吃剩的骨头，一根五毛，这是五年前的价格，今天算是倒大霉了。他还在吃，我低头数篮子里的竹签，听到他说我怎么吃了那么多？而且现在我还想吃。他的声音很响，把我捏竹签的手吓得抖了一下，一根竹签掉到地上。我弯下身子去捡竹签，看了一眼他手里的菜刀。他不会对我怎么样吧？我重新数了一遍竹签，他站在那里看我数。如果你不满意，我还可以给你再打个八折。他不说话，用衣袖抹了一把嘴巴，掏出五十块钱递给我，说不用找了，你的羊肉怎么会这么好吃？今天的羊肉怎么这么好吃？师傅接过我递给他的钱，嘴巴笑得比窗口还大。他举起油渍斑斑的双手，把那张钱对着路边的阳光透视。

这时我看看马路的左边，左边是一溜的服装店。我再看看马路的右边，右边是一家字画店和照相馆。没有什么可吃的东西，但是现在我特别想吃，肚子里不仅发出了喊声，还有一只馋嘴的爪子沿着食道伸出来，到处寻找机会。街道上的气味十分复杂，就像一只大冰箱里装满了各种食品，生的和熟的，甜的和咸的打成一片。一股淡淡的甜味从远处向我靠近，从那些复杂的气味中冒出来，愈来愈近了。我看见一辆人力平板三轮车从我的眼前跑过，车上放着一只煤炉，炉上面放着一口铝锅，铝锅里放着十几节甘蔗，甘蔗上冒着热气，甜味正是从那里飘过来的。我追赶三轮车，嘴里不停地叫甘蔗。有人叫甘蔗，我刹住车子，看见一个人提着一把菜刀朝我跑来。我不认识他，他不会是找我报仇的吧。我双脚一蹬，车子又飞快向前跑去。三轮车上的煤炉摇摇晃晃，锅里的水泼了出来洒在炉子上。三轮车愈蹬愈快，难道他没听到我叫甘蔗吗？我追了一阵，怎么也追不上。我看见三轮车在前面拐了一个弯，车上抛出两截甘蔗。三轮车消失了，我捡起掉在地上的两截甘蔗，然后又迅速地丢到地上。甘蔗还保持着较高的热度，我的手被烫了一下。疼痛从我的手指滑到我的心脏，但是它们很快就滑了过去。我再次把甘蔗捡起来，用菜刀削去甘蔗皮，站在一只垃圾桶前狼吞虎咽地嚼了起来。

吃完一节甘蔗，我又开始削第二节甘蔗。垃圾桶里冲起一股呛鼻的恶臭，在这股恶臭中，我竟然闻出了一丝蛋糕的味道。我突然想吃蛋糕。我一手提着菜刀一手拿着削好的甘蔗往七星路走。我的家就在七星路上，这条路上有好几家著名的蛋糕店。当我把手中的甘蔗嚼完，就推开一家蛋糕店的玻璃门。蛋糕店里的女孩看见我走进来，脸色突然就白了。她双手捂住嘴巴，全身颤抖不止。给我十个蛋糕。女孩的身子愈抖愈厉害，我提高嗓门，听见了吗？蛋糕，我要十个蛋糕。你自己拿吧，我想说你自己拿吧，但是我的声音小得连我自己都听不到。我看看身后，没有木棒，只有一把小椅子。我怕得连尿都撒了出来。他抽抽鼻子，好像是闻到我的尿味了。他说你怎么啦？是不是生病了？我摇摇头，身子沿着柜台滑到地上。他的左手隔着柜台伸过来。他的手刚碰到我，我就发出一声尖厉的叫喊，身子往柜台的角落收缩。他说不用害怕，我的女儿都有你这么大了，我不会对你怎么样。如果你生病了，我可以帮你。我指指他手里的菜刀。他举起菜刀哈哈大笑，说原来你是怕这个，你们家没有菜刀吗？这是我老婆叫我买的一把菜刀，你干吗怕它？我在他的鼓励下从地上爬起来，拍拍身上的灰尘，为他取了十个蛋糕。他说你不洗洗手？我啊了一声，才想起自己没有洗手。要不，等我洗手了，给你换换？他迫不及待地把一个蛋糕塞进嘴里，说不用了，我已经等得不耐烦了。

我吃着蛋糕从蛋糕店那两扇玻璃门里挤出来，想想刚才的情景就想笑。现在我才知道为什么有那么多人为我让路，为什么烤羊肉串的人给我打八折，为什么卖甘蔗的看见我就拼命地逃跑，原来都是因为我手里的这把菜刀。我笑了一下，一块蛋糕噎住了我的咽喉，我的眼睛立即发白，双腿顿时发软，菜刀掉在地上，蛋糕掉在地上，屁股坐到地上，拳头擂到胸口上。我用拳头对着胸口擂了好几次，才把蛋糕从咽喉处擂下食道。一口长长的气，一口比一百年还长的气从我的嘴里吐出来，花朵开放万物复苏，七八个蛋糕像马粪一样散落在人行道上。我把它们捡起来，放入食品袋。我要吃掉它们，但是我必须换一种吃法。我买了一瓶矿泉水，吃一口蛋糕就喝一口矿泉水，这样再被噎住，就不能怪我了。

在看到邮政局住宿大院的铁门时，我听到一阵咕咕声。这声音远在天边近在眼前。我看看周围的人，他们都紧闭着嘴巴，况且都穿着名牌衬衣，他们的声音会这么粗俗吗？但是咕咕声依然执着地响着，像是从地底下发出来的。我拍拍肚皮，声音没有了，等我把手从肚皮上拿开，声音又响了起来。这时我才发现声音来自我那个吃了烤羊肉串吃了热甘蔗吃了蛋糕和矿泉水的肚子。肚子里的山羊终于兴奋了，它在我肚子里欢快地跑着。我弯下腰，对着一棵树哇哇大叫，山羊跑了出来，鸡蛋滚了出来，吃进去的所有东西全都吐了出来，一棵干净的树就这样被我弄脏了。我手扶树干慢慢地站起来，恨不得马上离开这里，但是我往前走了三步，就觉得不妥。我需要一张报纸。我在报摊买了一张当天的《南国早报》，然后返回到刚才吐的地方，用报纸把吐出来的东西盖上。这样别人就看不见了，这样就不脏了。

我在往家里走的时候觉得脚步有点打飘，手脚都显得有气无力。我用软弱的双手推开家门，对着空荡荡的屋子叫老婆的名字。屋子里没有回应，其实我在叫的时候就知道屋子里不会有回应，小学老师李丽华从来都没有按时回过家。我把菜刀剁到砧板上，然后钻到卧室里睡觉。躺到床上，肚子还隐隐作痛，嘴巴里冒出许多清口水。我吞着那些清口水，没有一点睡意。肚子已经在街道上吐空了，想吃的念头又回来了。我爬下床，打开冰箱，发现里面还藏着一些蔬菜和牛肉。看看墙壁上的挂钟，已经到了煮饭的时间，我用那把刚买的菜刀切了一大堆牛肉。这不愧是一把名牌菜刀，它的刀口无比锋利，为我节约了切牛肉的时间。

我计划先炒一盘青椒牛肉。自从父亲动手术以后，我没吃过青椒了，它的气味我差不多忘记了。我用生姜、芡粉和精盐把牛肉腌好，然后打开煤气灶，让火慢慢地把铁锅烧红。铁锅上冒起一股青烟，我往里面倒入一勺花生油，花生油无比沸腾。我耐心地等着，一直等到花生油不再沸腾，才把牛肉投入锅内。铁锅稀里哗啦地唱，这声音里带着香气，带着甜甜的味道。我抓起一块牛肉丢进嘴里。牛肉很烫，它烫得我张开嘴巴，迅速地吸入几口空气。吃了第一块，我又想吃第二块。吃了第二块，我想吃第三块。我的右手在不停地翻炒，左手却在不停地往嘴里塞牛肉。我已经忘记了火候，也忘记了砧板上的青椒。锅里的牛肉越炒越少，越炒越老，我嚼食牛肉的速度逐渐减慢，碰上坚韧的嚼不烂的牛肉，我就同时使用牙齿和手两种武器，所以翻炒的工作有时不得不暂停下来。后来我干脆关掉煤气，专心致志地吃牛肉。一只手不够用，我就用两只手。我站着用双手把那一锅牛肉抓吃完，锅里除了几根姜丝，就是一摊油腻。

冰箱里还有九个鸡蛋，以及半碗中午吃剩的排骨，我想无论如何也得等老婆回来再吃，于是在炒滑蛋和热排骨的时候，我一再告诫自己不要嘴馋。电饭煲早已跳闸，用九个鸡蛋炒出的滑蛋装在一只大盘子里，它和一盘油菜、半碗排骨构成我今晚的菜谱。老婆还没有回来，连一个电话也没有打回来。这是常有的事，不是留学生做作业，就是解决学生打架的问题。只是在我特别想吃的今天，她把回家的时间一拖再拖就显得有点过分。看着餐桌上的菜，我不停地吞口水。我还是先吃吧，鬼知道她什么时候才回来。我把菜饭分成两份，自己先吃了起来。吃完自己的那一份，我感到肚子里空空如也，好像什么也没有吃过。今天的肚子比天大比海深，吃多少东西都不觉得撑。我拉过老婆那一份菜，推过去拉过来，现在又不是旧社会，犯不着为一盘鸡蛋，为半碗排骨，为几根油菜发愁，大不了请老婆进一回饭店。这么想着，我把老婆的那一份饭菜也吃了。

现在冰箱里真的一无所有了，除了冷冻室里的那几个冰激凌。巧男难为无菜之炊，我抓起一个冰激凌，关上冰箱，电视里正好传来《新闻联播》的片头曲，这分散了我的注意力。我坐到沙发上，一边啃冰激凌一边看新闻节目，我发觉肚子翘得特别厉害，就像是一个孕妇。我把翘着的肚子对着那台二十九英寸的彩电，电视里全是领导开会的镜头。我很快就靠在沙发上睡着了。

他手里还捏着只吃去一半的冰激凌。冰激凌在酷热的空气中慢慢融化，沿着他的手臂滴到沙发上。家里一点吃的都没有，幸好我吃了快餐才回家。地板很脏，我得拖拖，得把小肯弄脏的地板拖干净。我动了动小肯的脚，叫他让一让。小肯的身子在沙发上让了让，一股比冰激凌更为肮脏的东西从他的嘴里喷薄而

210

出，把地板和我的手弄得一塌糊涂。小肯双目一瞪，跳过我手里的拖把跑进卫生间，对着抽水马桶呕吐。哼哼声从食物的缝隙冒出来，他弯下腰，弯成虾状。这样坚持了一会儿，他的身子突然一直，屁股落到地板上，下巴搁在抽水马桶的边上。我用巴掌轻轻地拍打小肯的背部，到底怎么了？出什么事了？他没有空闲回答。当他再也没有东西可吐之后，才慢慢地平静，双手抓住抽水马桶的边，想用手把身子从地板上撑起来。撑了几下，他都没有撑起来。我扶了他一把，他站起来了，双腿有些发抖。我把他扶进卧室，让他平躺在床上。他用双手不停地推揉腹部，我用双手帮他推，四只手在他腹部轮番磨动。这样是不是好一点？要不要上医院？明天我还有一节公开课。小肯说这样舒服多了。

睡到半夜，我再也睡不下去，对着天花板说了一声饿。尽管我说得很大声，但还是没把李丽华惊醒。听一听李丽华的鼾声，你就知道她有多么疲劳，你就知道作为一名小学老师有多么疲劳。我从床上坐起来，一坐起来李丽华的鼾声就被打断了。小肯坐起来干什么？我把他扳回到床上，说让我帮你揉揉肚子吧，也许这样就不饿了。小肯张开四肢，全身松松垮垮。我睡眼惺忪，哈欠连天，只象征性地给他揉了几下，就揉不动了。她的鼾声再次响起，我拿掉李丽华的手，她的手又动起来，比刚才更有力地揉着我的肚皮，而且游离目标，揉到我的下面。她说差不多有半个月没做了。我不想做，我想吃。她说都半夜了，去哪里找吃的，明天我还有一节公开课，我宁可给你做，也不愿现在去给你找吃的。我自己去。我爬下床，她一把抓住我，说还是我去吧。

我为小肯买回了花生、瓜子、口香糖、话梅、牛肉干和红薯干，这些食品既可让他充饥，又不至于让他胀坏肚子而呕吐。小肯把这些食品袋一一剪开码到茶几上，双手不停地往袋子里掏，囊中取物，唾手可得，当他的手从袋子里拿出来时，他的每一个指缝里都夹着一种不同的食品。比如他的右指缝里就夹着花生呀，话梅呀，红薯干和牛肉干呀。他把这些食品同时送进嘴里。你慢慢吃吧，我要睡觉。他说你难道不想吃点儿吗？明天我还有一节公开课。他说难道公开课比吃重要？睡觉比吃还重要吗？我关上卧室的门，觉得他有点神经病。

这个夜晚因为那一大堆食品而相安无事，只有床头的闹钟打破了清晨的安静。我睁开眼睛，看看枕边，没有小肯。糟啦，他一定出去找吃的去啦。我走出卧室，看见小肯横躺在沙发上，他的右手指缝里还夹着一枚花生，茶几上的食品几乎被他席卷一空。你就好好地睡吧，等讲完公开课我再带你上医院。为了迎接今天的公开课，我在心理上做了充分的准备，本想在今天早上认真地打扮一番，使这一节公开课满堂生辉。但是小肯的反常让我没有心情，如果你的丈夫不停地吃，不停地呕吐，你还有什么心情打扮吗？我胡乱地抹了一把脸，走出家门。是不是要把防盗门反锁上？小肯会不会出事？我在门口站了一会儿，决定不反锁，只是把门碰了回来。问题也许没有那么严重，也许小肯一觉醒来，什么事也没有了。

我听到嘭的关门声，从沙发上弹起来，满地都是花生壳和食品袋。我拍了一下脑门，这是怎么回事？我跑进卫生间，拧开水龙头，让早晨的冷水冲击头部。经过冷水的冲洗，我的头脑清醒了许多，昨晚发生的一些事情一点一点地回到脑海。首先得打个电话请假，然后再去医院看看肚子。

我打开楼下的自行车棚，发现自行车不在车棚里。昨天下午我是不是骑着自行车回家的？好像是的，我记得我是锁好了自行车才上楼的。那么自行车的钥匙在什么地方？我把全身上下的口袋都摸了一遍，没有找到自行车钥匙。我跑回家里找了一遍，也没有把自行车的钥匙找到。我回到车棚里，车棚里弥漫着老婆的摩托车留下的汽油味，这股汽油味从角落里冒出来，气焰十分嚣张，熏得我直流眼泪。昨天下午我好像吐了一回，好像是在七星路上吐的，吐的时候，我的手边没有自行车。我是怎么吐的？好像是吃了很多蛋糕。买蛋糕的时候我的身边也没有自行车。那么是在买蛋糕之前。买蛋糕之前，我好像还吃了很多烤羊肉串。吃烤羊肉串时我的身边也没有自行车。那么一定是我进名流购物中心买菜刀时，把自行车锁到马路边了。

有人会偷这么一辆自行车吗？它的油漆已经剥落，车链和挡泥板摩擦出叽里呱啦的声音，坐包露出了钢丝，更何况它是绿颜色，是一辆破烂不堪的邮递车。谁偷这样的自行车，谁就是天底下最没有水平的小偷。我抱着美好的幻想，来到名流购物中心门前。树下排着长长的一串车子，它们都是今天早上才排在那儿的。我一辆一辆地看过去，眼前的自行车简直就不是自行车，它们的款式颜色与我骑的自行车根本没法比烂。如果不是把自行车弄丢，我还不知道自行车有这么好看。我看了大约二十辆车子，没有发现自己的那一辆，连它的影子也没有看到。马路边还有长长的一串自行车，对面烤羊肉的味道不时地飘过来，我不能再吃了，再吃就要吐了，只要找到自行车，就立即去医院检查身体，我是不能再吃了，真的，我是不能再吃了。我又往前看了几辆车子，低着头尽量不往对面的马路看，但是我的双脚却离开车队朝对面走去。这不能怪我，我的脑子不让我过马路，可是我的脚却要过去，这不能怪我，要怪也只能怪我的脚。我站在烤羊肉串的烤箱前，脸差不多贴到了炭火上。师傅，先给我烤二十串。师傅说好的。二十串羊肉铺到烤箱上。你先收钱吧。我把十块钱递给师傅。师傅嘿了一下，说不好意思，二十串要收二十块。不是五毛钱一串吗？师傅说从来都是一块钱一串。昨天你不是收我五毛钱一串吗？我把你一篮子的羊肉串都吃完了。原来是他，我朝篮子看了一眼，生怕篮子的羊肉不够他吃。昨天是昨天，今天是今天。他说为什么？因为今天你的手里头没拿菜刀。他啊了一声，像是现在才明白。他从口袋里又掏出十元钱递给我，拿着二十串羊肉走过马路，到路口去等公共汽车。

我走得很快，吃得很慢，到了路口，只吃去了八串羊肉。希望剩下的十二串能够让我到达医院。等了一会儿，开往人民医院的6路车停靠到路边，车门口堆满了人，他们拼命地往车上挤。我手里拿着还在冒油的羊肉串，不便和他们挤。等人群全上去，车门哗的一声关闭，我被这趟车抛弃了。巷道口的叫卖声钻进耳朵，我看见七星路菜市入口停着一辆手推车，车上码着一大堆龙须菜，龙须菜上挂满水珠。菜贩子对着马路叫喊：快来买啦……新鲜的龙须菜，没有放过化肥没有洒过农药的龙须菜……家里一点菜都没有了，冰箱里什么也没有。我还是先去买菜吧。如果把手里的羊肉串全部吃下去，而又不呕吐的话，我就不去医院了。也许昨天的呕吐纯属巧合，我什么病也没有。我几大口就把手里的羊肉串吃光，打了一个饱嗝，没有不适感。我打着饱嗝朝菜市走去。

我在七星路菜市买了以下几样东西：两条河鳗、半斤五花肉、二两猪板油、一斤土豆、一把青菜心、五块豆腐。我提着这些东西回到家里，肚子依然没有不适感，现在我更加坚信我没有病了。那么就开始做菜吧，反正假已经请了。我将河鳗剁去头尾，用筷条插入河鳗的体内，绞出河鳗内脏，把河鳗清洗干净。两条河鳗被切成八段，八大段被放入碗内，再加上盐和绍酒拌匀腌渍。在腌渍河鳗时，我开始为做土豆烧肉和豆腐丸子做准备。要把豆腐做成丸子，要把河鳗的骨头剔出来，这几样菜差不多耗去我一个上午的时间。为了保持出骨酥鳗的完整性，我强忍住不动这盘菜的一根毫毛，而在炒菜的时候，只吃豆腐丸子和土豆烧肉。后面这两种菜可以不讲究造型，边炒边吃只会影响其数量，不会影响其质量。当我把完整的出骨酥鳗，数量略有减少的土豆炒肉和豆腐丸子以及炒菜心摆到餐桌上的时候，李丽华刚好推开家门。对于她的提前回家，我感到很满意。你回来得正好，否则再过两分钟，我就不敢保证这一盘出骨酥鳗会这么完整。她说你去医院了吗？干吗要去医院？她说你都已经呕吐两次了。可是今天早上我没有呕吐。她说今天不呕吐，你就能保证明天不呕吐吗？你就能保证一辈子不呕吐吗？又不是你呕吐，干吗搞得这么紧张？她说我只是不想做寡妇。

睡过午觉起来，我看见小肯仍坐在餐桌上大吃大喝，只是他细咽慢嚼，呕吐还没有发生。我换好衣服，小肯，跟我走吧。他说走去哪里？医院。他说我一直吃到现在都没有呕吐。我已经请假了，你也请假了，既然都请假，为什么不去看看？他说我不想去。我从坤包里掏出一颗花生朝餐桌抛去，他伸出双手一接，把花生丢进嘴里。我不停地向他的方向抛花生，而且是一颗比一颗抛得近。为了接住这些花生，他不得不从餐桌边站起来，肚皮在餐桌上刮了一下，身子摇摇晃晃，摇头摆尾，摇尾乞怜。每一颗花生都被他接到手里，有一颗他甚至都没用手，而是张开嘴巴直接把花生接住。我把花生抛出家门，抛到楼梯上。花生抛到哪里他就跟到哪里。他跟着我来到楼下。我骑上摩托车，他坐上摩托车的后座，双手拦腰抱住我，两面夹击，手从两个方向伸进我吊在胸前的坤包里掏花生。他的眼睛只盯着包里的花生，而不管我的摩托车开得有多快。我把车开到医院门口。他抬起头说，从此以后，我再也不敢骂你笨蛋了。

我们来到内科门诊，一位戴眼镜的年轻的夏医生说就是贪吃吗？我嗯了一声。李丽华说不光是贪吃，吃完了还呕吐。我只呕吐两次，也许是纯属巧合。李丽华说不会是巧合，他一天到晚都吃，吃完了就吐。从早上吃到现在，我吐了吗？他们吵起来了，还相互推了一把，女的身子朝我这边偏，但很快就回位。我问他们都吃了些什么，女的扳着指头数落，说他什么都吃，除了吃饭还吃羊肉串红薯干花生口香糖瓜子牛肉干话梅，反正除了睡觉他没有停止吃过。女的说话像打枪，还把她的挎包打开，说你看，从家里到医院他就吃去了一半包花生，要不是这一包花生，他不会跟我来医院。我是用花生把他一步一步骗到医院的。天哪，她竟然把装着花生的坤包打开了，那是一只我给她买的真皮坤包，现在里面装的全是花生，她竟然当着医生的面将它打开了，就像一个人把自己的内脏打开了让别人参观，这简直是出我的丑，家丑不可外扬。这病我不看了。我从椅子上站起来，脸色铁青，胸口起伏，两只手捏成两个拳头朝门口走去。李丽华双手撑住两边门框，用身躯挡住门口，说你想干什么？我掰开李丽华紧紧抓住门框的手，说我要回去上班。李丽华说你有病。你才有病，你们全家都有病。李丽华推了我一把，我也推了她一把。我们相互推来推去，开始扭打成一团。李丽华的头发被我抓住了，嘴里发出惨叫。夏医生跑过来抱住我，看上去他很柔弱，但他的手臂很有力。我挣扎了几下，嘴里发出一声干呕，抓住李丽华的手松开，一股黏稠的白色的东西从我的嘴里吐出，全部落到夏医生的白大褂上。夏医生骂了一声，松开抱住我的手，嘴里嘟哝着你怎么能够这样？你怎么能够这样？你太不讲礼貌了。夏医生冲出门诊室。我蹲在地上继续呕吐。

从门诊的里间走出一位四十来岁微微有些秃顶的医生。他为我倒了一杯水，说你先漱漱口。你，他朝李丽华努努嘴，你到走廊的尽头去把拖把拿来，把这些东西拖干净。李丽华点点头，去走廊的尽头找拖把。秃顶的医师说我姓姚，你就叫我姚医师吧。我点点头，看见换了一件白大褂的夏医师又回到门诊室。姚医师说小夏，财务室叫你去一趟，叫你马上去。夏医师看着我说没事吧，我去去就来，你坐一会儿，我去去就来。夏医师跑出门诊室。姚医生把我带到里间，说坐吧，坐下来我们慢慢聊，没有什么大不了的。夏医生才三十岁，像他这样的年轻医生仗着自己的文凭高，出了不少成果，刚一出校门就分到了好房子，但是一般病人都不愿跟他们打交道，而愿意跟我这样的医生打交道。你不就是想吃吗？谁不想吃？你不就是呕吐吗？谁吃多了不呕吐？只要在医院住下来，一切都会清楚。如果你愿意，我可以做你的主管医生。他为我添了一点水，我喝了一口。他双手捧着我递给他的水杯，狠狠地喝了一口。他喝了我的水，也许就认可我了。他说非得住院吗？我点点头。他说那么你必须做我的主管医生。这还用说吗？我叫姚三才，这是我的名片。他接过我的名片，认真地看了起来。

我看见名片上印着：

内科主治医师　姚三才

别人的名片都是名字比头衔大，但是姚三才的名片上"内科主治医师"这几个字比他的名字要大三倍。这样的名片我是第一次看见。我看见夏医生气喘吁吁地跑进来，问正在拖地板的李丽华，你爱人呢？李丽华朝姚三才的背影努努嘴。夏医师说老姚，谁说财务室找我了？没有人找我啊。姚医师说那就奇怪了，刚才明明有人打电话找你，说是财务室的。这个老姚真狡猾，为了抢我的病人，竟然不惜编造谎言。我的衣服都被他弄脏了，病却没让我看。姚三才对我做了一个鬼脸，在处方单上写了一行字让我看，那一行字是：找哪个医生看病是你的自由。

我怀疑王小肯患的是甲亢，但经过验血化验，甲亢被排除。我让护士要了王小肯的大小便去化验，还带王小肯去透视、拍片、做胃镜，把这些全部做完，已经花去一个星期的时间。所有的数据表明，王小肯的身体一切正常，甚至可以说是特别健康。健康的王小肯这一周里，除了每天吃几粒抑制大脑食欲的苯特明外，还吃了大量的食品，一日六餐，餐餐不少，不过每餐的食品量由我严格控制。其余的时间，王小肯则大嚼口香糖，反正他的嘴巴不能闲着。这一周王小肯没有呕吐。

为了王小肯这种百年不遇的疾病，内科主任江丰召集内科的同事们坐下来开会。他没有通知我，但王小肯是我的病人，我不用他通知就来到会议室。内科的骨干医师齐刷刷地坐到办公室里，他们用奇怪的眼光看着我。我一声不吭地坐到会场的角落。姚三才怎么来了，我没有通知他，他怎么来了？开会之前我扫了一眼会场，故意咳了两声，以示会议开始。夏医生，你先说说疾病症状。夏医生说这个病人不是我主管。怎么会不是你？那是谁？姚三才说是我。是你吗？怎么会是你？姚三才说是我。那你说一说吧。姚三才说病情很简单，就是贪吃，嘴巴不能停住，吃完之后就呕吐，不过住院期间因吃了药没有出现呕吐。身体各个器官健康，连骨质增生压迫神经我都考虑到了，但是他没有骨质增生。我查遍医书，没有发现这种病的记录，连名称都没有。谁知道这是什么病？所有的嘴巴都打开了，每个嘴巴里都发出声音，声音纠缠在一起，为这种病的名称争论不休。

　　一个小时过去了，三十六分钟又过去了，医生们明显地分成两派。一是以姚三才为代表的"暴食症"派，一个是以夏医生为代表的"嗜食症"派。姚三才说这是暴食暴饮，叫暴食症比较合适，也比较口语化。我看过一些小说，作家们都把这种现象称为暴食。夏医生说"嗜"是特别爱好的意思，有一个词语叫"嗜欲"，指耳目口鼻等方面贪图享受的要求，用嗜食症似乎更准确。两派的支持者纷纷起来附和。我双手做了一个向下压的动作，试图要把大家的声音压下去。我压了好久，才把大家的声音压住，大家都别争了，就叫嗜食症吧。姚三才说江主任，为什么？不为什么。姚三才说从心理学角度考虑，我们是不是征求一下病人的意见，看他愿意接受哪一种叫法。姚派的人一齐说把病人叫来，问一问病人。我对着门外喊：传病人。

　　护士把我带进会议室，我的嘴里嚼着口香糖，医生们的目光全部聚集在我的嘴巴上。这是一张平常的嘴巴，不大不小，嘴唇不厚也不薄，和广大人民群众的嘴巴没有两样，但是此刻它备受注目。我感到嘴巴被医生们的目光烤热了，自己快变成一只怪物了。从哪里冒出来这么多医生？他们叫我来干什么？江丰朝我笑了笑，所有的医生都朝我笑了笑。他们皮笑肉不笑。有的还点点头，像看见老熟人那样点点头。江丰说坐吧，我们没有别的意思，只是想征求一下你的意见，假如要给你的这种病取一个名称，你说叫"暴食症"好或是"嗜食症"好？我不知道。江丰说叫哪一个名称，你听起来更舒服一点儿？叫哪个名称我都不舒服，不就是爱吃吗？又不是吃你们的，你们随便叫好了，就是别影响我上厕所。我捂着肚子转身走出办公室朝厕所走去。会议室突然安静下来，只有江丰没有安静，他的声音回荡在办公室里：现在……我郑重地宣布……把这种病……叫做嗜食症。他的声音抑扬顿挫，尾音拖得长长的。我呼地站起来，我反对。江丰说老姚，你就不要反对了，我能给你负责这个病人就不错了，你的业务水平你不是不知道。

什么鸟嗜食症？我就叫暴食症，难道叫暴食症还会犯法？我对支持我观点的每一个医生说。医生们分别拍着我的肩膀，有的拍得重，有的拍得轻，有的拍左肩，有的拍右肩。他们把我拍矮了几厘米。他们拍着我的肩膀说，三才，不管叫什么症，反正你的机会已经到来了。

傍晚，我躺在病床上听收音机，姚三才穿着一条大裤衩踩着一双拖鞋走进来。他的大裤衩后面躲着一个孩子，孩子的背上背着一个书包，书包上写着姚宁二字。姚医师，我想出院。姚三才说你是党员吗？不是。姚三才说那你是不是劳模？他干吗问这些？他不是讽刺我吧？我当然不是劳模。我摇摇头。姚三才说既然都不是，为什么急着出院？你在医院休息几天会影响你的工资吗？你们单位会出不起医药费吗？那倒不至于，只是我们家的米快吃完了。姚三才说不就是买米吗？我去给你买。我的自行车挨偷了，还没去派出所报案。姚三才一拍胸膛说我去给你报。我这个又不是病，不能因为你帮我干活，我就总住在这里。姚三才说你可以不把它当病，我也不把它当病。但是你吐起来总是不方便，何况嘴里还要不停地吃，你总不能叼着一只鸡腿去上班吧。

我笑了一下，用手摸着脑袋说不过也是。

姚三才从大裤衩的口袋里摸出一副扑克，问我会不会玩，我问他玩什么。姚三才说你会玩什么，我就会玩什么。以前我跟别人玩过拱猪，但不是很感兴趣。姚三才晃动手里的扑克，说我们到楼下去玩一玩。

我跟着爸爸和那个生病的王伯伯来到院子里的一棵大树下，大树下有一张石桌。我们围坐在石桌边，爸爸先布置我做作业，由于石桌太高，我拼命挺直腰杆伸长脖子，才把下巴够到石桌上。爸爸在石桌上发了两堆牌。爸爸问王伯伯你没有什么业余爱好吗？王伯伯说我是为了陪你玩，我很少打牌。爸爸说你最近

223

是不是受过什么刺激？王伯伯很惊讶，说没有啊，我会受什么刺激？爸爸说比如单位扣了你的奖金或者老婆跟你吵了一架？王伯伯歪着头想了一下，说没有。爸爸说你感觉这几天天气怎么样？是不是太热了？王伯伯说不怎么样，和去年差不了多少。爸爸说你的生日是八月几号？爸爸在问这个问题的时候出错了一张牌，王伯伯抓了他好几十分。王伯伯终于笑了，说你就等着拱吧。爸爸说拱就拱，只是你要告诉我你的生日是八月几号？王伯伯说这和打牌有什么关系？爸爸说没有关系，我只是想知道，我会用扑克算命。王伯伯拍拍脑袋，说好像是八月十二日，不对，不是八月十二日，好像是八月九日，也不是，你不问我，我还记得，你一问我，我反而记不得了，刚才我还记得清清楚楚的，怎么突然就忘记了？

我出完手中的牌，姚三才的手上还剩下五张。我算了算分数，姚三才多了我一百多分。这种扑克的玩法是谁的分高，谁就是输家。每打完一盘，输家必须用嘴巴在五十四张扑克中把黑桃 Q 拱出来，黑桃 Q 就是猪。姚三才说你怎么连自己的生日都忘记了？我压紧扑克，你先拱，你先把猪拱出来，我就告诉你我的生日。姚三才看了一眼姚宁，低下头用嘴巴拱猪。他的嘴巴一起一伏，像一头猪正在地下觅食，我忍不住发出几声怪笑，我的怪笑把姚宁的目光拉到姚三才的嘴巴上。姚宁说爸爸，让我帮你拱。姚三才瞪了姚宁一眼，说少管闲事。扑克一张一张地从姚三才的嘴巴下飞开，他勤劳的形象在姚宁的面前慢慢地树立起来。但是勤劳归勤劳，他拱了一半，还没有发现黑桃Q。姚三才甩甩脖子，抬起头像是拱累了。你还没有把猪拱出来。姚三才说你好好想想，你的生日到底是八月十二日还是八月九日？你好好想想，也许我把猪拱出来的时候，你就想起来了。不要紧张，你慢慢地想一想，我相信你会想起来的。姚三才再一次低下头，继续拱面前的那堆扑克，眼睛却盯住我。他说我一定把猪拱出来，但你一定得把你的生日想起来。我点点头。姚三才说想起来了吗？只要一想起来，你就告诉我，我一定把猪拱出来。仿佛是为了表示他的决心，姚三才拱得更加起劲，他用下巴拱，用嘴巴拱，扑克稀里哗啦全部散开，那张黑桃Q在牌堆一闪而过。姚三才一直望着我，所以他没有看见那张一闪而过的黑桃Q，他把黑桃Q拱进已经拱过的那一堆扑克下面。这意味着他往下面是白拱，只有在拱过的扑克里拱，才会拱出那一头母猪。我暗暗高兴，你安心拱猪吧，我一定把生日想起来。姚三才用一种近乎哀求的口吻说你可别骗我。怎么会呢？姚三才继续往下拱，他的肩膀一耸一耸的。这个动作吸引了一些散步的病人的目光，他们全围了上来。几个实习的护士也跟着围了上来。姚三才没有把围观者放在眼里，他专心致志地工作着。直到姚宁叫了一声爸爸，拱出来了，他才抬起头。

我举起那张牌，额头上挂满汗水。你想起来了吗？到底是八月几号？王小肯说好像是八月十二日又好像不是。我把举着的扑克向王小肯的眼睛逼近一步，就像足球裁判对着运动员举起一张黄牌，到底是多少号？王小肯说我真的有点模糊了。真模糊了？王小肯说真模糊了。那么杀人呢？你想没想到过杀人和强奸妇女？王小肯望了望周围的人，周围的人全都咧开嘴巴。这些不怀好意的笑声，像哄抬物价把王小肯的屁股从石凳上抬起来。他说姚医生，你这是什么意思？没什么特别的意思，只是随便问问。王小肯说那你呢？你想没想过杀人或强奸妇女？我想不到王小肯会对我发出反问，我不停地抹脸上的汗，想找出一句合适的话来回答他。但是王小肯没有等我找出话来，就走出了人堆。姚宁呼地站起来，对着王小肯的背影说我爸爸才不会想到杀人和强奸妇女。人堆哄的一声，那是他们胸腔发出笑声时引发的共振。这些病人哪，如果说他们有病，那也绝对不是跟胸腔有关的病。

第二天早上查房，我看见王小肯一直在嗑瓜子。他的手里捧着一堆瓜子，他的床头柜上堆着一堆瓜子壳。我问了王小肯几个问题：还想不想吐？还想不想吃？有没有难受的感觉？王小肯对这些问题一概不加理会。他只是不停地嗑着瓜子，外加两个摇头的动作。姚三才真厉害，把他的病人调教得这么乖。我回头看了一眼身后的姚三才。姚三才的脸上有一种幸灾乐祸的表情。

他说夏医师，你就别问了，这是我的病人，你们谁也别想从这里捞到好处。我跟着夏医师离开病房，走了几步，再从查房的队伍中返回来。小肯，怎么会连生日都记不住？王小肯仍然在嗑瓜子，他对我并没有特别的友好，这让我很失望。我望着嗑瓜子的王小肯，王小肯望着问话的我，我们眼睛望着眼睛，一眨不眨，看谁睁得更久。最后我实在挺不住，眨了一下眼皮，国庆节是几月几号？王小肯摇头。那么元旦节呢？你总不会不知道元旦节是哪一天吧？王小肯仍然摇头。你妈叫什么名字？王小肯再次摇头。你爸爸呢？你老婆呢？你知不知道他们叫什么名字？王小肯第四次摇头。你的记忆肯定出了问题，记不住老爸的名字还情有可原，怎么会连老婆的名字都记不住？我说话时，伴以一个甩手，以此对王小肯的摇头表示最强烈的抗议。抗议完毕，我转身走出病房。我走过的地方刮起一阵旋风，身后传来王小肯的说话声：我是来治病的，不是来回答问题的。我被王小肯的这句话拉住，回过头。这也是治病的一部分，小肯，你要知道世界上没有无缘无故的吐，也没有无缘无故的不吐，就连打喷嚏也是有原因的。

　　我看见姚三才停了下来，后悔刚才多嘴。姚三才有了回到我身边的理由，他不厌其烦地来到我身边，拍着我的肩膀，用一种长者的慈祥的声音说你好好想一想吧，我这也是为你好，其实我曾经想过强奸妇女。我有没有过这种念头？我已经记不起来了。

姚三才说是真的记不起还是不想说出来？是真的记不起，我发觉我的脑子真的出了问题。姚三才说那么请你想一下，你何时何地受到过何种处分或者奖励？这个问题的提出，让他又一次看见我的摇头，这次摇头可以说得上是拼命，它比前面的几次都摇得厉害，像是要把一个难听的问题快速地甩掉。

我觉得从王小肯的嘴里很难挖出什么有价值的东西，于是决定到邮政局走一趟。我来到邮政局人事处的门口，运了一口气，气派地问了一声谁是处长？但是问过之后，才发现没有达到预期效果，声音一点也不气派，和蚊虫的叫声差不了多少。一个穿浅红色T恤的中年男人缓慢地抬起头，望着我。他的目光怎么如此漫不经心？望了好久才望到我身上，我都看见它的速度啦。我低下头，刚一低下头，就听到望着我的人问，你找处长有什么事？我走到那人桌前，向他递上一张证明。

证　　明

邮政局：

　　姚三才是贵单位职工王小肯的主管医师，为了配合治疗，希望贵单位能提供王小肯同志的有关档案。

公章

××××年××月××日

我看过他的证明，然后向他伸出了一只热情的手。我叫梁文广，是这里的负责人，但是能不能让你看档案我得请示上级。姚三才说帮帮忙，这个对我和病人都很重要。我拿着那张证明走出去，叫打字员小旷为姚三才倒了一杯水。梁处长走出去了，我停下手中的打字，端着一杯水来到姚三才身边问，王小肯得的是什么病？有没有生命危险？什么时候可以出院？医药费大概需要多少？动不动手术？要不要化疗？姚三才面对连珠炮似的提问，始终只说四个字，那四个字是：无可奉告。姚三才一直"无可奉告"。有什么无可奉告的，这已经是公开的秘密了，谁不知道他得了艾滋病，全邮政局都知道了，你还无可奉告。姚三才说我可以负责任地告诉你，王小肯得的绝对不是艾滋病。那是什么病？姚三才说无可奉告。女的说无可奉告就是艾滋病，除了艾滋病还有什么无可奉告的？

　　梁文广带着一个人走进来，这个人的肚子比他的双脚先进入门框，他的身体向前挺进时两腿微微分开，走着那种标准的领导步伐。我再也不敢跟那位打字员啰唆，用一种哀求的眼神望着走进来的两位。梁文广向姚三才介绍，说我是冯副局长。我握着姚三才的手，姚医师，看档案恐怕不太可能，除非你是人事部门的。姚三才说不让看也可以，不让看就会影响对王小肯的治疗，影响对他的治疗，贵单位就有可能要多付些医药费。这个问题提得好，这是一个很现实的问题，这样吧，你可以在这里看，但必须由梁处长陪着你看。姚三才说我从来都没说过不在这里看，我只是看看，不会把档案拿走。冯副局长对梁文广说让他看吧，然后跟我握握手，走了出去。梁文广打开保险柜，从里面拿出一沓厚厚的卷宗。我一看见那一沓卷宗，心口就怦怦地猛跳了几下，那不是纸，那是人，是一个人的生命、前途和健康，是活生生的王小肯，王小肯呀王小肯，你也有今天，我现在就要把你的肚皮划开啦，就要看见你的心脏和大肠啦。

我站在门口等爸爸回来，带我去食堂打午饭。早上妈妈送我到学校门口时，反复对我说中午妈妈有特别特别重要的事情，不能回家做饭，放学后，你就回到家门口等你爸爸，一直等到他下班。那时我一边系着红领巾一边哼哼地回答妈妈。现在，系着红领巾的我，站在二楼的家门口等爸爸下班回来。住在三楼四楼的叔叔阿姨们一个一个地从我的身边走过，他们走过楼梯口时，分别摸了一下我的头，说等你爸爸呢。妈妈中午不回家。

我在楼道里站了一个多小时，两腿开始发麻，肚子里发出叽里咕噜的声音。我轮换了一下双脚，最后觉得身体愈来愈重。我坐到楼道上，我的屁股一坐到楼道上，眼睛就立刻闭上了。不知过了多久，我被肚子饿醒，睁开眼睛看看楼道的外面，太阳光很亮，有几个人在操场上走动，但是他们不是爸爸。爸爸肯定是不会回来了，也许是在给病人做手术。我还是到门口去呼一呼妈妈，看她在什么地方。

电话亭的张阿姨问我，你带没带钱？等我妈妈回来了再给你。张阿姨说你妈妈的呼机号呢？1278203319。张阿姨说我帮你呼吧。张阿姨的手指在电话上跳了几下。到现在姚宁都还没吃饭，做父母的干什么去了？天大的事情，也得先让孩子吃饭。电话铃发出嘟嘟声，我把话筒递给姚宁。说吧，姚宁。我接过张阿姨递给我的话筒，里面传来妈妈粗重的喘气声。不用说话，我就知道这是妈妈的喘气声，我还闻到了她身上的气味。妈妈，妈妈妈妈。我哇的一声哭了。妈妈说你爸爸还没有回家吗？啊……你这个该死的，能不能轻点儿？痛死我了。妈妈，我快要饿死了，不是痛死了，爸爸到现在都还没有回来。妈妈说我不是说你，你书包里有没有钱？啊……你让我跟儿子把话说完好不好？你又不是没有见过，怎么急成这个样子？你从来都不让我带零花钱。妈妈说你到黄伯伯家去吃好不？你跟黄伯伯说爸爸妈妈加班回不去了，妈妈今天有特别特别重要的事情。啊……你这个千刀万剐的，能不能慢点儿？别动，啊……别动，我快要死了。你做什么快要死了？妈妈说你说什么？我没有听见，刚才手机掉到床上了。你做什么快要死了？妈妈说啊……不是说你，你到黄伯伯家去吃，听话。妈妈好不容易才有今天这个机会。啊……我求你了，快点儿快点儿快点儿。我不去黄伯伯家，我怕他家的狗。妈妈说不用怕，我打电话叫黄伯伯给你开门。
啊……搞死我算了。我要你回来，你不回来，我就离家出走啦。
妈妈说别别别别别，啊……啊……姚宁，千万别离家出走。我的
事现在已经办完了，我马上就回去。啊……

　　我带着一份盒饭回到家里，这份盒饭里装满了姚宁最爱吃的
鸡腿。我把鸡腿摆到茶几上，让姚宁慢慢地吃，自己却在房间里
走来走去。其实我走过来走过去，没有根据地。我只能往前走
五步，又往旁边走五步。五步乘以五步，这是我家住房留给我的
空间。如果再想多走一步，我就得走出家门或走进厕所。我走
了一阵，抓起茶几上的一个杯子砸到地上，乓的一声，玻璃杯碎
尸万段。姚宁说妈妈，你为什么砸杯子？我又抓起一个杯子砸到
地上，这一声乓比刚才那声还乓得厉害。姚宁说妈妈，你为什么
砸杯子？你爸爸，他从来就没有支持过我的工作。嫁给他算是
血本无归，你看看，这住房，连一张餐桌都摆不下，都什么年代
了，我们还在茶几上吃饭。今天我非跟他干一架不可。鸡毛掸
子呢？你知不知道鸡毛掸子在哪里？姚宁指指衣柜的上方。我
踩到凳子上，把鸡毛掸子从衣柜上拿下来，说是谁把它放到这么
高的地方？万一你爸爸动手动脚的，我要用它来做武器。姚宁说
反正不是我放上去的，我又没有那么高。

　　姚宁，今天下午我已经和领导请假了，我要为和你爸爸大干

一场做准备，你放学后早点儿回来，如果我打不过你爸爸，你也可以帮帮我。姚宁说要不要我叫几个同学来帮助你？不要，这是我们家的事情，自己的事情自己解决。姚宁背着书包上学去了，我开始清理砸碎的玻璃杯，大块的玻璃碎片留在原地，小块的玻璃向四周飞溅，它们飞进家具的缝隙。我用手指把它们一点一点地抠出来，手指因此而出了一点儿血，同时还产生了一点儿痛，一点儿痛又带出一大片愤怒。今天非吵一架不可。怎么吵呢？等他的左脚一迈进家门，他总是先把左脚迈进家门，这是他十几年来的习惯。等他把左脚一迈进家门，就劈头盖脸地骂他。这样是不是太突然了？太突然了他会不会对我拳打脚踢？象征性的我还能够承受，如果真的把他惹火了，他来一次真的拳打脚踢，那我可就惨啦。可不可以温和一点儿，艺术一点儿，档次一点儿？先是冷冷地看他，一句话也不说，什么也不说，这样他就会心虚。等他心虚了冒汗了，就开始骂他。必要的时候，还可以摔几个杯子，镇住他的淫威。如果摔杯子还镇不住他，就把鸡毛掸子高高地举起来，时刻准备迎战。如果摔杯子和举鸡毛掸子都镇不住他，那就跟他说离婚。如果离婚还镇不住他，就哭，和儿子一起抱头痛哭，我就不相信他不会心虚。

我把那些好的玻璃杯放到茶几的下面，选了三个有缺口的玻璃杯放到茶几上。要摔就摔有缺口的，不可能把好的玻璃杯全摔了。但是摔玻璃杯的时候，有可能会砸坏电视，也有可能碰翻热水瓶，碰翻热水瓶，就有可能烫伤谁，烫伤谁就要付医药费，如果要付医药费，吵这一架就太不值得了。那么就不吵啦，就不离婚啦？但是好不容易才有一个吵架的理由，怎么能轻易放过呢？我把电视机搬到屋角，在上面搭了一张报纸，觉得光一张报纸还不够，于是又在上面套了一个纸箱。套完纸箱，我开始搬热水瓶。我把热水瓶搬进厨房，然后关上房间的窗口，这样吵架的声音就不会被邻居听到。关窗的时候，我的身上沾满了灰尘，我用毛巾拍打裙子，想好像还欠点儿什么？我一边拍打裙子，一边观察房间。裙子拍干净了，房间观察完毕了，我还没有想起欠的是什么。这时我发现衣柜已经好久没擦了，上面沾满了灰尘。我抓起鸡毛掸子，想扫一扫衣柜。我的手抓住鸡毛掸子，就啊了一声，终于想起欠的就是这把鸡毛掸子。我把鸡毛掸子放到沙发的扶手上，关上门，静静地坐在沙发上，专等姚三才的到来。

坐了一会，我觉得时间还早，心里便一阵阵发慌，我没有一点把握。还是有必要把吵架的理由先写出来。我从抽屉里翻出一张医院的处方笺铺到茶几上，对着处方笺发了一会儿呆，呆得连脑子都有些发痛了，才把姚三才的8条罪状一一写下来。认真地看了一遍8条罪状，我觉得字字血声声泪，心里的愤怒被一点一点地调动起来，简直到了罄竹难书的地步。这时，突然传来了拍门声，我的身体一下就僵住了。他终于回来啦，拍门声已经响起来了，吵架声还会远吗？

我拉开门，看见门口站着的不是姚三才，而是姚宁。姚宁的双脚沾满了泥巴，手里拿着一根木棍，木棍的一头也沾满了泥巴，另一头沾满水泥。原来是你，你怎么搞得这么脏？姚宁说打起来了吗？什么打起来了？姚宁说跟爸爸。还没有。你去哪里找来的木棍？姚宁说工地，我以为我来晚了。我拍拍姚宁身上的泥土，说还早着呢。

妈妈刚说完还早着呢，我们就听到爸爸的声音从楼道里传来。妈妈低着头给我拍身上的沙子，我们只听到爸爸的声音，还没有看见人。但是从声音可以判断爸爸正从楼梯走上来，他还笑嘻嘻的。姚宁，怎么了？我看见苏玉玲抱着姚宁拍打着。是的，我正低着头拍打着姚宁沾满沙子的衣服，没有马上把头抬起来。没有马上抬起来是因为我要整理一下脸上的表情，也就是要在几秒钟之内，把刚才还放松的脸部肌肉绷紧，保证在抬起头之后，有一张愤怒的面孔摆在姚三才的面前。十几秒钟过去了，我对自己的脸部还没有百分之百的把握，我只是低头说了一句你还有脸笑，你差不多把你的儿子饿死了。这句话的脱口而出，使我的愤怒变成真正的愤怒。我的表情达到了预期的效果。看一眼苏玉玲由白变黑的脸，我就知道问题有多么严重。我一拍脑门，说对不起，我把姚宁的午饭给忘啦。苏玉玲说不光是午饭，还有我的工作，早上出门的时候，我反复交代今天中午我有特别重要的事情，可是你把我的话当成了耳边风，你从来就没有支持过我的工作。是是是，我向你检讨。苏玉玲说光检讨有什么用？分不到住房你向我检讨，评不上职称你向我检讨，买不起小车你向我检讨，没有时间陪我们去旅游你向我检讨，过不了性生活你也向我检讨，你都快成检讨专家了。今天我不要你的检讨，我要你跪下，我要你离婚。我看了一眼姚宁，玉玲，能不能换个时候？当着孩子的面不好。苏玉玲说这有什么。她的声音突然提高了一个八度，我的双腿一软，吧嗒一声跪到房间的地板上。但是我挺胸收腹，挤眉弄眼，身体虽然跪下了，心里却高高地站着，脸上没有一点儿想要改正错误的表情，倒像是在跟苏玉玲玩下跪游戏。

看着姚三才扭曲的五官，我差一点儿就笑了起来。再不声讨一下他，我就坚持不住了。我拿起写满罪状的处方笺，姚三才，现在我给你开个处方：第一，你没有一点儿本领，连副高都评不上；第二，分不上房子，结婚十几年，我们的房间还摆不下一张餐桌；第三，没有给我买过任何化妆品，使我的皮肤过早萎缩，我的青春和心理损失巨大；第四，从来都不支持我的工作，比如今天，我好不容易才把我们报社的领导约出来，我们刚一开始谈话，就接到了姚宁的传呼，一桩好事就这样被你给搅乱了。如果不是你不按时下班，那我的事情就会办得更从容一些……看她装模作样，好像是要玩真的。你有什么事情需要找报社领导？苏玉玲说关于我的前途。不就是想读研究生吗？不就是不想交那几千块钱的学费吗？如果我的这个课题进展顺利，哪还用找你们的领导。姚三才的脸上除了滑稽还增加了一点得意，他从地上站起来。他就要动手啦。我向后退了一步，手里紧紧抓住鸡毛掸子。我等了一会，姚三才不但没有动手反而说今天我请客。听到请客，苏玉玲的脸部稍微松弛，她说太阳从西边出来啦？我发现了一个奇怪的病例，这个病例可能会产生一篇震动医学界的论文，这篇论文会给我带来职称，职称会给我带来房子，也会带来项目，带来项目就会带来钱，带来钱就会带来你的青春补偿费，就会带来你不再跟我说离婚。苏玉玲说这太遥远了，我已经说过你再分不到房子我就跟你离婚了。再等半年，再等半年怎么样？你无论如何再等半年，我已经看见房子向我们走来了。苏玉玲伸长脖子，说我怎么没有看见？那是因为你患了盲目症，这么多年你都熬过来了，还在乎这半年时间？苏玉玲说我最多再等你三个月，假如三个月你再分不到房子我是真的要离了。三个月之后，也许说离婚的不是你，而是我。苏玉玲撇了一下嘴巴，松开手里的鸡毛掸子。这意味着解除警报，我以为她除了叫我下跪，还会给我几鸡毛掸子。现在不用担心了，她把鸡毛掸子放下了。尽管我们就要离婚了，但是我还是要请你下饭馆。我抓起茶几上的一个空杯子，朝着苏玉玲一举，说祝贺。苏玉玲说祝贺什么？祝贺你今天跟领导办了一件重大的事情。苏玉玲的脸顿时舒展开了，脸上的皮肤都快包不住正在无限放松的肌肉了，她说（应该是她笑着说）这有什么好祝贺的。

　　我带着老婆孩子朝那家著名的饭馆走去。为了叫上王小肯，我故意拐了一个弯，从住院部门前经过。我双手合在嘴边对着住院部四楼的一扇窗口喊王小肯。喊了两声，窗口冒出王小肯的头，他的嘴里正叼着一只鸡腿在啃。你下来吧。王小肯用手扯开鸡腿，说下来干什么？我请你吃饭。王小肯说我已经吃过了。你不想再吃点吗？王小肯说医师不让我乱吃。说完，他又把鸡腿塞进嘴巴，像是要用这个吃堵住我说的吃。你的主管医师不就是我吗？我叫你吃，你还犹豫什么？王小肯的嘴巴猛地张大，鸡腿脱离他的牙齿从四楼往下飞，一个声音也跟着往下飞：是呀，不就是你不让我吃吗？你让我吃，那还有什么说的，我早就盼望这一天了。王小肯的头从窗口迅速地缩了回去。

　　我跟着姚医师一家来到毛家菜馆。姚医师点了很多菜，其中最著名的一道菜是红烧肉。服务员把红烧肉放到餐桌的中央，一股扑鼻的浓香熏得我直打喷嚏。我抽抽鼻子，姚医师，你怎么知道我最爱吃红烧肉？姚三才说吃吧，反正今天我高兴。我夹了几大块红烧肉放进嘴里大嚼特嚼，嚼了一会儿，才发现餐桌上只有我一个人的声音在吧嗒吧嗒地响，姚医师和他的老婆孩子的嘴巴都紧闭着。他们咬紧牙关。姚宁那两颗白森森的门牙也紧紧地咬住下嘴唇，下嘴唇上咬出两个红印。他们面前的筷子还彬彬有礼地躺着，碗里一油不染，只有微弱的吞食口水的声音，出自他们的鼻孔。我感到有点儿不对劲儿，磨动的嘴巴突然停住了，用手指着红烧肉，吃呀，你们怎么不吃？在我听来，王小肯这句从一大团红烧肉的缝隙里冒出来的话，不是那么好听，甚至还带着红烧肉的味道。他妈的姚三才，说是请老婆吃饭，怎么请来了这么一个能吃的大神？按这个节奏吃下去，今晚不突破五百元才怪。我瞪了姚三才一眼。姚三才说你不是说结婚以后，从来没跟我在餐桌上吃过饭吗？现在这么好的餐桌，还铺了桌布，你们怎么不吃？我给姚宁夹了一块红烧肉，然后把盘子里剩下的几块红烧肉全部扒到自己的碗里。姚三才对着一位服务员喊，再加一碗红烧肉，反正今天我高兴。

　　我刚叫完，一盘熏鱼端到餐桌上。王小肯说姚医师，你真会点菜，我最爱吃熏鱼了。我夹起一块熏鱼，这个菜我也爱吃。苏玉玲说这个菜我们全家都爱吃。王小肯说那就快吃，还点了什么菜？还有辣子鸡、东坡肘子、麻婆豆腐、鱼仔炒酸豆角、牛腩煲、南瓜饼。王小肯说姚医师，我们的口味太接近了，我们就像是一个妈生的。我现在突然记起我的生日了，八月十七日，我的生日是八月十七日，哎，我怎么突然记起我的生日了？你还记起了什么？王小肯吃一口熏鱼，说我就记起我的生日。你记不记得，你曾经写过两次入党申请书？王小肯点点头，说那是十年前的事了。他们为什么不让你入？王小肯吃了一口辣子鸡，想了一下说，你不提这个问题还好，一提起来，我就冒火。平时他们都不提我的意见，一看见我的申请书了，他们的意见就一大堆。当然这不是主要的，主要的原因是我和领导关系不好。他想搞我老婆，如果你碰到这种情况，你还想入吗？

往事打击了王小肯吃的积极性，我为他夹了一块牛腩，你老婆给他了吗？王小肯吃了一块牛腩，说差一点就给了，她都已经化好妆准备出门了，她对我说就像火车和铁轨，上面走的火车不同，但铁轨还是铁轨，为了你的前途，我就豁出去啦。我对她说我的火车只跑专用车道，如果别的火车跑过了，我就不跑了，我宁要跑道，不要前途。她说我都化好妆了。我说化好了也给我洗掉。于是她跑进卫生间去卸妆，她一边卸妆一边哭，说我都是为了你，我是为了你呀，你以为我喜欢这样吗？我为王小肯舀了一勺麻婆豆腐，你们的婚姻是不是出现过危机？王小肯吃了一口麻婆豆腐，说那个春天，她几乎天天跟我说这个事，我都闻到了她身上的骚味。我们差一点就离了。骚货。骚货，你指的是谁？王小肯吃了一口南瓜饼说，我老婆，李丽华。这也不能全怪她，难道你们领导都没有一点责任吗？王小肯吃一口酸豆角，说领导喜欢这个是正常的，姚医师，你放眼一下世界，哪个领导不喜欢这个？连克林顿都喜欢，哪个不喜欢？可是我老婆喜欢这个就不正常了，她是良家妇女，是人民教师。

姚医师为我夹了一块东坡肘子，四个人都低着头默默地吃。吃了一会儿，姚医师说人民教师也是人嘛，你也不能光怪你老婆，在这方面你不比你老婆落后。我吃了一个辣椒，你这是什么意思？姚医师说你在读技校的时候，就跟别人来过了。我忽地站起来，姚医师，你以为请我吃饭就可以污蔑我吗？我从来就没有跟人乱来过。姚三才示意我坐下，为我夹了一个小鱼仔。看见小鱼仔，我坐下来。姚三才说你真的没有跟人乱来过？我把小鱼仔含到嘴里，我可以对天发誓。姚三才发出一声冷笑，说恐怕你已经把过去的事情忘记了，为了这个事情，学校决定不是开除你就是开除她，她叫什么名字我一时想不起了。啊，我想起来了，她叫刘丹，学校的意思是不开除你就开除刘丹，就看在这件事情上你们谁先主动，谁先主动谁就负主要责任，结果你自己要求开除。你就这样离开了学校。姚医师，你不是在讲故事吧？当着你夫人和儿子的面。我怎么会是这么样一个人呢？我都差一点评上劳模了，我怎么会是这样一个人呢？姚三才说可是你最后没评上，你只是在投票时做了别人的陪衬。我在想这几件事情是不是对你构成了刺激？和你的呕吐有关？绝对无关，何况我没有跟过别的女人。姚三才说你经常记不住过去的事情，是不是这样？你不就是指我记不住生日吗？但作风问题我记得很清楚，我没犯过。姚三才说你好好想想。

　　王小肯把餐桌上的东西吃完之后，打了一个长长的饱嗝。他怎么也想不起关于他被学校开除的事情。要么，我再给你点几个菜？王小肯拍着肚皮，说再吃也记不起来。我们摇摇晃晃地离开餐桌，出了饭馆，回到住院部。送王小肯上楼时，我再一次问他你真的没有和别的女人来过？王小肯像喝醉酒那样，拖着腔调说我……绝对……没来过。你一点儿都没有印象？王小肯说你才有印象。说这话的王小肯显得底气十足，还用手掌打了几下胸膛，吓得我立即小心起来。我跟在王小肯的身后往楼上走，王小肯只当我不存在，头也不回地走进病房，连澡也不洗就横躺在床上。我跟着他走进病房，看见他刚一躺到床上就睡着了。也许他会吐。我拉出床底下的痰盂，为王小肯放下蚊帐。住院以来，他的嘴巴没有闲着，但他已经两个多星期不吐了，今晚这么一刺激，他会不会吐呢？他肯定会吐。如果他吐了，就和我的推断吻合。快点儿吐吧，王小肯，不要不好意思了。我坐在王小肯的床头等待着。我每撩开一次蚊帐，都渴望看到王小肯呕吐。但是从深夜等到早上，我整整守了一夜，都没有等到王小肯的呕吐。王小肯鼾声均匀，睡眠质量一流。看看窗口透进来的亮光，我拍了一巴掌叮在小腿上的蚊子，骂了一声他妈的，离开病房。

我跑到四楼住院部的时候，已经气喘吁吁。我靠在姚医生办公室的门框上，想叫一声姚医生，但是我要忙着喘气，没有办法发音。姚医生听到我粗重的喘气声，抬起头来，看见他张大着嘴巴，胸口起伏，手上抱着一大沓报纸和杂志。姚医生说你的身体也不是太好。我吞了一口气，我是跑上来的，我想检验一下我的身体。姚医生说进来吧。我走进办公室，把报纸和杂志放到办公桌上。姚医生捡起报纸和杂志，认真地翻阅起来。他从中拿出两份报纸和一本杂志，说这些你拿回去，不适合他看。你要多买好笑的杂志，比如《幽默大师》什么的，像这种有暴力倾向和揭露阴暗面的东西，不适合他看。姚医生把他挑出来的报纸和杂志高高地举着。

我整理好那些健康的报纸杂志，走进王小肯的病房。王小肯看见我走进来，夸张地张开双臂，做出要拥抱的姿势。他一定是想得不得了，他已经好几年没有这种动作了。可是这是病房，姚医师就跟在后面。我躲开王小肯的双臂。姚医生出现在门口。王小肯只好把张开的手臂举向天花板，伸了一个懒腰，打了一个哈欠。李丽华弯腰整理床头柜上那些凌乱的物品。姚医生坐到床边的凳子上，甚至还跷起了二郎腿。这说明他一时半会儿不会走，他总是这样，凡是有人来的时候，他总是这样，坐在这里听我们谈话，连我老婆来他都不放过。珊珊打电话回来了吗？李丽华说打了。姚三才说谁是珊珊？李丽华说我们的女儿，在上海念书。姚三才说，小肯，你怎么没告诉我，这么重大的事情也没告诉我。我现在才知道你们有一个女儿，在上海读书。这个事情很重要吗？姚三才说很重要。她今年多少岁了？十九岁。姚三才说她谈恋爱了吗？没有。姚三才说她的成绩怎么样？不好不坏，一般般。姚三才说她不淘气吧？李丽华说她很听话，从不惹我们生气。姚三才说从来没惹你们生过气？你好好想想，是不是从来没有惹你们生气？没有。

　　谈完女儿的情况，姚三才还没有把跷起的二郎腿放下来，他还没有离开的意思。那么只能说说天气。今天天气真好。李丽华说是呀，我都好久没看见蓝天了，今天的天真蓝，可惜热了一点儿。家里还有米吗？李丽华说还可以挺几天，你不在家，我都是吃快餐。要不要我回去给你买米？姚医师说不用，过两天我去给你们买，你最好不要离开医院。李丽华说我自己能买。姚医师说我看见你上楼都喘那么大的气，怎么能扛米呢？李丽华说我吃快餐。别人的床头都有鲜花，我的床头没有，下次送报纸来的时候，能不能买一束鲜花来？李丽华说好几次都想买来，只是忙，一忙就忘记了。姚医师说你忙你的吧，鲜花的事就交给我了。李丽华说这怎么行，我们已经够麻烦你的了。你又是请吃饭，又是买米，又是鲜花的，我们怎么消受得起？姚医师伸出舌头舔舔嘴唇，说这是我应该做的。天气太热了，姚医师的嘴唇都热干了，用舌头舔也滋润不了多少他的嘴唇，舌头刚一滑过，嘴唇立即就干。李丽华抬手看了看手表，说我该走了。你就这样走了？李丽华说那你还想干什么？姚医师说不适合干什么，在这个特殊的时期，你们不适合干什么。李丽华的脸竟然被姚医师说红了，都三十五岁的人了，脸还会红，看来她真的有点儿想了。她红着脸走了出去，让她红着脸走出去，我觉得有点儿对不起她。李丽华走出去之后，姚医师的二郎腿终于放了下来，他也走了出去。现在我想好好地睡上一觉。

当我睡完午觉醒来的时候，发现我的床头放着一篮鲜花。看着这一篮鲜花，你就会说姚医师是一个守信用的人，说送鲜花就送鲜花。但是我立即发现病房里除了这篮鲜花，还有别的东西，那就是在姚医师坐过的地方，现在坐着一个女人。她看见我睁开眼睛，就叫了一声，小肯，你还记不记得我？我摇摇头，你是谁呀？那个女的先抹了一下眼角，两滴不起眼的泪从她的手指缝漏出来。她说都二十年了，我想你也记不住我了。我拼命地想了下，怎么也想不起她是谁。为什么要送我鲜花？她说我是刘丹呀。刘丹？我不认识你。她说当年要不是你主动要求开除，那开除的将是我，其实我们之间，是我主动。你是不是姚医师说的那个刘丹？前几天姚医师请我吃饭的时候说过一个刘丹，他说我在读技校时跟她发生过关系。可是我一点儿都不记得了。我说话的时候，她低下头，脸刷地红了，和上午李丽华的脸一样红。我看见她脸红的过程，今天的女人都脸红。当红润从她的脸上消失后，她说是姚医师告诉我你病了，姚医师说送一篮花就够了，特别不能送吃的，我知道你最爱吃芝麻糖，于是偷偷买了一盒，但是被姚医师没收了。我伸头往她的身后看了看，很奇怪姚医师没有来，这是有人来看我时唯一一次姚医师不在场。小肯朝我的身后看了一眼，说你为什么让他没收了？你不说我还不想，你一说我就想起了芝麻糖，我恨不得现在就吃。我眼角潮湿了，我抹了一把眼角，说小肯，想不到你现在变成了这个样子，我知道姚医生会没收，就不让他看见。他说感谢你来看我，你是哪个单位的？是不是家住在星湖路上，我平时给你送过信件？我摇摇头，说我现在在妇联工作。他说感谢你们妇联对我的关心，如果可能的话，下次你给我带点芝麻糖来，我想吃芝麻糖，我想吃芝麻糖。我被自己的声音吓了一跳，因为我的声音听起来像小孩的声音，还带有哀求的腔调，就像小时候跟外婆哼糖吃。她说你还像个小孩。我知道你是一个好人，不是好人不会来看我，下次来的时候可别忘了芝麻糖。她从凳子上站起来，一只手还在抹泪。她抹着泪说你是提醒我该走了吗？知道你们妇联的工作很忙，我怕耽误你的时间。她说那我走啦？我点点头，说谢谢。她走出房间，走出去了好远，我还听到她说怎么会变成这样？怎么连我都不认识了？你是谁呀，我干吗要认识你。

这时花篮里发出哒的一声，我拨开鲜花，看见一台微型录音机藏在花丛中。我把磁带倒过来，听见刚才我和刘丹的对话。这是谁放的？我把录音机放到耳朵边听。我们的对话没有什么秘密，只是说了几句芝麻糖。我把磁带翻过来听它的 A 面。天啦，我听到了我和姚医师说话的声音。他竟然把我们吃饭时的谈话录下来了。我慢慢地往下听，看那天我说了些什么。录音机里的声音很嘈杂，需要闭上眼睛才听得清楚。我说了入党的事，说了李丽华，我竟然骂她骚货，这有点过分了。我刚听完骚货，录音机就被一股力量拉走了。睁开眼睛，我看见姚三才紧紧地把录音机握在手里。我说你怎么能够这样？我要出院，我要换医师。姚三才竖起一根指头，嘘了一声，返身关上房门，说这是为了你好，我想了解得更多一些，为了治好你的病。我要换医师。姚三才说千万别这样，只要你不换医师，要我做什么都行，看在朋友的分儿上，千万别换。那你把磁带还给我。姚三才说能不能让我听一下刚才你们的对话？不能，你现在就还给我。姚三才坐到凳子上，把录音机放到身后，说我们来商量一下吧，什么事都不能做得太绝了，尽管我的这种行为不可取，可是我的出发点是好的，我是一心想治好你的病，现在我对你的病比你还急，让我听听，有利于对你的治疗。我摇摇头，还是不想让他听，但是我们的对话也没有什么秘密，只是说了几句芝麻糖，如果他再坚持，就让他听吧。姚三才说大家都不容易，你患的是疑难杂症，换什么样的医师都不一定有我适合，让我听听吧，小肯。姚三才用哀求的眼光望着我，看他的表情好像还想哭，如果哭能给他带来听的权利，他肯定会哭。我点点头，他打开录音机听了起来，他一边听一边笑。我的声音怎么那么难听？自己一个人听还过得去，两个人一起听，就太难听了。姚三才一直笑着，不知道他是笑我的声音还是笑我们的内容？一直听完我们的对话，他才不笑。

他很严肃地把磁带还给我，还在我的肩膀上拍了一下。这一掌拍得特别重，就像是语重心长。我感到一阵恶心，有一种要吐的感觉。我从他的手掌下面冲出去，一直冲进卫生间。我在住院之后第一次呕吐了，肚子里的所有东西现在都一股脑儿地往外跑，它们不愿在里面多待哪怕是一秒钟。久违了，呕吐。我在呕吐的时候，不但没有感到痛苦，反而全身充满了快乐。快乐持续了十几分钟，我洗干净嘴巴从卫生间走出来，看见姚三才站在走廊上等我。他说怎么了？是不是又吐了？我咬紧牙关，一个字也不说，今后我也不会说，这是我的秘密。他跟着我在走廊上走了几步，反复问我是不是吐了。看见我不说话，他返身冲进卫生间。

小肯，你怎么连刘丹都不认识了？你是真的不认识或是假装不认识？她可是曾经和你睡过觉的。如果你假装不认识，那说明你这个病还不是很复杂，我差不多找出它的真正原因了。如果你是真的不认识，那病情就比我想象的复杂。你别光傻乎乎地望着我，你说话呀，到底你认不认识她？王小肯摇摇头。他只是摇头并不说话，他已经三天没跟我说话了，摇头是不是就说明你真的不认识她？我又没带录音机，你大胆地说话吧，我向你保证再也不用录音机了。王小肯走到我身边，把我的衣服和裤子口袋都摸了一遍，然后才说真的不认识。这就复杂啦，王小肯可能不仅是吃的问题，还有记忆的问题。姚医师的脸刷地一下就白了，他是被我的这句话吓怕了吗？我只不过说了一句不认识，这也不至于把他吓成这个样子。但是他的脸百分之百地白了，像有一根棍子突然敲到他的头上，他的头低了下去。他不跟我打招呼就低着头走了出去，好像不低头就走不出去似的，其实门框离他的头还远着呢。

　　我脱下裙子，穿上睡衣，刚想睡午觉，就听到门铃叮咚地响了一下。下午要开家长会，我得睡个午觉。为什么门铃偏偏在这个时候叮咚？难道是王小肯回来了？我从猫眼看外面，站在门外的不是王小肯，而是姚医生。他扛着一袋米站在门外，额头上的汗珠就是隔着猫眼也看得一清二楚。我以为他是说着玩的，哪知道他当真。我赶快打开门，姚医生，你真是一诺千金？姚医生咧嘴一笑，弯腰走进屋来，把一袋重二十五公斤的优质大米从肩膀上放到地板上。我为他拍拍弄脏了的肩膀。姚医生说还有什么家务要做吗？没有。姚医生说如果不影响你睡午觉的话，我想问你几个问题。问吧，不过我得换一下衣服。我走进卧室，脱下睡衣，换上裙子，还对着梳妆台整理了一下头发，抹了一点儿淡淡的口红。回到客厅，我看见姚医生已经自己倒了一杯冷开水坐在沙发上喝了起来。我连水都忘记倒了。姚医生说我们可以开始了吗？可以了。他从上衣口袋里掏出一本笔记本，目光炯炯有神地望着我。我等待他的提问，可是他只是望着我，没有马上提问。我的身上有什么不对劲儿吗？没有。那么他为什么目不转睛目光如炬目迷五色地望着我？我把头扭向窗外，听到姚医生说我们可以开始了吗？我一直在等你提问。姚医生说那你为什么不坐下来？原来是我没有坐下来。我不习惯坐着谈话，你问小肯就知道了，平时给孩子们上课总是站着说话，现在说话不站着反而不习惯。姚医生说那我们开始吧，说这话时，姚医生还咳了一声，这不是发自内心的咳嗽，而是为了下面的提问做准备。姚医生说小肯的记忆是不是有问题？他连自己的生日都记不住。不会吧？他连我的生日、爸爸的生日、女儿的生日都记得，怎么会记不得自己的生日？姚医生说我不敢肯定是暴食症对他的记忆产生了不良的影响，但这里面一定有联系。他的记忆时好时坏，昨天早上我对他进行测试，他连过去的女朋友都不记得了。什么？你说什么？姚医生说我说他的记忆有问题。不是，你说他的什么女朋友？姚医生诧异地望着我，说你不知道吗？他过去读技校时的女朋友，他们发生了不正当关系，后来小肯被校方开除了。我怀疑姚医生是痴人说梦，我跟小肯生活了十几年，对这些事情一无所知，姚医生怎么会知道这些事情。你是怎么知道的？姚医生不停地眨眼皮，眨了好久才神秘地说我查阅了他的档案，你不要告诉小肯。我注意到说这句话时，姚医生用右手掌在嘴巴边搭了一个凉棚，生怕这句话被别人听到。这是不是他的一个习惯动作？或者是为了强调这句话的重要性？一股隐隐约约的怒火从我的胸中升起，这是一股千头万绪的怒火，它使我的脚下生风，想直奔医院而去。但是姚医生刚刚给我们买米了，我不能把他扔在客厅里，也许还有其他情况。那么他还有别的女朋友吗？姚医生喝了一口白开水，说没有发现。那么他还受到过什么处分？犯过什么错误？姚医生把杯子放到茶几上，说被学校开除之后，他一直表现良好，差一点儿就评上了劳模。这个我知道，但是他从来没有告诉过我，他曾经跟过别的女人。他连告都没告诉过我，一声不吭，骗子，伪君子，只许州官放火不许百姓点灯。我冲进房间，拿了一把鸡毛掸子，站到客厅里，走吧，姚医生。

李丽华要我跟她走到哪里去呢？我的话都还没有问完。她一跺脚，说到医院去，下午的家长会不开了，我要找王小肯算账去。她的脸色发青，连嘴唇上刚刚擦过的口红都变了颜色，手里的鸡毛掸子噼噼啪啪地拍打着空气。她怎么和我的老婆一样？一想找男人算账，手里就握着鸡毛掸子。鸡毛掸子仍在飞舞着，它在催促我离开这里。如果任其飞舞下去，我的计划就要落空。我丢下笔记本，冲到她的面前，抓住她手里的鸡毛掸子，想把它缴过来。但是她抓得很紧，还用力往她那边拉。别这样，李老师，我不是有意的，我不知道你不知道这个事情，要不然我就不说了。我不是不让你去跟他算账，而是不合时宜，不是不报，时候未到，你这样做会毁了他。她不说话，只是用力地跟我抢鸡毛掸子，因为用力过猛，她的五官扭曲了，脸憋红了，嘴里还发出欲哭无泪的声音。我跟她从门口抢到沙发上，又从沙发上抢到厨房。我往这边拉，她往那边拉。毕竟她的力气有限，拉了一会儿，她被我一头拉进怀里。她紧紧地抱着我，嘴里发出呜呜声。我用手抚摸着她的头发，别这样，李老师，我求你别这样，你找他算账会影响他的治疗，会影响我的研究。你要我做什么都行，但是我求你别这样。她说你看看，你只要看看，就知道我为什么要找他算账了。我要离婚。

　　本来我不想让姚医生看我的伤疤，但是为了说明问题，我还是把裙子拉了起来。天哪，我看见她的大腿啦。姚医生的眼睛一亮。我指指大腿的两排牙印，这是王小肯的杰作，他想入党，但是他们的领导明确表示，要我去谈一谈才准他。我想谈一谈就谈一谈吧，反正也是为了王小肯。我刚产生这个想法，他就把我打翻在床上，还在我的大腿上咬了一口。你看这就是他咬的。他宁可不入党，也不让我去见他们的领导，当时我很感动，但是谁会想到，他早就是这方面的专家了。姚医生把他的两根右手指轻轻地、轻轻地放到我的伤疤上，嘴巴发出啧啧声。他说可惜我不是皮肤科的，要不然我会给你植一块皮。两颗牙印搁在这里，搁得真不是地方。他的手慢慢地往上滑动，已经超出了伤口的范围，也超出了一个医生的范围。我的脑子一片混乱，连站都有一

252

些困难。姚医生把我推进房间，我双眼一黑倒到床上。如果小肯知道他会把你杀了。姚医生说他怎么会知道，现在他正躺在医院的病床上输液呢。

完事之后，李丽华问我喝不喝水，要不要冲一杯牛奶。就这样躺着，我什么也不要。她说你真廉洁，连一杯牛奶都不要。我只希望你不要再去找王小肯算账，也不要跟他离婚，请你务必不要破坏我的研究工作，反正现在你已经和王小肯打了一个平手，你们谁也没有吃亏。李丽华说你会经常来看我吗？我点点头。你们的住房真宽敞。她双手钩住我的脖子，在我的肩膀上咬了一口，两排牙印从我的肩膀上鲜明地显露出来。你怎么和小肯一样到处乱咬？她笑了一下，说我只是轻轻地咬，没有用力。但是牙印已经留在了上面，我老婆会发现的。她从床头柜里找了一块创可贴贴到我的肩膀上。她的手很轻，看上去比护士还贴得认真。你和小肯一周过几次这样的生活？她的眼睛从创可贴那里抬起来，奇怪地望着我，说为什么问这个问题？因为我是小肯的医生。她吞了好几次口水，看看要说了，最后还是把话咽了下去。说吧，李老师，到底多少次？我们都已经这样了，还有什么不可以说的。她扭过头，假装去关床头柜的门，紧紧地咬住嘴巴。我拍拍她的嘴巴，没有把她的嘴巴拍开。如果你不想说这个，那么你能不能说一说经济状况？你们有多少存款？她的嘴巴终于张开了，而且张得很大，说连这个你也要问？怎么不问，经济糟糕也会对人造成强烈的刺激。她说这个我不知道，你去问小肯吧。可是小肯对我已经提防，他不会再告诉我什么有用的信息，我不知道怎样才能取得他的信任。床头柜上的闹钟突然发出响声，李丽华从床上弹起来，说我差点儿忘了，我还要去主持我们班的家长会。小肯的父亲活不了多久了，你去找找他，也许能告诉你一些情况。小肯的父亲住在哪里？住在他妹妹家里。我快要迟到了，改天再聊。她写下王小肯妹妹的电话号码和地址递给我，然后急匆匆地冲进卫生间洗了一把脸。为什么不洗个澡？她说已经来不及了，再洗澡就要迟到了。你先走一步，不要让人看见。小肯的病，就拜托你啦。

按照李丽华提供的地址，我在文化大院找到了王小肯妹妹的住所。在按门铃之前，我站在楼梯口暗暗地祈求，希望能从这里得到一些有价值的信息。我细长白嫩的手指，也就是主治医师的手指，经常给别人动手术的手指在门铃上轻轻地碰了一下，门裂开了一条缝，缝里伸出一颗女人的头，短发齐耳，眼睛很大，她是一个我在电视剧里看到过的演员。你是小肯的妹妹小芳吗？她点点头，圆瞪双眼，从头到脚把我看了一遍，说你是谁？有什么事？我是小肯的朋友，小肯委托我来看看他的父亲。她摇摇头，说老头子快不行了，请你不要打扰他。那颗美丽的头迅速地缩回去，门嘭的一声关上了，根本没有商量的余地，只有防盗门的碰击声，久久地回荡在楼道里。

　　回到医院，护士告诉我王小肯已经拒绝吃药。我还没有来得及洗一个澡，就直奔王小肯的病房，看见王小肯盘腿坐在床上，额头上布满了汗珠，眼睛死死地盯住一个地方。他盯着的地方是床头柜上的一张报纸，报纸上堆着羊肉串、瓜子、蛋糕、甘蔗、花生，每一种数量都不是很多，但品种丰富。我用自己的手帕为小肯擦擦额头上的汗。是谁的手这么温柔？我睁开眼睛，看见是姚医生的手。这时，我的一串口水从嘴角流了出来，姚医生分散了我的注意力。尽管口水流了出来，但我还是尽量克制自己。姚医生说小肯，为什么不吃药？他说从来就没有什么救世主，也不靠什么神仙皇帝，要治好我的病，全靠我自己。从中午到现在，我没有吃过一口零食。如果我能坚持到明天，英特纳雄耐尔，我就要出院。姚医生说别别别这样，该吃还是要吃。姚医生跑出房间，从他的办公室拿来一盒芝麻糖，摆在我的面前。那是我特别想吃的芝麻糖。姚医生说好好看看吧，这是刘丹买来的。我不认识刘丹，但我认识芝麻糖。姚医生打开盒子，把鼻尖凑到芝麻糖上，不停抽动鼻子，说好香啊。一股浓香，一缕温情，我的芝麻糖，我的口水加倍向外流淌，我的汗水成批地生产出来，衬衣湿透了，牙关咬紧了，眼睛闭上了，香气飘远了。我现在一点儿也不想吃芝麻糖了。

　　但是，你现在能够记起刘丹吗？王小肯说不就是妇联的那个刘丹吗？不是，我是指跟你读技校的刘丹。王小肯摇摇头。那你就不要马上出院，你的记忆还有一点儿问题。如果你愿意，我想跟你谈一谈你的父亲。王小肯的脸色发生了一点变化，看上去有点黯然神伤。他说是谁告诉你的？是不是我的老婆？你为什么要管我家里的事？你这是在给我治病吗？你的身上没有带录音机吧？王小肯的情绪极端恶劣，他的脸上已经下了逐客令。我只好从病房退出来，另找机会。

　　机会终于来了，那是第二天中午，李丽华把电话打到我的办公室，叫我过去一趟。我打了一辆的士，赶到邮政局住宿区。李丽华早早地为我打开房门。我看见她穿了一件比较鲜艳的裙子，好像是刚买的，裙子的皱褶里还露出许多线头。但是这条裙子很快就离开了她的身体。她在脱裙子的时候，说今天下午我已经请假了。脱完她的裙子，她走过来脱我的衬衣。我推开她，我们是不是先聊聊？她说聊什么？聊聊小肯的父亲。她说我不想聊。不聊，我就走了。她重新穿上裙子，说聊就聊吧。他哪里像一个医生，简直就是间谍，问那些没完没了的问题干什么？但是为了小肯，不聊还不行。他走到窗口边把窗帘拉严，室内马上变成傍晚。他坐在傍晚的席梦思上，说王小芳不让进去，我说我是小肯的朋友，她怎么会不让我进去？我清了清嗓子，我们已经一年多时间没敢踏进那边的家门，不仅我们，就是和小肯有关的人也不敢进去。原因是老头子一看见我们，病情就会加重。你根本想

256

不到那个老头有多么倔强，他喜欢吃辣椒，而且爱辣如命，这个嗜好是他当年跟随鼓足干劲工作队下乡时染上的。去年查出他患胃癌，动了手术，但我们又不敢告诉他得的是癌症。我们的菜里再也没有辣椒了，就连辣椒把都没有了。但是没有辣椒老头就不吃饭，他躺在床上说我干了一辈子革命工作，辛辛苦苦把你们养大，难道连辣椒都不让我吃吗？为什么为什么为什么……老头一连问了小肯十万个为什么。小肯说你的胃刚刚动过手术，吃辣椒会要你的老命。老头说没有辣椒吃，要这条老命干什么？没有辣椒吃，他开始绝食，不打针不吃药不喝水。他让小肯把电话拉到枕边，不断地向他的老同事老朋友打电话，把小肯不让他吃辣椒这个问题上纲上线，说小肯是不孝之子，不尊重他的饮食习惯，不让吃就是想把他从这个家庭轰走。为了争回吃辣椒的权利，他打了不下一百个电话，那些看着小肯长大的德高望重的他的老同事们，不断地向他保证一定要做通小肯的工作，让他在近期内尽快吃上辣椒。但是他们已经退休，手里已经没有实权，他们的保证没有产生任何效果。他们的胸膛越是拍得响，他越是吃不上辣椒。那些老同事老朋友也不敢告诉他事实的真相，他们在电话里跟着他声讨小肯，声讨之后，一放下话筒，他们就找小肯做思想工作。他们说小肯，让他吃吧，反正他也活不了多久，不如让他吃个痛快。这些建议得到了包括小芳在内的人们的大力支持。但是小肯不愿意这样，他把饭菜端到父亲的床前，跪到地板上求父亲吃饭。父亲闭着眼睛，任凭小肯怎么叫，他就是不吃。他不吃，小肯就不起来。小肯跪了一个上午，父亲终于抓起饭碗。我们都以为他被小肯的行为打动了，但是谁也没有想到，他把饭菜全部泼到了小肯的头上。小肯的头上沾满了豆腐、鸡汤和青菜，它们沿着小肯的头发往下滴。我去拉小肯，小肯死死地跪着不起来。我拿毛巾去给他擦脸，他一掌就把毛巾扇掉了。饭菜挂在小肯的头上，就像冬天结出的冰。我们全都一动不动，老头子奇迹般地从床上站了起来。他对小芳说我在这里再也住不下去了，你把我扶走吧，我不想再见到他们。小芳和妹夫把老头子扶出家门。出门时小芳说哥，我们走了。跪在地上的小肯看着他们走出去，眼泪刷地掉了下来。他跪在地上对着他妹妹轻轻地说了一句，记住了，你们千万不要让他吃辣椒。谁让他吃辣椒，我就不认谁。小芳哼了一声，走出门口。小肯一直跪在地板上，一直跪到小芳他们打电话来说到家了，才从地板上爬起来。他爬起来的时候，我已经闻到了他头上饭菜的馊味。

我感到喉咙有一点儿发干，我刚一感到喉咙发干，姚医生就把一杯冷开水送到我的嘴边，他喂了我一口冷开水，然后把杯子捧到手上，目不转睛地看着我的嘴巴，恨不得用目光把它撬开。多像我的学生呀。他说你是上语文的吧？口才这么好。我清了清嗓子，其实到了小芳家，小芳听从小肯的吩咐，也没有让老头子吃辣椒。老头子也没再坚持，估计是他从我们家跳槽到了小芳家，已经没有可去的地方，所以不再坚持。也有可能是他已经有一个可恨的儿子，就不可能再恨女儿。现在他的病情一天比一天恶化，小芳每天都向老头子请示，说哥哥想来看你。老头子就是不让，他就是不原谅小肯。他一生都没恨过谁，差不多死了才好不容易从自己的家里找到一个恨的对象。眼看自己的父亲就要死了，小肯却不能和他说上一句话，只有我知道他的心里有多痛苦。姚医生又喂了我一口冷开水。他说你不仅讲得好，而且音色也很美。好久没有人这样夸奖我了，我还想说点儿什么，但是他的嘴巴已经封住了我的嘴巴。我们躺到床上，准备做事的时候姚医生突然问我，你们一周来几次？我用标准的普通话，《新闻联播》的播音速度告诉他，一至两次，和书上说的差不多，很正常。他说其实你选错了职业，你应该到电视台工作。是吗？他说经济状况呢？你们有多少存款？五万三千六百九十二元三角零两分。我的话音未落，他就骑到我身上，说你说的这些情况太重要了，我得用具体行动来感谢你。

王小肯把一大堆食品丢进走廊的垃圾桶，然后不停地拍手，似乎是要把沾在手上的那些气味拍掉。垃圾桶被变质的食物塞满，王小肯看着垃圾桶里的食物。他就要转身了，就要转身了。但是他没有转，站在那里一动不动，看上去像是舍不得离开，也像在向那些食物作最后的告别。站了一会儿，他终于转身。看见我正在看他，他拍着手向我走来，说让我出院吧，姚医师，我的病已经好了。其实现在让他出院对我已没有什么影响，我已经掌握了有关他的大量材料，即使现在他出国我的论文也能照写不误。我为他开了一张出院单，他接过单子欢快地跑出办公室。

王小肯一出院，我就立即请了十五天的工休假，抱了一大摞稿纸回到家里。我从来没有一下抱过这么多稿纸回家，姚宁和苏玉玲都张大着嘴巴望着我。望什么望，从今天起我就开始写，希望你们能够配合，不要干扰我，我们能不能分到房子，就看我的这篇论文了。爸爸把稿纸哗啦地丢到茶几上，一只玻璃杯被稿纸撞了一下滚下茶几，但是它没有破，很坚硬。妈妈说你累了这么久，要不要烧一碗鸡汤补补身体？爸爸弯腰把那只杯子捡起来，说你看着办吧。妈妈跑出房间，身影在厨房门口一闪就不见了。爸爸收拾屋角的书桌，书桌上飘起灰尘。收拾完书桌，爸爸脱下衬衣，露出光秃秃的膀子，上面全是汗珠。我为他打开电风扇，并且把风扇对着他的膀子吹。电风扇发出嘁里呱啦的声音。他回过头，很凶猛地说谁叫你开电风扇？它把我的稿纸全吹乱了，还有声音，那么难听，我需要安静。我关掉电风扇，拿了一把扇子，对着他的膀子扇。我看见凉风从我的扇子出发，吹到爸爸的膀子上。他回过头，摸摸我的头发，说爸爸不把这篇论文写好，就不是好爸爸，就对不起给我摇扇的儿子。我对着他笑，就像分到一间大房子那样笑。妈妈端着一碗鸡汤走进来，鸡汤上冒着热气。她嘟起嘴巴对着碗里吹，吹得很轻，没有发出吹的声音。屋子里很安静，只有爸爸撕纸的声音哗啦哗啦地响着。他已经把十几团纸扔到地板上。我看着妈妈，妈妈看着我，一个摇扇，一个吹鸡汤。妈妈舀了一勺鸡汤尝了尝，把鸡汤放到书桌上，说吃吧，我已经把它吹冷了。爸爸没有马上吃，妈妈说难道要我喂你吗？妈妈舀起一勺鸡汤喂到爸爸的嘴里。爸爸一边喝鸡汤一边写，喝完一碗鸡汤，他的笔都没有停过。如果下一次老师要我用"才华横溢"造句，我就这样造：我的爸爸才华横溢。

这几天爸爸很凶，晚上不让我们看电视，不让我们发出任何声音。平时比他凶的妈妈，这几天像一只乖猫，连一个喷嚏都不敢打。她带我到院子里的路灯下做作业、散步。我们吃罢晚饭出来，在院子里走来走去，一直走到晚上十点，我的腿都走困了，妈妈的故事讲完了。回家吧，妈妈。妈妈说再散一会儿，回去早了会影响你爸爸。院子里已经没什么人在走动了，只有我们还在走动。我实在走不动了，妈妈叫我靠在她的腿上休息一会儿。均匀的呼吸声从姚宁鼻孔里喷到我的大腿上，他竟然睡着了。他实在太困了。我拿上他的书包，摇晃他的身子，想把他摇醒。但是任凭我怎么摇，他都不睁开眼睛。我只好抱着他往家里走。走走走走走啊走，走到家门口。我推开门，由于用力过猛，门嘭的一声撞到墙壁上。姚三才扭过头，瞪着眼珠看我。看就看吧，我们已经仁至义尽了，姚宁都已经睡着了。我对着门又

261

端了一脚，以为他会从书桌上暴跳起来。他没有暴跳起来，只是勾下头，默默地转过身。他的脚边堆满了纸团。第二天晚上，我洗完碗，拉着姚宁正要出门。姚三才卷起书桌上的一团稿纸，说今晚我出去，我到路灯下去。还是我们去吧。他说不，我去。他抱着那团稿纸走了出去。我发现他的腰略微弯了下来，腰杆再也没有平时那么挺拔了。他离去的背影告诉我，分大房子看来是没有希望了。

这个晚上妈妈做了许多好吃的，一碟菠菜被妈妈特别摆在爸爸的面前。妈妈说菠菜能够增加人的毅力，你把它全吃了。爸爸几大口就把那碟菠菜吃光，抬手抹了一把沾满猪油的嘴巴，说我怎么感到一点毅力都没有。玉玲，拿点钱给我，我去跟他们买点资料。妈妈从柜子里拿出一沓钱，爸爸数了数，说不够，起码还要这么多。妈妈说这么多，这么多钱都差不多买得一套房子了。妈妈做出一副夸张的表情，从柜子里又拿出一沓钱。爸爸接过钱，拿上他的稿纸，说我去去就来。

门铃一响，我就知道是谁。但是我故意不去开门，而是等王小肯去开。王小肯勉为其难地从沙发上站起来，歪歪倒倒地朝门口走去。不出我所料，在王小肯把门拉开的一瞬间，我看到了姚医生。他手里提着一大袋东西，笑容可掬地走进来。王小肯说你怎么知道我住在这里？姚医生说我到楼下一问就知道了，你的名气很大，他们都知道你。姚医生把塑料袋里的东西全部拿出来摆到茶几上，他一边拿一边说这是桂圆，这是酒，这是你爱吃的牛肉干，这是你爱吃的芝麻糖。王小肯说你太客气了，姚医生，你就别害我了。如果我又吃这些东西，就得住院。姚医生把摆到茶几上的东西收回袋子，说你不吃可以给李老师吃，给你爸爸吃。王小肯说他们也不能白吃。

我为姚医生倒了一杯白开水，我知道他不喜欢喝茶，一喝茶晚上就睡不着觉。他色眯眯地望着我，我生怕他露出什么破绽。好在这时电话铃响了，一听到电话铃声，王小肯就像屁股着火一样，生怕是妹妹打来的，生怕妹妹说父亲不行了。他三步并作两步走，抓起电话。姚医生朝我眨眨眼。我神色严肃，故意把脸对着听电话的王小肯，以表示我的一清二白。王小肯放下话筒，说是找你的。找我的，除了学生和家长，没有别的人打电话找过我。

姚医生买了那么多东西，肯定是有求于我。但是我能给他办什么事呢，除了送报纸，我没有任何特长。我坐到姚医生的对面。姚医生低下头，说你得帮帮我。这话应该是我说的，姚医生，我能帮你什么呢？姚医生扭头看了一眼正在通电话的李丽华，说你先得答应帮我。我看了一眼姚医生送来的礼物，又看看他。只要我做得到的，我一定帮你。他的脸上露出了一点兴奋，说那就好办了，我知道现在只有你能够救我。我对老婆夸下了海口，说只要写好这篇论文，就一定能在单位分到大房子，我写了十天才把文章写完。但是我估计大部分副高的评委不会同意我的意见。我需要跟你核实，并希望你能在上面签字。如果你能在上面签字，他们就不得不同意我的观点。我不知道姚医生有什么样的观点，但是帮他签个字总是可以的。我从姚医生的手上拿过那篇论文，问他签在什么地方，怎么签？王小肯真傻，还没有看，就想签字了。好在我是一个有良心的医师，是一个负责的医师。我把论文抢过去，说你都还不知道我写了些什么，怎么就签字了？我们还是先谈谈再签。那就谈吧。我一边听家长的电话，一边听他们的交谈。姚医生说你承不承认，有些事情对你的暴食症产生了影响？比如被学校开除，不能入党，评不上劳模，你父亲离开你。姚医生一开口，我就有点火了，这简直是放屁，如果这些东西能够刺激我，那它早就刺激了，为什么到最近才刺激？为什么以前不刺激？他们吵起来了，我赶忙放下电话，坐到他们的中间，干什么？你们在干什么？王小肯说没你的事，你继续打电话吧。姚医生说我的观点是，即使打一个喷嚏都有其政治、经济和社会的原因，所以我也是从这个几个方面对你的疾病进行分析的。首先以你的父亲离开你为刺激的契机，直接导致了潜在刺激的爆发，比如被学校开除、不能入党以及评不上劳模等；其次，由于东南亚经济危机的影响，尽管你有五万三千六百九十二元三角零两分的存款，但是你害怕人民币贬值，特别是看到别人抢

264

购，使你产生焦虑；再就是社会上各种不正之风的干扰，使你的道德感不停地受到挑战，内心产生矛盾冲突。小肯，你认为我的分析有没有道理？

姚医生说话的时候，我的心里像打鼓。他竟然把我们的存款说出来了，这会不会引起小肯的怀疑？果然不出我所料，小肯的脸色慢慢地变青了，他没有直接回答姚医生的问题，而是把目光转向我，气势汹汹地对我说是谁告诉他的？他怎么会知道我们的存款？我低下头，那也是为了给你治病。小肯说治个鸟病，你问问他，我的病是他们治好的吗？是我自己用毅力克服好的。这个字我不签了，你走吧。小肯提起姚医生送来的礼品袋，打开门，把礼品袋塞到姚医生的手上，说你拿走吧，我们不需要。我跑过去关上门，把小肯拉回来。君子不打上门客，你怎么连这点礼貌都没有？坐吧，姚医生，他的脾气不好，你不要计较。姚医生尴尬地笑了一下，放下礼品袋，坐到沙发上。小肯还站着，胸口一起一伏，一副心情久久不能平静的模样。姚医生说那你认为，你的这个病的起因是什么？小肯说我当然知道。姚医生把头往前一凑，眼睛突然睁大，脸上的皮肤突然绷紧，说什么原因？小肯说天气太热了。姚医生的身子往后一仰，绷紧的皮肤松弛下来，眼睛也眯上了。我知道他对小肯的这个答案很不在乎，好像还有一点儿蔑视。可能是姚医生这种满不在乎的态度刺激了小肯，小肯说，不信吗？除了这个原因，我不会签字。你只考虑政治经济和社会的原因，而没有考虑环境的原因。姚医生躺下去的身子突然弹起来，说你讲的有一定道理，但如果我加上环境的原因你签不签字？小肯说除非你把其他的原因删掉。我认为我的病因，只有一个，那就是天气。姚医生说那怎么可能呢，那哪里像论文呢。我倒了一杯水递给小肯，用手抹他额头上的汗珠。你就签了吧，帮帮姚医生。李丽华都劝他了，他会签吗？我本来是想签的，其实签不签也无所谓，签了也不会怎么样，但是李丽华跟着起哄，我就不想签了。她竟然连我们家的存款都告诉了姚医生，那还有什么没告诉他的？也许连我们的夫妻生活她都跟他讲了。谁是我们的敌人？谁是我们的朋友？这是个首要问题。李丽华你到底站在哪一边。一股怒火，从我的心头升起，它们沿着我的身体往上升，一直升上喉咙，升到头顶。正好这时，李丽华从书房拿了一支笔递给我，说你就签了吧，看在我的分上。我看了一眼李丽华手里的笔。她把笔盖都打开了。这更令我讨厌，为什么要看在她的分上？不签。我盖上笔帽。

知道是这样，我早让他签就好了。我掏出口袋里的信封，里面有一千元钱。我把它递给王小肯，拜托啦。王小肯说你愈是这样，我愈是不会签，你把我当成什么人了？王小肯和刚才判若两人，他怎么会一下子就强硬起来了？我总不至于跪下来求他，也不可能当着他的面哭。我只是觉得我的肩膀上突然重了，眼看到手的房子就要从我的身边跑开了。小肯，你不签字，我怎么向我的老婆孩子交代？你不帮我，我的家庭就要破裂了。你不知道我的儿子有多可爱。我说话的声音有一些变化，自己都听出了那一股凄凉的气氛，不知道小肯会不会感动？还有李丽华，她会不会同情我？小肯不说话，只是在那里站着。我估计这样僵持下去，不会有什么结果，只好再等机会。我把信封留到茶几上，朝门口走去。王小肯抓起信封想追上我。但是李丽华把他紧紧地抱住，说小肯，别这样。

小肯把我按在床上，撩起我的裙子，指着大腿上那块被他咬伤的伤疤，说你为什么不把这个也告诉他？你已经把我们家的秘密全告诉他了，存款，还有父亲，你为什么不把这个也告诉他？我很想说我已经告诉他了，但是我不敢。小肯，我不是有意的，我都是为了你好，才被他蒙蔽了双眼，我以为把什么都告诉他，有利于对你的治疗，哪知道他是一个小人、骗子、流氓。小肯说他是流氓吗？不知道。但他也挺不容易，你是一个善良的人，我相信你不会眼睁睁看着一个家庭破裂而不伸出援助的手？与人方便就是给自己方便，你就签了吧。小肯说可是，我不能说谎，我不认为我的病是因为他说的那些原因。

李丽华每天跟我通一个电话，她说想要王小肯签字，除非你能再次取得他的信任。我背上药箱，来到文化大院，又按响了王小芳家的门铃。这次小芳不在家，开门的是他们家的保姆。怎么来了一个穿白大褂的？芳姐说了，任何人也不让进去。但是这是一个穿白大褂的，你找谁？我是老人家的医师，上门给他检查一下身体。保姆啊了一声，热情地把我放进去。我来到王川老人的房间，他躺在床上，目光有些呆滞，身体极度消瘦。我听了听他的心跳，摸摸他的脉搏。是谁在摸我的脉搏，你是谁呀？摸我脉搏的人说我是你的医师，是小肯叫我来给你检查身体的。这时我才看清他穿着白大褂，小肯？谁是小肯，我都不记得小肯是谁了。医师说小肯是你的儿子。啊，我记起来了，小肯是不让我吃辣椒的那个儿子。你走吧，我不想见他。医师扭头对保姆说，你能不能离开一下？我要跟他单独谈谈。保姆不见了。医师把门关上，从白大褂里掏出一颗红色的弯弯的长长的辣椒，在我的眼前晃来晃去。我一年多时间不见辣椒了，现在一看见它我浑身都是力量。我从床上坐起来，伸手去抓他手里的那颗辣椒。医师的手一缩，辣椒不见了。你怎么知道我喜欢辣椒？医师说这是小肯让我送给你的。小肯竟然让我吃辣椒了，他终于想通了。我的好儿子，小肯哎，我想见你。

医师说不过你得先回答我几个问题。什么问题？医师说关于小肯小时候的问题，比如得过什么病？受过什么刺激？有没有过呕吐现象？自从我动过手术后，我的记忆力已经基本丧失，只记得今天的事情，记不得昨天的事情，只记得一些国家大事，记不住小事。你问我哪一年抗日？哪一年建国？哪一年"大跃

268

进"？这些我还记得，但是我已经没有精力记住那些小事了。医师说你什么也记不住了吗？包括你死去的老伴。我的老伴？你不说我还不知道我有过老伴，她叫什么名字？看来他真的不行了，不如让他饱一次口福。我把辣椒递给他，他一把抓过去，塞到嘴巴里。辣椒刚一碰到嘴唇，他的眼泪就唰唰地从深陷的眼窝里冒出来。他用手擦眼泪，擦了好几次都没擦干，愈擦愈多，我根本无法想象，像他这样骨瘦如柴的身体，还有那么多眼泪冒出来。他的手把辣椒的辣带到了眼眶。因而他停下了吃，紧闭着眼睛说我的儿子哎，你终于让我吃上辣椒啦。你是我的好儿子。

老人的眼睛虽然闭着，但是嘴巴却大大地张开，好像是要给从嘴巴里源源不断地涌出来的字让路。不过我带给他的那一颗辣椒，不时会堵一下他的嘴。他咬得很小心，也咬得很小口，生怕这种享受过快地结束。他说我这么喜欢辣椒，是我几十年前跟随工作队下乡时染上的。那时没什么吃的，整天就吃辣椒。一吃到这个辣椒，我就想起了他们。我看见他们正朝着我走来，奇怪啦，我把他们给记起来了。王川老人的脸上布满了一丝淡淡的红润。我把录音机打开。他说我当时在一个村子里蹲点，由于旱灾，村子里没有收成，大家吃草根树皮，吃白土，好多人都饿死了。村子里的树木全都剥光了皮，看上去白茫茫的一片。太阳下山的时候，晚霞照在白色的树干上，好看极了。即使是深夜，我们也看得见那些白晃晃的树干，它常常为走夜路的我们指明方向。有一个村妇名叫杨金萍。谁在叫我的名字？是那个名叫王川的工作队员。是的，我叫杨金萍，我已经在坟墓里躺了四十一年，他竟然记得我的名字。那时我们都很饿，两个人加起来还没有一个人重。周围的草根和树皮几乎被吃光了，我的丈夫看见林子里长着一种鲜艳的蘑菇，就把它采回来。做晚饭的时候，炊烟从各家的屋顶升起，到处飘荡着苦涩的草根和树皮的味道，只有我们家的屋顶上散发出一股香味。全村人都走出自己的屋子，一齐抽动鼻子。他们拼命地闻，生怕漏掉了。有的人还跑到我们的门口来闻。那一天，我们家就像过年一样热闹。那个蘑菇的气味，真是香。我们饱吃一餐之后，睡到床铺上。到了半夜，我突然感到肚子痛。我用尽老力，从床上爬起来，摸摸丈夫，丈夫已经冰凉，摸摸公公婆婆，公公婆婆已经冰凉。我没有冰凉是因为吃得比较少。我爬到猪圈边喝了一瓢粪水，把肚子里的东西全吐出来，才捡到了一条老命。这时我才知道，我们吃的是有毒的蘑菇。

他们都死了。他们再也不会感到饥饿了。但是我却饿得身子一阵阵软，饿得眼睛里冒金星。草根和树皮又苦又涩，我想念蘑菇的味道，它是那么甜那么香。我悄悄地把它采回来，放到锅子里煮。我知道它们有毒，但是我只煮煮它们，闻闻它们的香味，并不一定吃。不过把它们煮熟之后，我就管不住自己的舌头了，它越伸越长，一直伸到锅子里。我想吃，但是又不敢死。于是我想了一个办法，舀了一瓢粪水放到铁锅边。我先吃那些鲜美的蘑菇，它们从我的舌头上走过，滑进肠子。它们走到哪里，哪里就一阵快活。我的嘴巴我的舌头我的胃全都快活死了。但是这种快活的时间不长，只一杆烟工夫，我的肚子就隐隐地痛起来，眼睛昏花，一个水缸变成两个水缸，一个锅头变成两个锅头。我知道这个时候就得把那一瓢粪水喝下去。我喝下那瓢粪水，肚子里像插了一把刀，生不如死，所有的东西全都吐了出来。有时肚子里的东西吐光了，还想吐，连黄疸都差不多吐出来了。呕吐的时间远远长于快活的时间。在呕吐的时候，我发誓不再吃这种蘑菇，但是隔了两三天，我又忍不住要吃它们。我已经吃上瘾了。吃了几次，我竟然能慢慢地延长快活的时间，一次比一次时间长，不到非倒下去不可的地步，我绝不喝粪水。我不惜用长长的疼痛换取短暂的快活。八月十七日晚，我吃完毒蘑菇后，就被它的美味迷住。我一再推迟喝粪水的时间，直到昏迷。

杨金萍说完了。杨金萍是死过的人，我怎么还听到她在说话？难道我也要死了吗？我是在听到一声婴儿的啼哭之后，才赶到杨金萍家的。我看见她的两腿间躺着一个血淋淋的婴儿，杨金萍已经断气了。大家都奇怪那是谁的婴儿？那不是谁的婴儿，而是杨金萍的早产儿。由于饥饿，我们都在找吃的，平时根本没有人注意到杨金萍已经怀孕。我竟然也没有发现她已经怀孕。这时，全村人的目光齐刷刷地望着我，我听到他们目光扫过来时的响声。他们说谁都没有能力把这个孩子养大，只有身为干部的我还有这个能力。于是有人用一块破布包住那个小孩，把他递到我的手上。递孩子给我的那个人是谁我已经记不得了，但是我记得她把嘴巴凑到我的耳朵边，轻轻地说拿去吧，公社食堂把我们搞穷了，孩子你们不养谁养？她的那句话说得很轻，除了我没有第二个人听到。不说你也知道了，这个小孩就是王小肯。我没有对任何人说过这件事，我的老伴也没有对人说过。小肯和小芳都不知道这件事，希望你也不要乱讲。

那颗辣椒他已经嚼完了，现在他在嚼辣椒把。躺下吧，王伯，你已经坐了好长时间了。他乖乖地躺到床上，脸上洋溢着快乐。但是有一颗泪滴已经结干，它挂在他的眼角。我站起来。医生站起来了，医师就要告辞了吗？医生，你贵姓？医生说免贵姓姚。你告诉小肯，我想见他。姚医生点点头，在门口一晃就消失了。他会不会是我的幻觉？我舔舔嘴唇，辣椒的味道是真实的。他不是我的幻觉。

我突然接到姚医生的一个电话，他说小肯，你父亲想见你。我放下电话，不相信这是真的。但是我太想见父亲了，我愿意把它当成真的。我买了好多好吃的东西赶到妹妹家，父亲已经不省人事。我坐在他的床头守了一天一夜，不让任何人进来干扰我。你们都跟他待了一年多，请把最后的一点时间让给我吧。爸爸的房门紧闭着，也不知道里面的情况怎样。好几次我都想推开门，但是我怕哥哥生气。他一生气我们全家都会乱套。但是我也害怕他突然睡去，万一爸爸怎么了，我们没有照应。我跟嫂子和爱人商量，怎么办？他们一致推举我去推爸爸的房门，因为哥哥很爱我。小芳真的去推房门了，我跟她结婚这么多年，还没有看见她这么害怕过。我看见她的手和脚都颤抖不止，我甚至怀疑她还有没有力气把那扇门推开。门轻轻地推开了，我看见哥哥坐在爸爸的床前，没有睡觉。他向我招手。我向身后的爱人和嫂子招招手。我们全来到了爸爸的床前。爸爸像是有预感，正好在这一刻睁开眼睛。怎么有这么多人？他们全都来了，是不是我要死了。我向他们挥挥手，但是我的手举不起来。你们都出去吧，我想跟小肯单独待一会儿。他们都出去了，门也关上了，只有小肯的手紧紧地抓住我的手。我想对他说我不是你的真爸爸，你的母亲叫杨金萍。但是我的嘴巴动了好几次，都没有把话讲出来，小肯的耳朵已经贴到我的嘴唇上了，还是没听清我的声音。我已经没有力气说出任何一个字。我闭上眼睛，听到小肯喊了一声爸爸，紧接着我闻到了小芳的气味、李丽华的气味、保姆的气味、女婿的气味，他们全都来到了床边。我已经看不见他们，但是我闻得到他们的气味。在这些众多的气味中，只有小肯的汗气最重，他好像几天不洗澡了。这个从小就不爱洗澡的淘气鬼。

处理完爸爸的后事，我觉得有必要见一下姚医生，一是把他那个信封还给他，二是把已经签好字的论文送给他。我们约好在邕江边的露天茶座见面。我到达那里的时候，姚医生已经坐在一张靠河的桌前，不停地向我招手。我坐到他的对面。我的面前是一杯茶，而他的面前是一杯白开水。他说我不喝茶，一喝茶，晚上就失眠。我掏出信封和论文，推到他的面前。谢谢，你让我最后见到了父亲一眼。小肯这样一说，我感到很内疚。现在我的口袋里就揣着他父亲关于他身世的那盘录音磁带。我的手几次伸进去，想把它掏出来递给小肯。但是我还拿不定主意。小肯签过字的论文摆在我的面前，小肯的字不是很端正，但是很大个。小肯是这样签的：这些观点属实。患者王小肯。但是我知道这些观点一点儿也不属实，小肯的病因其实很简单，那是她母亲遗传给他的。四十年前，就已经注定小肯会患这样的病。他的出生决定了他的今天。

我的手又痒了起来，我又抓住了那盘磁带。再拖下去，我对我自己更没有把握。于是，我一狠心，把那盘磁带掏出来扔到江里。江里扑通一声。小肯说你把什么丢掉了？没什么。这一刻，我只是觉得你的父亲真好。小肯低下头，眼窝里含满泪水。我们默默地坐着，等待悲伤从小肯的身上滑过。等了一会

274

儿，小肯，如果你愿意的话，我很想再给你做一个小小的实验，当然你必须愿意，我不会强求你。小肯说什么实验？你还记得刘丹吗？小肯摇摇头，说不记得。我从衣兜里掏出一块芝麻糖，递给他。把它吃了。他接过芝麻糖含到嘴里。芝麻糖一含到嘴里，他的眼睛立刻放光。他对着露天茶座的几十号正在喝茶的乱哄哄的人群叫了一声刘丹。姚医生，我看见刘丹了，她正朝我走来。

祖先

　　船泊在枫树河湾，冬草吐了一口长气。冬草对船上的那口棺材说，光寿，到家了，我们下船吧。

　　四个船工剥光上衣，夏日的阳光仿佛火辣的箭头，击落在他们的背膀。他们的皮肤上镀了一层油亮的汗水。冬草立在船头，看船工把一块木板从船头架到岸上。他们都用一只手捂着嘴鼻，腾出另一只手来把棺材抬到跳板上，小心地缓慢地向河岸推去。冬草不高兴，对船工们说我拿钱雇你们，你们怎么能这样对他？你们，不许捂鼻子。船工们把手从鼻子上拿开，一脸的不快。

　　枫树河湾是一条长长的平潭，现在静静地展现在冬草眼前，像一匹光滑的绸布。冬草看着岸上那棵巨大的枫树。枫树枝干裂着粗皮，老气横秋，起码有几百岁了。一只小船横在渡口，船头坐着一张塌鼻梁宽嘴巴的丑脸，他目光冷冷地看着这边船工们的动作。冬草想这么好的水土怎么会养出这么丑的人？冬草对着那人喊哎，劳驾你告诉一棵枫田家，光寿回来啦。那人往烟斗里填烟丝，没抬眼皮。他点燃烟丝，吐了几口白烟，说我不叫哎，我叫扁担。

冬草踏上摇摇晃晃的跳板，寸步寸步地往河岸移。扁担问光寿呢，光寿在哪里？冬草指着棺材说在这里。扁担抬抬下巴，说你是他什么人，冬草说我是光寿家里的。扁担像被针戳了一下，站起来，跳下船，朝村庄跑去。

村庄冒出一群黑点，黑点越来越大，脸越来越清晰。他们参差不齐，衣冠不整，来到岸边，抬起棺材往回走。人群如黄蜂回巢，嚷闹着，却没有谁叫冬草和船工同行，好像他们是多余的。眼见人群又变成了黑点，密密麻麻地缩回村庄，冬草回过神来，望了望水面，跺了跺脚，确信自己已站在岸上，便迈开步子朝村庄走去，脚下扬起一阵尘土。冬草看见天空浮着一层青色的淡烟，像薄薄的塑料布把村庄包裹得严严实实。船工们簇拥着冬草，为的是要半个月来的工钱，也为了进村填饱肚子。冬草忽然觉得船工们就像娘家人，把自己送到一棵枫来了。

棺材被众人抬进村庄，就像落叶回到树根，仿佛和冬草再也没关系。冬草觉得路上的石子特别硌脚，有意欺负她。好几次，她的脚都差点崴伤了。她看见棺材摆在大门旁的草棚里，几盏桐油灯和一堆人守护着。她席地坐在棺材前，像一条忠实的狗守护主人。四周是陌生的目光，目光落在她身上，她感觉到痛。

天色近晚，一位双眼红肿的妇人被搀扶着出了大门。她丢给船工们一把赏钱，说你们辛苦了，回吧。冬草看见那双丢赏钱的手起了很深的皱褶，就像是枫树上的老枝。冬草想这个伤心的女人一定是光寿的妈妈。

妇人走到棺材边，没给冬草好脸色。她说开棺。有人打开棺材，人群像被拍打的苍蝇轰地散开。妇人哇的一声，吐出一摊秽物，溅落在冬草的脚尖。因为半个月的陪伴，冬草已适应了光寿的异味。她看见光寿静静地躺在棺材里，像一条泡胀的死鱼，五官消失了，脸不见了。妇人吐过后直起腰来，久久地盯住冬草，问他是怎么死的？

冬草说他去收账，左胸吃了一枪。

他留下什么话，留下什么东西？他不可能就这么不明不白地死了。

他是被欠债人杀死的。

你在他身上灌了什么？

水银。

你灌的是毒药。烂货，是你害死了他。

我害他就不送他回家了，连同这些银两。说完，冬草举起包袱。妇人把包袱夺过去，说光寿出门时鲜鲜活活一个人，怎么就吃了枪子？是你，是你害了他。

冬草说你是他什么人？心肠这么狠。

我是什么人？妇人冷笑，我是光寿的老婆，明媒正娶的。

冬草的脑袋轰的一声。她像被人敲了一棒倒在棺材旁。她想天杀的光寿，原来你家里还有一个老婆，你竟然没告诉我，你竟然骗我……

冬草是被饿醒的，她听到腹部咕咕地响，想喝水，睁开眼，床边没有人。阳光从窗格子照进昏暗的房屋，光线里尽是些飘动的尘土。窗外响着锣鼓钹，道公正在给光寿做道场。冬草喊我要喝水。她的声音淹没在响器里。冬草听光寿说过，山区给死人做道场要七天七夜。七天之后，光寿恐怕连身形都保不住了。冬草的脑海浮现她的家乡桂平，浮现枫树河两岸的壁画。壁画上的先人们举着手蹲着腿，有的拿兵器，有的吹响器，一路上都仿佛在催促，在命令，在吓唬。冬草被崖壁上的那些先人们吓得心惊胆战，她叫船工划快一点，再快一点。在她的催逼下，船的速度一再加快，让回到家乡的光寿保住了完整的躯体。冬草想我对得起你了，光寿，可是你的大老婆，她对不起我，她连一杯水都舍不得给我喝……

冬草又晕了过去。不知多久，她感到某个部位的神经正在慢慢苏醒，身体像从很深的地层浮上来。睁开眼，她看见一个男人骑在身上，喘着粗重的气息。冬草动了动嘴唇，声音在喉咙里滚了很久，才轻轻地滚出一声：狗！男人一边动作一边说你别怪我，是竹芝叫我来的，她要了我一亩水田。

竹芝就是光寿的大老婆。在冬草昏迷的时候，她细心地打量了冬草的身体，不得不承认，这个被光寿睡过的女人比她漂亮十倍，甚至一百倍。冬草的皮肤比她的白，胸口比她的大，身材比她的匀称。冬草细皮嫩肉白里透红，不要说光寿，就是她如果是个男人也会被冬草勾引。一瞬间，她忽然意识到冬草是一笔财富。

男人完事之后，竹芝走进来，手上端着一钵蛋汤。冬草看见竹芝的眼圈不红不肿，伤心像一片云已从她的脸上飘走。冬草说你是一条毒蛇，你进来做什么？冬草说完，又晕了过去。竹芝坐在床头，用蛋汤去湿润冬草的嘴唇。冬草感觉一丝温热慢慢滑进食道，一路欢畅地流进胃里。冬草想我这是自作自受，便轻轻地说我不怪你，要怪就怪我自己。竹芝继续喂她喝汤。冬草说我爹……我爹说百多里黔江，再有几百里红水河，还有枫树河，你送一具尸体到那么远的地方去做什么？你真要走，算我没你这个女儿。我说爹，我是为了爱情。爹说我跟你妈就从来没有爱情。

竹芝说爱情能顶得几亩水田？

冬草说你把银圆还给我，我要跟船工回家。

钱是光寿的，我要留给见远。

什么见远见短的，她又是光寿的第几房老婆？

他是我和光寿的仔，已经十五岁了。

钱是我爹给我和光寿的。

全部都是光寿的，就连你也是光寿的，还有你手上戴的这对玉镯，也是光寿的。既然你爱他，嫁给他，你的全部都应该给他。

那钱我不要了，我要回去。

回不去了，船工们已经走了两天啦。

冬草闭紧嘴巴，泪水滚出眼眶。光寿的死让她哭干了眼泪，她以为自己没有眼泪了，没想到还有。

冬草说我要洗澡。有人提进一桶凉水。冬草说我要热水。热水被人提进来，弥漫着白气，和窗格子里的光柱打成一片。冬草脱得光溜溜的泡在热水里，用力地搓洗自己的身体。竹芝站在隔屋的木板缝前窥视。她的脑海不停地浮现光寿和冬草交媾的画面，心里阵阵刺痛。她逢人便说冬草是个妖精，洗澡时变成了一条鱼，不信你们可以偷看。她的这些言论，不仅挑起了男人们的好奇心，连女人们也感到好奇。

埋葬光寿之后，冬草的情绪渐渐稳定。她既不能扛锄下地，也不会喂猪煮饭，整日闲着。竹芝看见她闲，就像自己闲着一样难受，就像看着水田闲着不种粮食。福八总不见上门来，他那三十亩水田里的秧苗，一天比一天葱翠，扎得人眼馋心馋。

中午，竹芝走过福八的水田，进了福八的家门。福嫂在墙根下专心地选黄豆。竹芝说福嫂忙呀。福嫂板着脸，说你来做什么？又想来要我们家的水田吗？竹芝的眼睛直往屋里瞟，高着嗓门叫福八呢？窗口传出声音，我在这里。竹芝看见福八的脸贴着窗格子，举起烟枪，说我正忙着哩。竹芝说你忘了。福八说大地方来的就是不一样，哪能忘呢？一辈子也忘不了。竹芝说那你怎么总没有动静？福八指了指房门，说我被锁住了。

竹芝转脸来看福嫂，福嫂的手指像鸡嘴似的啄在黄豆里，专啄那些有缺口的黄豆和小石子。福嫂说你就这么狠心看着我家败下去？他吃大烟，如果再嫖女人，那我这个家就要毁了。一根烟枪从窗口抛出来，叭地落在福嫂面前。福八在屋里喊我宁可不吃大烟，我再也不吃大烟了。福嫂说你真不吸大烟，我就放你出来。竹芝捡起烟枪，转身走去。她一边走一边说，我不管你败家不败家，一个愿打一个愿挨，气不能出在我身上，人家可是干等着。这烟枪福八不要，我拿回去给见远留着。

傍晚，福八烟瘾发作，他像条疯狗似的在屋里乱蹦，嘴里哼哼呀呀，没一句话说得清楚，就连手脚也跳兮兮。福嫂说不是说戒烟了吗，你发什么号？

福八说我要去光寿家。

福嫂说你敢。

我去要烟枪。

你只要忘了那个婊子，我就去把你的烟枪要回来。

忘不了。我要去光寿家，去要烟枪，也要女人。

福八说着冲出大门。福嫂追上去，把福八拉回来。福八抓住福嫂的头发，往门框上撞。他的手上像吊着一个南瓜，在墙上撞出脆生生的响声。福嫂说你去你去，这个家我不要了，一把火烧了。福八松开手，说想烧你就烧。他拍拍衣衫上的尘土，走上村道。

福八在前面甩手，福嫂在后面号啕，一群孩童围着他们看热闹。福八远远地看见竹芝站在大门口朝他招手，便一路小跑。福嫂看见福八进了竹芝的家门，绝望袭上心头，高喊一声天杀的，你回头看看，老娘也有那个东西，你为什么不喜欢？福八从门框里回头，看见福嫂脱了裤子，双脚叉开成一个八字，嘴巴一张一合叫骂。福八从墙壁上扯下烟枪，跳出门来，扬起巴掌往福嫂脸上一阵乱扇，说羞死你先人了。福嫂见福八只拿烟枪，没留恋女人，像吃了止哭药，突然刹住哭声，双手战战兢兢地捞起裤子，扎紧裤头，跟在福八的身后回家。

早上，竹芝起床去开大门，发现门闩已经拨开。竹芝转身进入冬草的房间，看见床上是空的。竹芝想冬草从来没起得这么早过，一定是跑了。她呀地推开大门，一团浓雾冲进来，数只麻雀叽叽喳喳地从屋檐上飞走。天正下着牛毛细雨，细雨打湿了地皮和树叶。竹芝在屋前屋后寻找，没看见冬草的身影，便朝河边赶去。

　　河边的雾更浓，浓得就像在水面捂了一床厚实的棉絮，连水流声都听不见了。竹芝停住脚步，屏住呼吸谛听，忽然听到捣衣声撕破浓雾从码头传来。竹芝叫冬草冬草。捣衣声没了。竹芝走近码头，看见捣衣的是福嫂，说福嫂，你这么早呀。福嫂说不早不行，上午要耘田，贪睡太阳就晒背了。竹芝说你看见冬草了吗？福嫂说她跳河了。竹芝说开什么玩笑。福嫂说她专门勾引男人，跳死了才好哩。竹芝知道福嫂不会给她好脸色，便转身往回走。福嫂的捣衣声又响在石板上。竹芝走了几步，被捣衣声牵住似的，突然停下，转身看着福嫂。福嫂把捣衣棒举得高高的，来回画着漂亮的弧线，胸口小碗那么大的奶子随着棒槌的起伏剧烈颤动，水桶似的腰，磨盘似的屁股，这一刻全都动起来。竹芝想她真是个好劳力。

　　福嫂把一件洗干净的补丁裤子用手扭干，往后一丢，即便没回头，那裤子也准确地落在背篓里。她接着捣面前的衣服。竹芝想你不是想跳河吗？那我就让你跳。竹芝悄悄地走到福嫂背后，猛地一推，福嫂从石板上扑过去，栽在水里。福嫂把头露出来，竹芝捡起水上的棒槌，对着她的脑袋捶下去，水面溅起一团团水花。福嫂的头顶了几顶，整个人便沉了下去。一件她顺手带出去的衣服在水面慢慢地漂远。

　　救人啊，救人啊，快来救人啊……竹芝大声地喊着。她只有不停地喊着，才能把心里的恐慌压下去。感觉喊了许久，她才看见扁担的船从下游划上来。扁担说是谁跳河了？是冬草吗？竹芝说是福嫂，快救命啊。扁担脱掉衣服，对着河面扎下去。小船被扁担一次次扎下去的波浪推到岸边。竹芝看见船舱里堆着一张渔网和几条亮晶晶的鱼。

人群拥向码头，几个后生剥光衣裤赤条条地扎入水底，寻找福嫂。福八前脚绊着后脚跑到河边，看到他家的衣物和背篓，眼珠立即呆定，整个人像一袋粮食倒在岸边。福八呜呜地哭，说冤家呀，你怎么就想不开呀？不就是打了你几巴掌吗？以前又不是没打过，这次你怎么就想不开了？冤家呀，我对不起你呀……

竹芝看见冬草挤在人堆里，眼睛眯着，蔫得像早晨耷拉的树叶。竹芝走到她面前，说刚才你去哪里了？我还以为是你跳河。冬草说我去蹲茅坑你也要管？竹芝说出来时我专门看了茅坑，你不在。冬草说茅坑那么臭，我蹲不下去，我到坡上蹲去了。竹芝说你到处乱蹲，小心哪天掉到河里。

晚上，冬草在床上绣花，忽然听到门吱的一声，抬起头，看见福八堆着笑脸闪进来。福八背靠门板，把门推回去，眼珠子一阵乱转，目光最后落在冬草身上。冬草说你别这样，你老婆刚死。福八说活着的时候她管我，难道死了也还管吗？说完，他吹灭油灯，扑到冬草身上。冬草感到重，就像一座山那么重。她举起针，朝福八的屁股戳去。福八尖叫，说老子出了一亩水田，不是来讨针扎的。竹芝在门外喊，福八，她要是不听话，你尽管收拾，她又不是你老婆，你不用怕她。

竹芝的话音刚落，就听到漆黑的房间里响起噼里啪啦的声音，那是扇耳光的声音。冬草不停地骂着畜生，畜生……骂声愈来愈弱。之后，屋内有了半小时的安静，又有了几分钟的不安静，接着又是安静。冬草喊见远，你进来帮我点灯。见远举着火子，推开门来到冬草床头，噗噗地吹着。火子在见远的嘴前一闪一闪，一连闪了几下油灯哗地点亮了。见远看见福八睡在冬草的身边，低头往门口退去。冬草说站住。见远站住，不敢抬头。冬草说你妈既然喜欢，你就不要怕。这只狗总有一天会把水田嫖完，嫖完了他就没戏了，我就给你嫖。你是自家人，我不要你的水田。见远抬起头，把火子朝福八砸去，福八骂骂咧咧地跳起来，光着身子去追见远。见远跑出门，跑上村道，蹲在河边抱着头莫名其妙地哭。他的哭声像雨一样落在河面。

到了冬天，福八的脚步声已没先前的雄壮，他只剩下最后两亩水田了。竹芝看见福八像避瘟神似的关紧房门，说福八你别嫖了，你只剩两亩水田了，你还要吃饭。福八说竹芝，你莫狗眼看人低，我连那两亩水田一起嫖完，然后就去走四方，我不白占你家的便宜。竹芝说败家子，你还是走吧，免得人家说我心太狠。竹芝打开门，推福八。福八不动，站了一会儿，忽然推开竹芝，跑进冬草的房间。门哐的一声关过来，竹芝听到福八嘿嘿的笑声。

　　每当福八走进冬草的房间，见远就莫名其妙地紧张，他的脑海就浮现第一次看见他们睡在床上的情形。每次，他都忍不住蹲在门口谛听。他听到蚊虫般的声音飘来：见远……见远……这是冬草的呼喊，好像来自天上，又好像来自脚底。见远站起来，蹲下去，嘴里喃喃：我要杀人啦，杀人啦。竹芝看到见远像条疯狗在原地打转，就说没出息，你喊什么，你过来。见远没有听到竹芝的喊声，依然在原地跺脚踏步。竹芝说你一个嫩娃娃，被一个婊子弄成这样，你划算吗？见远说是你害了她，我知道是你害了她。见远正喊着，福八推门出来。见远扬起拳头。福八嘿嘿地干笑，一脸鄙视。见远迈进门去。竹芝追上来抓见远，只抓住见远的一只布鞋。见远把门狠狠地摔过来，闩上。竹芝举起布鞋，啪啪地拍门，说没出息的，脏呀，没出息的。

　　隆冬时节，天上飘着雪花。见远蜗居在冬草的房间，懒得出门。雪在桂平不常见到，冬草便趴在窗口，有时一看就是一个下午。冬草看见福八手拿着烟枪站在雪地，对着大门喊：竹芝，发发慈悲，给点烟钱。竹芝听到福八的声音，哐地关紧大门。福八在雪地上踏跺，脚印窜来窜去，已窜成一团簸箕大的圆圈。福八抓起一把雪，喂进嘴里，呀呀地喊几声，便倒在地上。直到雪下密了，冷醒来，福八才跌跌撞撞地回家。一天这么来回几趟，福八失去耐心，彻底地不来了。雪地上的脚印慢慢地被新雪填平。

冬草不时发出干呕声，但她什么也吐不出来。竹芝说你恐怕怀孕啦。冬草将信将疑。竹芝叫她把衣服脱了。冬草说脱衣服做什么？竹芝说我这手有仙气，人家不孕我一摸就孕了，人家有病找我一摸病除了，你被人颠来颠去的，我怕你的胎坐不稳，给你摸摸，稳胎。

竹芝伸手在冬草腹部摸着，像一条毛毛虫那样爬来爬去。冬草全身起了一层鸡皮疙瘩，身子发冷，像打摆子似的颤抖。竹芝说你为什么发抖？

冬草说我突然感到害怕。

见远站在一旁观察，他的目光落在竹芝的手上。他说妈，几个月了？竹芝说两个月了。见远说那是福八的种，打掉算了。竹芝说傻仔，打掉做什么，生下来是个好劳力。见远的脸色慢慢地青，青到不能再青，便向后转，跑出大门，摇进雪地里。

深夜，见远回来，冬草和竹芝都在火塘边等他。见远坐到火铺上，脸和脖子红得像鸡冠。竹芝说你喝酒了？

见远说喝了，还嫖了。竹湾最上边的那丘田，明天起就划给金元家。

见远说得很响亮。他嘴角的胡须一根一根地竖起来。竹芝说金元，才多大的姑娘？见远说管她多大，人家愿意。冬草觉得自己的头快要炸了，慢慢地挪下火铺，回自己的房间去。

你要败家的，你没看到福八的下场吗？竹芝说。

我不管。你这田来得不干净，怎么来就怎么去。

你气死我了。

竹芝抓起一块柴，欲朝见远砸来。见远立即抓住柴的这一头，往那边推，结果把竹芝推倒在火铺上。她的一只脚卡在板缝里，好久都爬不起来。见远假装没看见，低头看着火塘，里面的柴块噼噼啪啪地燃得正欢。

屋子里很少看到见远。水田一亩一亩地被见远划出去，竹芝的心都差不多痛烂了。见远只要跟村里的女人睡过，第二天便有人在田头标号，到家里来拿地契，水田另易其主。

吃晚饭的时候，冬草和竹芝对坐无言。筷条在碗边碰出叮当之声，像她们的对话。冬草明显感到饭桌上的菜少了，越来越难吃了。她知道竹芝在为即将到来的苦日子而节约。冬草敲打着碗边，说见远这个败家子什么时候才收心？你也不管管他？

竹芝说又不是你的水田，你着什么急？

水田难道是你挣来的吗？

两人正在斗嘴，见远破门而入。竹芝没给他好脸色。他径直撞入竹芝的卧室，乒乒乓乓地翻找，说地契呢？地契在哪里？

你还让我活不？竹芝离开饭桌，走进卧室，看到见远已经从枕头底下翻出那个锁着地契的黑匣抱在怀里。

我给你讨个老婆，见远，就给你讨金元好不？竹芝近乎哀求。

不稀罕，我不稀罕金元。

竹芝扑向见远，去抢黑匣。见远的胳膊肘一拐，把竹芝拐在地上。见远从竹芝的身上跨过去，出了房门。冬草拦在见远的面前，说把黑匣子留下。

又不是你的匣子。

那里头锁的，都是我用身体换来的。你给我留下，我要吃饭，还要养崽。

见远不理睬，绕过冬草。冬草拦腰抱住见远。见远弓身前扑，栽倒在饭桌边。一只瓷碗摔碎了，瓷片扎入他的手臂，流出一股鲜血。见远站起来，抓住黑匣子往冬草的腹部不停地砸，说叫你养崽，我叫你养福八的崽。冬草一声惊叫，翻天倒在见远面前。见远看见冬草的两腿间流出血来，染红了地面。见远一愣，想想还有个女人在等着他，便站起来迈向大门。

竹芝说败家子，你再走一步，我撞死给你看。

见远固执地迈出门槛。竹芝把头咚地扎在饭桌上。见远听到声音闷闷的，响得一点也不清脆，就知道木头扎进肉里了。他丢下匣子，回头抱起竹芝，看见竹芝张着嘴巴，额头上的血流过脸庞，流到嘴唇，流在白生生的牙齿上。见远说妈，我不嫖了，我再也不嫖了。

　　冬草流产。竹芝卧床。家里像闹鬼似的，人人都不自在。见远半月不敢出门。傍晚，他坐在门前看夕阳一点一点地落下去，心里又空又慌。他好像听到有人唤他的名字，脚板底痒得难受。他想拿地契，但地契这一刻压在竹芝的枕下。

　　见远甩着空手，晃进金元家的大门。金元的爹说你来做什么？

　　找金元。

　　做梦。没有水田你敢动金元一个指头，老子打断你的腿。你回去问你老娘，当年她是怎么收拾福八的。

　　见远退出来，站在壁根下喊金元。金元从窗口伸出半个身子。她揭开上衣，露出两个白糍粑似的奶子，说你没有水田，我只能给你看看。金元只让见远看了一眼，便拉下衣服，把那两团白色罩住，做了一副鬼脸。见远口干舌燥，心都快从胸口蹦出来了。见远说金元，白糍粑你给我留着。

　　见远扑哧扑哧地回到家，像斗红眼的公牛，从竹芝的脑袋下拉出黑匣子，磕在床方上。黑匣子破裂，滚出一些银圆和几张地契。竹芝说老娘求你了，见远，要嫖你就嫖家里的吧，嫖家里的不挨水田。

　　不稀罕。脏。

　　见远捡起地契，出了门。竹芝透过门框，看着他宽大的臂膀，第一次发觉他已长成大人。竹芝对着隔壁说冬草，完啦，败家子抢走地契啦，我们今后拿什么养家糊口呀？

那时候的南方大地生长着一种叫魔芋的植物，它的扁球形块茎，常常能激起人们的食欲而又食之不能，必须经过磨细加灰水漂煮方能食用或酿酒。这种植物制成的魔芋豆腐，至今仍风行于一些南方山区。

竹芝和冬草吃完存粮之后，开始用灰水漂煮魔芋充饥。冷天的水刀子般割人，磨魔芋是最苦的差事。竹芝打好一盆冷水，在盆中斜搁一块石板，叫冬草手拿魔芋在石板上来回地磨。水里漂浮阴毒的泡沫，冬草磨了一阵，手指如同针扎似的又麻又辣，指节都肿成了红萝卜。

竹芝，我受不了啦，要磨你自己磨。

不磨你吃什么？不磨就把你卖了，换十亩水田。

冬草低下头，接着又磨。冬草感觉到手像下在油锅里。她把手抽出来放在衣襟上擦干，说卖就卖，你发一回善心，由我选个好主。

冬草像一件物品坐在家里，等着买主上门。

男人来了几个，冬草大都没好印象。光圈提着一罐盐出现在门口时，冬草开始有了一丝欣喜。光圈长得方方正正，手大脚粗，全身透着力气，是个能干活的。他看了一眼冬草，低下头，对着门里叫大嫂。竹芝听到有人叫，在里面应，什么人？躲躲闪闪的，有话进来说。

光圈进门，把盐放在桌面，说大嫂，我给你送盐来了。

是光圈呀，你也愿意出十亩水田？

愿意。

冬草看见光圈的脸刷地红了，心想他还是个害羞的男人，这样的男人真是不多了。冬草说竹芝，就让我嫁给他吧。

竹芝说光圈，你先回去。

光圈激动得说不出话来。他的嘴唇颤抖着。他的两只手搓来搓去，一直搓出大门，搓出冬草的视线。

有不少人打冬草的主意。竹芝像嫁女那样扬扬得意，她陪冬草坐在门口，迎来送往。没人的时候，她就打量冬草。她想一个从大地方来的千金，硬是被我捏成了软糍粑。别人看中的是她，求的却是我，总算解了一点心头之恨。但是，她那副娇里娇气的模样，还是令人不快。不知道她在光寿面前撒过多少娇？不知道光寿给过她多少温存？他们不知道演过多少风流……看着，想着，竹芝胸口的恨意淤积得愈来愈厚。

扁担像掐了时辰似的，恰好在这时来到门前。冬草认出他就是船上那个丑人，赶忙掉过脸去，快得连扁担手上提着的一挂鱼也没看见。竹芝把鱼接在手里，说冬草，你就嫁给他吧，水里有的是鱼，嫁他你不仅不会饿死，还能享口福了，谁有你这样的福气呀。

你是卖我，不是嫁我，冬草说。

自古红颜多薄命，你是薄命之人，要嫁个丑的冲冲，命才长，难道你不想长命百岁吗？

不想，我现在就想死。

这个由不得你。

扁担的轿子在第二天早晨抬到门前，四个轿夫，四个吹鼓手，咿咿呀呀地唤新娘上轿。冬草从昨天下午到现在未进一口粮食。竹芝要她遵守一棵枫的规矩，不准饱着肚子出门，以免把后家的运气带到男家去。冬草感到肚子饿，脑海里漂浮的全是鱼。她板着脸，饿着肚子站在门框下，没有看见扁担，心里减少了几分反感。四个轿夫都很壮实，他们掀开帘子，等着冬草上轿。冬草正欲出门，竹芝忽然扑过来，说慢，你手上的玉镯……

冬草把手收到身后。竹芝掐住冬草的手臂，把那只戴玉镯的手扳过来。冬草把手往自己身边收，竹芝抓住玉镯往那边拉，两人形成拔河的姿势。玉镯已戴在冬草手上几年了，一时半会脱不下来。竹芝抬起右脚，顶在门槛上死劲地拽。冬草手背上的肉卡住玉镯，无论竹芝怎么拽也拽不出来。手腕子一阵阵痛，疼得冬草的脸都发青了。她说我帮你换来十亩水田，你连一个镯子都不让我戴走，你还是人娘养的不是？

冬草感到手痛了好久，玉镯才脱到竹芝手上。冬草说能离开你这条毒蛇，嫁给畜生我都愿意了。冬草哭着爬进花轿。竹芝跑过来，摸着花轿上的流苏，嘴里念念有词，说大吉大利，一路顺风。轿子在鼓乐声里摇向河湾，摇进对岸扁担的茅屋。冬草从此成为扁担的老婆。

见远是在傍晚被发财擒住的。那天傍晚，发财一路吆喝，说过河去走亲戚。见远看见发财手里提着柴刀，下到河滩，上了扁担的渡船，于是放心地闯入发财家的大门，去会发财的老婆。发财的老婆有几分姿色，常常暗地里朝见远眨眼睛。见远想发财这下可能已上到对岸，很快便会坐在亲戚家的酒桌上，喝得烂醉如泥。这么想着，见远大胆地扑向发财的老婆。发财的老婆被扑倒了，也不反抗，甚至还主动配合。他们正在兴头上，发财和他的两个弟兄破门而入。见远说让我完事，我给你水田。见远依然在动作，发财的木棍却切到了他腰上。见远双脚一伸，像断骨的狗，从发财老婆身上翻下来。发财拎起见远，朝他家走去。

竹芝看见天边的最后一抹亮光撒在他们身上。发财的两个兄弟一个拉住见远的一只手，发财走在见远的身后，不时地用木棒抽打见远的脚后跟和后小腿。见远像踩在火子上，双脚轮换弹跳。发财用力一抽，见远双腿突然一矮，跪在地上。两兄弟把见远拉起来，发财继续挥棒往见远身上猛砸。木棒起伏，画出一道道曲线。竹芝想砸吧，砸死这个败家子，我的日子还好过些。忽然，发财挥棒从前面扫，见远的双脚往后飞，上身前仆，嘴巴啃地。他有气无力地喊妈，你快来救救我。木棒捶击肉体的钝响，一声接着一声。见远惨叫着喊妈，我是你身上掉下来的肉呀。妈……我受不了啦，我要死啦。

竹芝站起来，走到发财面前，说别打了，我给你一亩水田。

发财没有住手，木棒飞起来，落下去，见远的鲜血染红了木棒。竹芝一咬牙，说我给你两亩，发财。

木棒仍在飞舞。

三亩。

木棒还没有停。见远叫得一声比一声惨。

五亩，你总得留五亩给我养家糊口。

木棒抽得更凶，一看就是往死里打。见远的声音已经叫不出来了。

十亩，全给你啦，我不活了。

发财丢掉木棒。

竹芝伏在见远身边，把手放到见远的鼻孔前，手上感觉到一丝弱弱的气息。

一月之后，见远勉强能够行走，便出门流浪去了。只剩下竹芝，独守着空荡荡的屋子。竹芝的脸上又添了许多皱纹。为了糊口，也为了挣点小钱，她不得不亲自磨魔芋。磨多了，磨久了，她的手上像撒了一层辣椒粉似的难受。一天，她看见手上的老皮嘎嘎地脱落，钻心地痛。她想我救了败家子一命，却指望不上他，真是自讨苦吃。

竹芝把头伸进柜子，想找找有没有遗落在里面的银圆。找了好久，她也没看见发亮的东西，失望地抬起头来，后脑勺不小心撞飞支撑着柜子盖的竹棍。柜子盖像铡刀切下来，把竹芝的上半身夹在柜子里，双脚悬在柜子外。竹芝叫见远，见远……叫了一阵，才记起见远离家已多时。竹芝想养崽有什么用？还不如养一条狗。她双手支撑住柜子底，用脊背慢慢顶开柜子盖。直起身，她的腰骨痛，全身也痛。她弯腰驼背，走出房间。

大门哗地推开，见远扑进来，像一只饿狼揭开鼎罐，见没有饭，便把鼎罐摔在地上；拉开碗柜，没看到吃的，便把碗砸在鼎罐上。三只白瓷碗破碎了。他在屋子里转了几圈，突然眼睛一亮，看到屋角装着一盆魔芋，问魔芋煮过没有？

煮过了。

见远叉开五指，捞起魔芋往嘴里塞。片刻工夫，他便倒在地上，号啕大哭。他吃了未经灰水漂煮的魔芋，喉咙又痒又辣。他用手指轮番抓挠喉部，身子在地面滚来滚去。

我说魔芋还没煮，你怎么那么馋？竹芝说。

你说煮过了。

我哪时说煮过了？

你说煮过了。

我哪时说煮过了？

两人争执，竹芝的声音愈来愈高，见远的声音愈来愈细。见远的喉部肿了，皮肤红彤彤的，上面全是爪印。他的呼吸变得越来越困难。竹芝坐在矮凳上看他，一言不发。他站起来，痛得五官都扭成了麻花。他撞一下左边门框，又撞一下右边门框，两三下便撞出大门，在田野上飞跑。竹芝想他找解药去了，或者……他不会跳河吧，就是跳河也是罪有应得。

果然，见远出门不久，河边传来救命的声音。竹芝觉得那声音很远，和自己没有一点关系。她原来怎么坐着，现在还怎么坐着，丝毫不为救命声所动。

见远跳河的那一刻，冬草正在对面洗衣服。她看到见远从岸边飞起来，像一支箭，干脆利落地射入水底，姿势蛮好看。冬草没有喊救命，只关心被水荡出去的一条红裤衩。冬草用棒槌把裤衩捞回来，水面掀起条条波纹。冬草觉得这些水的波纹在她往水面看的时候，一次次爬上她的脸蛋，怎么撕也撕不下来。到一棵枫才三年多时间，自己怎么就感觉老了。

见远的尸体没有浮起来。竹芝也没钱请人家打捞。见远像一个泡沫，消失了。

冬草大部分时间躺在低矮的屋里。茅屋近水，周围有树，阳光不能直接照晒，潮湿的气息和霉烂的气味在夏天里特别重。扁担想爬冬草，迟迟疑疑的，不敢。冬草说福八我都受得了，你上来吧，我只需要闭一会儿眼睛。扁担伤自尊了，顿时没兴致，滚到床的另一半边。冬草嫁过来有些日子了，扁担一直不敢亲近她。

扁担每天到渡口摆渡，和来往的男人们轮换着用一根烟杆抽烟。汉子们都知道扁担讨了个嫩老婆，便流着口水向他打听情况。

扁担，你享福呢。

扁担，冬草是不是像挨刀杀那样号叫？

扁担，听说她比萝卜还要白呢。

扁担，冬草要是像这根烟杆就好了，每人都可以抽一口。

扁担笑而不答，一脸得意的表情。

摆渡的间隙，扁担常常跑回家。回家他也不做什么，只是衔着烟杆蹲在冬草的床边，吐着淡淡的烟圈，像是在给冬草熏蚊子。冬草睡着了，扁担就竖起耳朵，听她细匀的呼吸声。他能从这些声音里听出冬草在做什么梦，梦里见了什么亲人，跟谁谁谁好上了。他能从她的呼吸中听到她家乡的声音，听到她爹的声音，轮船的声音，车流的声音。他还能从她的呼吸声中听到死者的声音，比如光寿的，见远的，福嫂的……

多少次，冬草醒来时总会看见扁担守在床边，像一只看家狗。冬草撵扁担走，扁担总是不走，连屁股也不抬一抬。

你这么守住我，是怕我跑了？

不是的，就想看、看你。

谁要你看，你还不去摆渡，有人叫你了。

不急。

不急不急，你总是不急，可是我的尿胀了，你去给我提尿罐来。

扁担起身拿来尿罐，塞到冬草的脚边。冬草没有尿，说我背痛，你给我揉揉。

扁担放下烟杆，坐在床边认真地给冬草揉。

冬草说我饿。

扁担架上锅头，炒饭，火烤得扁担满脸汗珠，有几滴坠落在火里。扁担很快就炒完饭，端到床边，说你吃。

我不饿了，你走开，我不想见你。

冬草一挥手，饭碗被击落在地。扁担蹲下去，捡起碗，把饭扒进碗里，实在不能扒了，就用手在地上啄，啄到一粒饭就丢一粒进嘴里。扁担的大嘴巴有力地咀嚼着，津津有味。冬草觉得扁担的咀嚼像牛的反刍。她想，扁担其实也不容易。

晚上，有一支队伍路过一棵枫，人马匆匆的。挎枪的喽啰们穿着草鞋，举着火把，在枫树河两岸找女人。女人们嘶喊在黑夜里，像被押赴刑场的囚犯。冬草听到同类的惨叫，想今夜自己免不了又要被人糟蹋。狗的空咬声响在远处，人的脚步声响到屋前。门忽然被人拉开，扁担把自己那张丑脸挡在火把前，仿佛在向那三个扑进来的喽啰展览他的肖像。

喽啰问你屋里有没有女人？

女人？我还想叫你们帮找一个。我这么丑，哪家的女人愿意嫁给我？

三个喽啰一愣，觉得有道理，就摇着火把出去了。他们推推搡搡，一路浪笑。躲在屋后的冬草听到他们说这男人真丑，他睡过的女人你还愿意睡吗？其余两个喽啰都说太恶心了。喽啰们的脚步声走远。冬草终于明白丑有丑的福分。回到屋里，冬草说扁担，今夜没有你我也会被糟蹋，反正都是一个糟蹋，你睡上来吧。

扁担犹豫着，冬草把灯吹灭。两人谁也看不见谁，扁担顿时豪气冲天。他扑到冬草身上，碰翻了灯，碰落了针线篮，碰响了床板。冬草说扁担，你像一头牯牛，不，像喽啰像土匪，你的力气怎么这么大？没想到你能让我这么爽……冬草觉得自己从床上浮起来了，像一只在空中飘来荡去的船。她想我在一棵枫待了三年多，从来没有真正属于过谁，福八、见远……他们都是过客，他们像影子像幽灵。但是今晚和以往有些不同，她觉得自己像船一头撞在岸上，觉得自己像一粒种子落地生根。

天亮了，光线从户外漏进房屋。冬草看见扁担把脸侧向另一面，沉睡未醒，背膀油亮结实。冬草想今后几十年，就要寄身于这么个男人和这么个茅屋，离桂平的家遥遥千里。这个丑人也不是爱我，是买我，是用了十亩水田买我的身子……冬草正无边地想着，扁担翻了一个身，把脸调过来。他的鼻子、眼睛就像是被锄头刚挖出来的，粗糙、歪斜，长得一点也不讲道理。冬草推了推扁担。扁担跌下床铺，骂声连连地站起来。这时，冬草才细看扁担赤裸的下身。一根油腻的布条勒在他的腰间，布条上系着一个牛卵蛋烟盒，黑黢黢的摆动不止。这是一片丑陋的土地。冬草说昨晚，你高兴了吧，满意了吧？扁担咧着嘴笑，一丝口水流出嘴角，像一只蜘蛛吊下来。冬草说欠你的我还了，你放我走吧。扁担结束笑意，窸窸窣窣地穿衣服。冬草说你为什么不回答？是不是觉得亏了？如果你认为亏了，那就送我过河，我去给你换十亩水田，谁也不欠谁，这样你总该让我回家了吧？

扁担说你起来，我现在就送你过河。

冬草爬起来。昨晚，她被折腾多次，现在身体有些虚软。她像太阳晒蔫的南瓜藤，有气无力地晃出大门。天空明亮，冬草感到眼睛胀疼。扁担垂头提桨，跟在她身后。

两人上船，扁担手里的桨溅起水花。水声哗哗。扁担想如果这船总不能靠岸那该多好。扁担的手机械地划动，船头撞上河岸。扁担说冬草，你真走？冬草下船，没有回话，也没有回头。扁担说如果没有昨晚，我不会放你走。但有了昨晚，我就知足了。你往哪里走我不管，但我不要你还十亩水田。我不把你当牲畜，我不要你去卖。

冬草的身子明显颤了一下，双脚顿时轻飘飘的。冬草想这个丑人也会用软刀子割人，也会哄我高兴。

扁担叫：冬草……

冬草站住。

扁担说有个事我一直没敢讲……前几日，送光寿回来的那只船去上游拉货，船工捎信给你，说光寿的仇人打劫了你们家。你爹，你妈被……被人血洗了，全家不剩一个活口，家产也全部被抢光……

冬草栽倒在岸上，身体僵硬了一会儿，便喊爹喊妈往河边爬，想跳到河里去。扁担抱住她。冬草说我没有家了，你让我死，让我死吧。

扁担说船工讲了，如果你在家也逃不脱一死，幸好你来了一棵枫。

我宁可死。

冬草在扁担的手臂里挣扎了一会儿，声音慢慢地弱下去，整个人都瘫软了。扁担把她放到船上，掉转船头往回划。冬草看着岸边那棵大枫树，想来想去，终于想明白，是光寿救了她，是一棵枫救了她。

扁担烧熟饭，叫冬草吃。冬草没有响应，端坐在门槛上。她从上午端坐到下午，木头似的一动不动。扁担把饭碗送到她手上，她接住，木然地吃起来。扁担看着她把饭吃完，又盛了一碗递给她。她继续吃。突然，她的动作停住，抬起头来问扁担，你吃过没有？

你先吃。

我吃你的饭，又不会做事，我总得给你做点事吧。

你会做什么事？

我会打算盘，会算账。我可以擦柜子，把房间收拾得干干净净。我会烧菜，什么口福鸡、五香牛肉爽、烧鸡和菊花蛋……冬草一个菜一个菜地数着。扁担的嘴张得像核桃那么大，他好像听得喘不过气来了。扁担说你就在家睡觉吧，你做不了我这里的活。冬草闭上嘴巴，垂头丧气。

扁担走到火灶边，咕咚咕咚地喝了两碗稀饭，然后出门，到河边去摆渡。

屋里的木板、簸箕、水桶一律歪倒在昏暗里，像歪在人的心窝上，歪得慌。冬草没有心思去收拾，想不如到野地里去，还清爽些。冬草从壁头上拿了镰刀，背上背篓，沿着河岸往上游去割草。茅草铺满了山坡，望不到边，鸟在上面自由滑动。冬草埋进草丛割了起来，太阳落在她的背上，很辣。草丛里腾起一阵阵热气，热气里夹杂着草香。一些草根吊着黑色的蚂蚁包，无数黑蚂蚁在地上忙碌。冬草割了许久，才直起腰来。

冬草想只要把草背回家，就可以交差了，就可以心安理得地吃饭睡觉。她让草晒一会儿，然后再捆到背篓上，看看太阳还高，就坐在树荫下乘凉。风从河沟刮上坡岭，冬草感到累过的身子经风抚摸正在缓慢地松弛，仿佛死了突然又活过来似的。冬草愿意坐在草地上，看太阳一寸一寸地下山，感受黄昏从高远的天空沉沉地压下来。她看见扁担锁住船，提着桨从河边走向茅屋，等茅屋里冒出炊烟，她才背起草往家走。

从此，枫树河岸的坡地上，常常出现冬草的身影。冬草割草割起瘾了。只有上坡割草，她才可以避免看见扁担，心情才不那么压抑。看着青山、白云、草丛和流水，冬草觉得自己的膀子越来越有力。每天傍晚她都背回一捆草，草在家门口堆成垛子，愈堆愈高，冬草要架着梯子才能把新草堆到顶层。

扁担坐在门槛上，看冬草一纵一纵地把草搬上去，风掀起她的衣襟，白生生的肉露出来。割了这么久的草，冬草壮实了，屁股也比原来肥大了。草垛子下黄上青，垛底已经发黄霉烂，但顶层却是青绿。冬草不停地割着，堆着，有一天，她突然发现这些草一点也派不上用场，割草仅仅是为了割，并不是为了需要。

这草有什么用？冬草问。

补茅屋的漏。扁担说。

还可以做什么？

可以引火。

引火也用不完。

可以垫猪圈、牛圈，可惜我们家没养猪，也没养牛。

冬草的劳动成果被堆在日里雨里，没有得到充分利用，她失去了割草的兴趣，想不出还可以做点什么。扁担说你可以试着喂几头猪。冬草想他终于开始使唤我了。扁担说你割草割壮实了，比原来还好看。刚嫁过来时，你虽然白嫩，但身上缺肉。

丑了你倒说好看了，真是丑人爱丑。

我爱这样的老婆，肥肥壮壮的。

冬草开始学习桂西北的农活，包括使用各种农具。她手里常常捏着一把节刀，到河湾去打猪菜。节刀像张弯月，弯的那面由牛角磨成，上面钻有孔，孔里系着绳套，直的这面装上刀片。使用时，一根手指套进绳套，一根手指钩住猪菜轻轻地压在刀刃上，猪菜就这样被刀片切断。冬草没法给扁担烧好吃的菜，倒能给猪变换菜谱。喂猪时，她说这一瓢是五香牛肉爽，这一瓢是菊花蛋……猪呱嗒呱嗒地吃得很起劲儿，像听懂了冬草报出来的菜谱。看着猪吃她的名菜，冬草的喉咙滑过一阵痒，食道里吞下几口唾液，仿佛跟着猪一起享受。

寂静的午后，枫树河两岸到处都是蝉鸣。蝉声贴在树枝上，随风势的高涨而放大。热气一阵阵扑来。冬草来到河边，双手捧起水送到嘴里。水清清凉凉，她喝足后，仍然感到身上的热气未褪，就脱下上衣在河边搓洗。冬草生怕有人偷看，便警觉地张望，发现光圈站在河那边的草丛里，眼睛直勾勾地望着这边。冬草立即蹲到水里，只露一颗脑袋。

光圈说冬草，我在河边等你半个月啦。冬草只看见光圈的嘴巴一开一合，没有听到光圈的声音。光圈又说冬草你快过河来。冬草的耳朵里依然是蝉鸣和水的喧哗。光圈不停地招手。冬草说扁担看着呢，你别乱来。光圈说你不过来我就过去。说着，光圈跳进水里向冬草游来。冬草看见那团水花渐渐近了，自己又不敢光身跑开，便对着光圈喊，你别过来，你过来我就喊救命。

光圈停止划动，翻天躺在水面，说你中意扁担？

不中意又怎么样？

把他毒死算了，我去给你找药。

我认命。你要过来，除非这条河干了。

不可能，这就好比夏天不能下雪，没等这条河干，人早就干了。

光圈说着张开双臂，朝冬草逼近。冬草立起身，白花花的水从白生生的身上泻落，露出她的高山峡谷。她朝坡上跑去。

岸边的人在那个下午都看见冬草像一面白旗，在高坡上飘扬。不少男人后来都对扁担说，你的女人白呀，白得就像剥了皮的竹笋，白得像豆腐，白得像雪，白得像棉花，白得像云，白得人心惶惶，白得我们的眼睛都快瞎了。男人们说得有滋有味，仿佛已把冬草占领。冬草跑到坡顶才收住脚步，回头往河边看，光圈没追上来，反而看见扁担的船从离她洗澡不到十丈远的树丛里撑出来。这么说，刚才发生的扁担他都看见了。冬草吓了一跳。

光圈往河那边游回去。上了岸，他在草坡上脱下衣服裤子，用力扭衣裤上的水。忙了一阵，他终于把衣裤的水拧干，然后就把它们晾在草地上，自己赤条条地躺在一旁。冬草看见光圈的皮肤是古铜色的皮肤，他的身材匀称，好看得不得了。

光圈看着蓝天白云，扯开嗓门唱了起来：

隔河望见花一排，

花多叶少露出来；

若是采得花上手，

回家栽上种花台。

光圈反复地唱。冬草感觉到山歌像草根里的那些蚂蚁，成群结队地爬上她的心尖尖。她的心被唱乱了。

傍晚，扁担没有回来。没有炊烟的茅屋上站满了麻雀。冬草无心生火，坐在草垛上，等扁担回来收拾自己。扁担似乎有意磨蹭，直到冬草和草垛融入夜色，仍然不见他的身影。

扁担提桨上了河的对岸。他来到光圈家门口，看见光圈用石子在板壁上画女人的奶子，奶子像两只柚子那么饱满。扁担想他画的是冬草，于是举起桨，朝光圈的小腿砍去。嘎的一响，光圈像断了骨头，软下去。光圈半跪在地上，慢慢地转过脸来，眼睛里血红血红的。扁担想他还嫩着，这一桨是不是下得太狠了？但人群已经围过来，扁担已经没有退路，他不得不再次举起桨，又在光圈的腿上砍了一下。扁担说你竟敢勾引我老婆，你要是再敢勾引，小心我砍你的脑袋。说完，扁担扛着桨大摇大摆地走出人群。

冬草听到扁担的脚步声从河岸响上来，一直响到门前。扁担说冬草，这么夜了为什么还不点灯？没有听到冬草的回应，扁担接着说我的船漏了，去对河那边借点桐油补船，回来晚啦，你饿了吧。依然没有冬草的声音。扁担进屋点灯，生火，把屋角都找了一遍，也没有冬草的身影。扁担蹲在门前闷头抽烟，抽了一锅后，便提着灯笼下河滩。灯笼在黑夜中闪动，像一个伤口向着上游飘去。冬草听到扁担一路走一路喊她的名字，喊声把黑夜都撕碎了。

扁担假装不知道那天发生的事，仍然让冬草早出晚归。冬草打猪菜的时候，不时地朝对岸张望，没有看见光圈，心里就有点慌乱。有人在冬草经常出没的河对岸搭了一个棚子，那是一个人字形的棚子。

第三天中午，冬草看见有人抬着光圈走向草棚。光圈也看见了这边的冬草。光圈因那天调戏冬草，被族人惩罚，赶出家门。

按族里的规矩，光圈要在这个棚子里住到伤好，才能回家。

光圈因祸得福，天天趴在棚子里看冬草，偶尔也撑着一根拐棍从棚子里出来。冬草不知道光圈因为什么成了跛子，如果没有枫树河隔着，她就会上去问问。几天后，光圈伤疤未好忘了痛，再也不甘于无声地痴望，便开始唱起来：

新打镰刀初转弯，
初学连情开口难；
心里咚咚如打鼓，
脸上好似火烧山。

妹命苦，
老公好比黄连树；
塘边洗手鱼也死，
路过青山草也枯。

高山有花山脚香，
桥底有水桥面凉；
龙骨拿来磨筷条，
几时磨得成一双。

见妹生得白菲菲，

嫁个老公牛屎堆；

十年不死十年等，

我连情妹他成灰。

⋯⋯⋯⋯

　　光圈不分白天黑夜地唱，从此没有再回村庄。无数个白天，冬草被光圈唱得泪流满面，心被揪起来又落下去。山歌让她又一次觉得嫁给扁担不值。光圈因为唱得动情，唱得嘹亮，若干年后成为当地有名的歌手。

　　冬草的腹部在山歌声中慢慢膨胀。她怀上了扁担的孩子。扁担不让冬草上坡干活。冬草不愿待在家里，常常腆着肚子到河边去。冬草生怕肚子里怀上个丑脸，不敢看扁担，而是去看树看山看河看草看云，觉得样样都比扁担中看。有时冬草想听光圈唱歌，便背着扁担，往上游的河湾走。扁担怕冬草出事，远远地跟在后面。扁担成了冬草身上的零件。冬草走扁担也走，冬草停扁担也停。到了草坡，冬草坐在草地上，等那边歌声响起来。那边，建起了一幢新房，那是光圈用一根根木头搭起来的。新屋在阳光下闪亮，黑黢黢的光圈坐在门框里，不时地扯着嗓门唱起来。

　　山歌一起，冬草就满脸笑容，还朝对面招手。这时，扁担就想打人，但他不知道打谁，就用拳头打自己的脑壳。扁担的拳头随着山歌起落而起落，时快时慢，仿佛在给光圈打拍子。打痛了，扁担想何必呢？唱他就唱，听她就听，反正有枫树河隔着，他们走不到一起。

冬草在一个深夜里开始发作，她快要生了。她痛得在床上颠翻，从床头爬到床尾，又从床尾爬到床头。冬草一边爬一边骂扁担你如意了，你这头牛，你快活的时候，也不想想老娘要受的苦，你只管要我传宗接代，却不管我痛得死去活来……

扁担点灯，端汤端水。冬草一概不吃。扁担着急，却帮不上忙，便蹲在床前一锅接一锅地抽烟。扁担想那么多苦冬草都受过，怎么生个孩子就受不了。生孩子有那么痛吗？扁担恨不得自己去帮冬草痛。扁担忽然担心起来，他担心冬草会生下一个和他一模一样的小扁担。如果相貌果真一模一样，那他这辈子吃过的苦头，孩子还得吃一遍。这么一想，他飞快地跳起来，赶紧在香案前烧香磕头。他一边磕头一边祈求祖先保佑，保佑冬草生下一个长得像光圈那么好看的男孩。

冬草渐渐地没有气力，喊声开始变弱。到了早晨，雾从河岸漫上来，钻进门缝，飘到床边，进入冬草的鼻孔。冬草像被呛了似的忽然惊醒，又开始喊痛。扁担看见冬草的腿分开了，便帮她脱裤子。冬草伸手往裤兜里掏，掏出一把节刀，说扁担，你杀了我吧。扁担伸手去夺节刀。冬草说我受不住了，扁担，你不杀我，我自己杀啦。冬草举起节刀，把刀口对准脖颈。扁担说你受不了就杀我的手臂。冬草把节刀扎在扁担的手臂上，一声脆响，血喷出来。冬草大喊一声，昏了过去。世界突然寂静。

忽然响起婴儿的啼哭。扁担看见婴儿的胯下带着一个把把，从脸形看，他依然是一个小冬草。扁担欣喜地抱起婴儿，包在布片里。我的父亲就这样来到世上。

冬草识文断字，给婴孩取名雾生。雾生，也就是我爹，后来曾经走南闯北，怀里总揣着一棵枫的泥土，祈求乡土保他平安。而我档案里的籍贯一栏，永远是碳素墨水写的粗壮的三个字：一棵枫。那三个字如枫树般繁茂苍劲。父亲曾多次问冬草，妈，你是从哪里嫁来的？冬草指着河的那一边说：一棵枫。

她把真正的故乡——桂平，给彻底地遗忘了。

枫树河在四十年之后彻底干枯，从此地球上再也找不到这条河流。河岸崖壁上的那些壁画，因为没有水汽氤氲润，开始模糊并且斑驳。冬草白发如雪，看着河床长满年轻的杂草，一条灰色的土路从河底伸过。冬草想终于可以过河了，但她已经没了过河的兴趣，她不知道过河去干什么。

山区的日子开始富足，许多人都喜欢吃一种素菜——魔芋豆腐。凡红白喜事，主家常把魔芋豆腐摆上宴席，用它在大酒大肉中解腻。而山区的婚嫁迎娶，往往又在冬天，要在刺骨的冷水里磨出几十碗魔芋豆腐，一般人都难以承受。这样的时刻，人们往往记起竹芝。竹芝对所有请她磨魔芋的主家说：磨多少魔芋我的手也不会麻辣。竹芝凭着这门特别的手艺，常常成为座上客。

　　一个冬天的午后，发财为第三个儿子接媳妇。妇女们都拥到厢房来推磨，磨豆腐，嬉闹声脆嘣嘣的，她们高兴得就像是自己出嫁一样。只有竹芝哑巴似的蹲在屋角，专心地磨着魔芋。她的身旁围着三个大盆，盆里泛起泡沫。竹芝磨魔芋的时候，常常想起儿子见远。她只有不停地磨魔芋，见远才不会从她的脑海消失。竹芝想如果见远还活着，也五十多岁了，我也该娶孙媳妇了。忽然，竹芝听到见远在房梁上喊她。她一仰头，晕倒在地上。

　　村人把昏迷中的竹芝往她家里抬。竹芝在半路睁开眼。看着高高的天空，她想这辈子，我害了福嫂，害了见远，现在阎王爷来收我了，在这个世上，我对不住的人还有一个冬草，亲人们都没了，只有她和我还有那么一点关系。于是，她轻声地叫唤：冬草，冬草……

　　冬草听到竹芝要死的消息，便急步出了家门。冬草嫁过河来之后，头一次回竹芝家。她看见村里一户连着一户，屋檐碰着屋檐，村庄快蔓延到了河边，变成了一个大村子。那棵枫树仍高立于村头，有人在树干上削出几块青皮，树干露出鲜嫩的伤口，上

314

面爬满白浆。一个白发苍苍的老头站在树下，目光迎着她。冬草已认不出这人就是光圈。她从他的身边绕过去。

竹芝看见冬草的身子伏下来，眼睛就睁大了一点。她从枕头下摸出一只玉镯，说冬草，我几十年来吃尽苦头，但我没有卖掉它，现在我把它还给你。你能原谅我吗？你原谅我，我才会闭上眼睛。

冬草看见竹芝的额头上皱纹交错，苍老得就像老树皮，只有那双磨魔芋的手还那么鲜嫩，鲜嫩得就像刚挖出来的莲藕。冬草接过玉镯，抚摸着，往事浮上心头，便哭了。哭了一会儿，她把玉镯放在竹芝的枕边。竹芝说你能原谅我，那见远和福嫂也能原谅我……说完，竹芝嚯的一声，闭上了双目，整个人彻底泄了。

有几个老人在哭，他们为冬草而哭，也可能是为自己为竹芝而哭。光圈想起冬草被欺负的那些日子，觉得她不应该把玉镯放在竹芝的枕头边，而是应该把它塞进竹芝的裤裆，让她也尝尝被侵犯的滋味。

村人把竹芝埋在河湾的干塘边。冬草想不到，因为那只玉镯，竹芝的坟墓当夜被人挖开。竹芝的尸体被野狗们撕咬成碎片，成为野狗们的食物。人们看见竹芝的肉黑乎乎的，像干魔芋豆腐，连她的骨头也是黑的。冬草看着那些抢肉的野狗，喃喃自语：千不该万不该，我不该把那只玉镯放进她的坟墓，她死了我还害她，我不是人……